À SANG PERDU

RAE DELBIANCO

À SANG PERDU

roman

TRADUIT DE L'ANGLAIS (ÉTATS-UNIS)
PAR THÉOPHILE SERSIRON

ÉDITIONS DU SEUIL
*57, rue Gaston-Tessier, Paris XIXe*

Épigraphe : l'extrait de « À Adjuntas » est tiré du recueil *King Me* de Roger Reeves, © 2013 by Roger Reeves
Reprinted with the permission of The Permissions Company LLC on behalf of Copper Canyon Press, www.coppercanyonpress.org

Titre original : *Rough Animals*
Éditeur original : Arcade Publishing

ISBN : 978-2-02-141198-0

www.seuil.com

Pour Danny DelBianco

Si la terre sous cette vallée s'en va glisser dans la rivière,
emportant à coup sûr ceux qui la peuplent de tous côtés,
pardonne le fantôme de ton fils de s'en prendre au clair
de lune qui perce entre les pins. Il comprend
si peu du feu où tu déposes son corps,
du cendrier que tu remplis de ton tourment, du prêtre
en son église s'entourant de fumée et suppliques.
La mort est un animal sauvage et sans grâce.

ROGER REEVES, « À Adjuntas »

PREMIÈRE PARTIE

1

BOX ELDER COUNTY, UTAH

L'aube n'était pas levée quand Smith passa la porte, deux bonnes heures encore avant que les rayons du soleil soient assez hauts pour s'étirer sur les cimes de la falaise au loin. Une nuée d'étourneaux s'échappèrent d'un buisson de chêne sur son passage et s'éloignèrent dans le ciel de leurs ailes noires en jasant, chauves-souris ou démons rappelés en enfer avant le lever du jour.

Il tenait dans la main droite un calibre 10 à l'horizontale, trop gros pour les oiseaux. Mais c'était tout ce que le paternel lui avait laissé, pas d'autre choix, donc, que de s'accommoder de ce tir difficile pour tenter de faire sauter la tête de son dîner.

Il cracha et poussa ses bottes à travers le blé, l'enjambant à grands pas, mais les épis vinrent se frotter en bruissant contre le cuir huilé comme pour s'y écorcher. Des brins d'herbe sèche pour les dieux ou les géants.

Le troupeau paissait plus haut. Le noir du ciel se fondant en un gris nuageux, comme les rejets d'un moteur encrassé. Il marchait depuis près d'une heure. Le jour encore trop jeune pour apercevoir les bêtes sur le flanc de la colline mais déjà il pouvait les sentir.

Il mit le fusil à pompe sur son épaule et continua dans le champ détrempé de rosée. Passant une main dans le fin soupçon de barbe d'un visage durement marqué par le vent et à la peau tannée comme le cuir de ses bottes, bien qu'encore jeune, vingt-trois ans. Un visage grave comme la pierre et les fossiles qu'elle renferme, seulement troublé dans sa minéralité par l'œil de verre bleu dans son orbite gauche, de la couleur des ailes d'un oiseau et mal ajusté, jurant avec le brun terreux de son œil droit.

La chaleur du jour naissant emplissait l'air de rosée et la brume lui arrivait maintenant au genou, des mouches s'élevaient derrière lui comme des chasseurs perdus émergeant des zones d'ombre qui les avaient vus naître, ou peut-être d'ailleurs. Un peu par ennui, un peu poussé par autre chose, il leva sa torche et un bœuf tourna la tête pour dévoiler un œil qui lui renvoya une lueur furtive et verdâtre, amphibienne. La bête poursuivit sa route, meuglant et se balançant, les autres suivirent, meuglant et se balançant à leur tour.

Il coupa le faisceau, à quoi bon éclairer ce qu'il savait être là, et enfonça à demi la torche dans une poche de son manteau.

Une odeur ferreuse quand il s'approcha. Il avait parcouru les cent derniers mètres et de la fumée émanait désormais du bétail dans la grisaille, comme s'échappant de leur peau. Mais cette odeur de fer humide ; brûlait le nez.

Il passa la crête et les animaux poursuivirent leur pesante avancée lorsque soudain il se figea, le souffle coupé.

L'une des bêtes, un bœuf de taille moyenne, abattu d'une balle dans le front.

Il posa le canon de son fusil sur son poignet gauche, lampe torche en main, main droite sur la gâchette. Et s'avança. Un mouvement aperçu sous le corps du bœuf, là où la peau avait été retroussée sur la chair. Quand il alluma la lampe, une forme bondit en arrière et le faisceau de lumière fut aussitôt traversé par un éclair venu d'en face. Un coup de feu. Pas le sien. Il tressaillit au sifflement qui suivit la déflagration, et d'un geste du coude écrasa le fusil à pompe contre ses côtes pour attraper sa manche que la balle venait de déchiqueter, la veste de toile en lambeaux, des morceaux de tissu déjà englués et qui s'imbibaient rapidement. Il pressa alors la main contre son triceps et se jeta quelques pas en arrière, se laissant tomber au sol juste derrière la crête.

Dans sa chute, le chargeur de son fusil à pompe lui frappa l'arrière de la tête, rebondissant contre la base de son crâne, et vint étouffer un instant la douleur dans son bras. De son bras droit encore valide il actionna le fusil, le talon de la crosse planté au sol devant son visage.

La forme s'était volatilisée. Il scruta le champ au loin derrière le bœuf terrassé. Volatilisée. Sa respiration s'accélérait déjà, et il crut un court instant que ses poumons se remplissaient de sang, et merde, c'est juste ton bras, et puis merde j'en ai pris une, mais putain, reprends-toi mon gars et tire, et il hissa son torse pour se caler sur les coudes et ne bougea plus, fusil braqué.

Mais braqué sur quoi. Une ligne d'arbres s'étendait derrière les quarante têtes du troupeau, et puis la forêt, dans laquelle un homme au moins et d'innombrables bêtes étaient tombés et où jamais le cheptel ne s'aventurait.

Il essaya de caler sa respiration sur la leur et choisit un coin de buisson dont les profondeurs vert chasseur lui paraissaient plus coupables que le reste, et tira.

Le sang lui coulait déjà jusqu'au coude.

C'était la première fois qu'il saignait autant et il prenait soudain douloureusement conscience de la mécanique de son corps, le liquide épais et chaud gouttant comme de l'huile, emportant avec lui des fragments de veste en toile, une gaine pour son mécanisme. Il tendit la main au-dessus de son fusil pour boucher la blessure et son index s'inséra parfaitement, comme une ventouse poisseuse dans la partie manquante de son bras, il comprit alors qu'il n'y avait aucun trou à boucher, puis comprit avec encore plus d'inquiétude qu'il venait de retirer le doigt de la gâchette. Il se reprit et fit à nouveau feu sur ce foutu coin de vert sombre qu'il imaginait comme une chose inexplicable et pourrissante, le vert parut s'intensifier et il rechargea, s'appuyant sur son épaule gauche blessée pour fouiller dans la poche de sa veste à la recherche de cartouches qui patientaient là depuis des mois dans leur étui neuf de laiton et de plastique rouge.

Cette fois son coup de feu déclencha une réponse qui fila en hurlant contre son oreille droite. Ils le voyaient.

Une autre réponse, suivie par le soupir d'un bœuf comme un souffle pneumatique, avant que la bête bascule au sol. L'affaissement en deux temps d'une épaule de deux cents kilos suivie d'une hanche de quatre cents kilos ; il fallut plus d'une convulsion pour mettre à terre une créature de cette taille. Il comprit à la deuxième secousse qu'il n'avait jamais vraiment saisi combien ils étaient énormes.

Pourquoi n'avaient-ils pas fui ; ils auraient dû fuir.

Une balle siffla au-dessus de lui et il s'aplatit sur le sol tapissé d'herbes souples mais tièdes, comme la fourrure d'une bête plus grande encore que celle qui venait de s'y effondrer.

Encore un coup de feu et un autre animal tomba, des côtes perçaient ses flancs comme des dents. Puis trois autres tombèrent, assez pour tout perdre. Son ventre se noua.

La vision de son fusil se troubla, d'abord un halo noir puis des papillons devant les yeux et il se pencha au-dessus de son bras intact pour vomir. Le soulagement de poser un instant son regard sur les plis apaisés de la toile brune de sa veste. Puis il retourna aux profondeurs vert obscur et à leur absence de cible.

Ses genoux le projetèrent instinctivement en arrière quand son taureau reproducteur roula au sol devant lui. Une des cornes émoussées lui percuta le sternum, il attrapa la tête et vit la nuée de plombs qui lui trouaient le front et ses yeux brillants qui passaient du bleu nuit d'un plumage de corbeau au noir éteint du cirage. Il n'y avait donc pas qu'un seul tireur, deux flingues… l'impact d'un fusil à pompe, ici. Lui s'était pris une balle.

Pourquoi ne fuyaient-ils toujours pas !

Il enfonça ses coudes dans le dos du taureau, geste profanateur que de poser le canon de son fusil sur un corps encore chaud. La chair pulsa d'avant en arrière une toute dernière fois comme la poussée d'une gigantesque méduse, et il accompagna ce dernier souffle en venant déposer son fusil à pompe contre la cage thoracique.

Quelques oiseaux obliquèrent vers le sud dans un ciel qui déversait ses premières lueurs orangées sur des nuages couleur de moisissure.

Sa poitrine lui faisait mal après le coup de corne.

Cette fois il visa légèrement à gauche et tira à nouveau. Il n'avait plus que deux cartouches supplémentaires et la prochaine serait sa dernière. Du plomb pour les renards, les nuisibles.

Son regard se posa sur la tache verte, puis sur le treillis sombre des arbres au-dessus, avant de retourner aux broussailles qui s'enroulaient au bas des troncs dans un enchevêtrement de dentelle vert olive. Il espérait qu'en scrutant un peu plus fort, son regard saurait pénétrer l'impénétrable. Allez, bougez bande d'enfoirés, bougez.

Attendre de faire feu, attendre que quelque chose émerge. C'était la première fois qu'il arrivait à sa dernière cartouche, son dernier coup, et il se maudissait de ne pas en avoir plus sur lui, mais ça n'aurait eu aucun sens. Il savait tirer, et les coyotes ne lui en demandaient jamais plus d'une seule dans la poitrine.

Sans doute n'aurait-il pas dû tirer dans le vide. Mais ce bloc de profond feuillage était-il du vide ? Il pouvait presque le voir respirer, pulser, comme si c'était là où avait été façonné le canon qui avait tiré les balles, comme si des feuilles pouvaient armer un chien et faire feu à travers un cylindre de vigne vierge.

Le bras saignait toujours mais plus lentement à présent. Un détail qu'il avait oublié et il fut étonné de voir la manche rouge. Il l'agrippa sommairement et se releva.

« Vous allez vous montrer putain ! »

Un autre coup de feu crépita comme une objection, hésitante désormais. Les coups avaient été tirés en cadence, celui-ci à peine en retard. Une génisse grogna, bascula son poids d'une patte sur l'autre et continua son chemin après que la chevrotine lui eut éraflé la croupe.

Puis le silence.

« Vous feriez mieux de lâcher l'affaire ! »

Il cria avec force et sa voix sortit plus grave qu'il ne s'y attendait, un fracas qui résonna sur les barreaux des troncs d'arbres, se réverbérant contre le flanc du taureau pour remonter violemment jusqu'à ses oreilles. Une sacrée drogue, l'adrénaline.

Les coups de feu avaient cessé. Plus rien depuis le crachat de chevrotine sur la génisse mais dans l'air la trêve était palpable. Il garda le talon de son fusil calé contre l'épaule et contourna la tête du taureau. Son bras gauche le brûlait mais il le leva pour tenir son arme prête.

Les bois étaient à trente mètres et il s'en approcha lentement, comme s'il n'avait pas pour seule couverture que ces amas de bestiaux tombés comme des mouches à ses genoux. Un tas de bêtes encore trop immobiles pour que leur perte envahisse déjà ses pensées.

Après chaque pas il écoutait, observait, la boue pesant lourd sur ses jambes. Derrière lui un vent léger soufflait à travers les champs, une odeur de matin. Les sommets des falaises encore vierges de tout rayon.

Devant lui s'étirait la ligne des arbres, une bande sombre de quelques kilomètres carrés et, derrière, les montagnes acérées. Une poche pourrissante de verdure humide dans un bassin cerclé de roche et de buissons de tamaris desséchés enfoncés entre les mains ouvertes d'un désert affamé.

Le fusil commença à peser et il en passa l'essentiel du poids sur son bras droit. Ses mains luisaient de sang et de boue noire.

Il grimaça au premier craquement de ses bottes sur le tapis de feuilles de la forêt. Il était entré. Au-dessus de lui l'air était maculé d'ombre là où des branches avaient dissipé les rayons du soleil. Un crapaud passa sur sa botte droite et le mouvement lui fit baisser le regard.

Quelque chose remua plusieurs mètres devant lui, il se figea et leva les yeux.

« Montrez-vous ! Maintenant ! »

Rien. Seuls les errements d'oiseaux dans les buissons.

Tu viens de te foutre dans une embuscade, ni plus ni moins. T'as plus qu'un seul coup, t'en toucheras un sur les deux dans le meilleur des cas, après ça t'es cuit.

Non, tu connais ces bois mieux que personne. Tu sais où se trouve chaque arbre, tu serais capable de te jeter en arrière les yeux fermés pour te planquer s'il le fallait.

Mais non, ils sont trop nombreux et t'as rien et bordel de merde quand est-ce qu'une seule cartouche t'a déjà semblé aussi futile.

Il s'arrêta près d'un chêne dont un morceau du tronc avait été arraché à hauteur de rotules. Soit ils étaient bien plus loin, soit ils visaient comme des merdes. Peut-être les deux.

Le soleil bougea et un rayon lui traversa l'épaule pour venir frapper le sol sans rien éclaircir pour autant. Il leur avait offert une couverture idéale sur ses propres terres et s'était plongé dans les bois sombres sans même réfléchir.

Ses bottes firent craquer le tapis de feuilles, il essaya de les faire glisser sur le sol pour étouffer le bruit mais ne réussit qu'à prolonger les craquements. Il finit par les retirer, poursuivant sa traque chaussé de laine, comme un loup artificiel.

Les bras toujours en position et le souffle court. Une goutte de transpiration lui coula sur la tempe, creusant une rigole dans la crasse qui s'y était accumulée après les explosions de terre et de bétail.

Et puis il le vit.

À moins de trois mètres, replié dans l'obscurité comme un faon caché dans l'ombre des sous-bois et bloquant presque sa respiration jusqu'à ce qu'on soit sur lui.

Le tireur leva les yeux. Smith remonta le fusil contre son épaule pour orienter sa ligne de mire vers la tête immobile.

Il était assis les jambes croisées, le dos appuyé contre un érable, une mèche de cheveux noirs prise dans un nœud du tronc comme un liseré de crasse dans la paume calleuse de l'éleveur de bétail.

Une créature au visage enduit de boue sèche et craquelée autour des yeux, tombant en mottes poussiéreuses sur ses joues et son front étroit, partout sauf sur la bouche, une entaille sombre et tordue au contour taché de sang de bœuf. Une créature de la taille d'un enfant dans la posture d'un moine. Son visage dénué de toute expression sous son masque de boue et sa tignasse sauvage où flottaient feuilles, brindilles et autres débris de la forêt en un déferlement noir et torrentiel. Des yeux fiévreux, marron et or, affleuraient sous des paupières fixes, plates comme la terre et imperturbables malgré la fusillade. Il leva un pied déchaussé, comme pour se mettre à couvert derrière un arbre proche, mais poursuivit finalement son geste et se mit en position. L'autre tenait un TEC-9 dans la main gauche et dans la droite un vieux fusil.

« Lâche-les ! »

La chose leva les mains et laissa tomber ses armes à ses côtés, elles s'enfoncèrent dans la broussaille sous le craquement humide de quelques brindilles. Il s'étouffa presque de soulagement qu'elle n'ait pas profité de son avantage.

Elle portait un t-shirt noir et crasseux, troué le long des coutures et aux épaules, une forme d'usure qu'il n'avait encore jamais vue mais certainement causée par un sac porté trop loin et trop longtemps, qui avait fini par ronger le coton. Sous la couche de boue, des jambes d'enfant lisses et minces comme le ventre d'un brochet, un jean roulé jusqu'aux genoux et une paire de chaussures de marche dépareillées – l'une couleur de peau bronzée avec une chaussette, l'autre noire et nettement trop grande.

Il vérifia ses arrières avant de s'approcher, mais ne vit personne.

« Qui t'es ! » Criant toujours aussi fort.

Les yeux s'écarquillèrent puis se plissèrent, et il aurait pu jurer avoir vu leurs pupilles se rétracter comme celles d'un chat. Des yeux certainement capables de voir dans le noir.

« Je savais que tu me tuerais pas. » Le visage se déplia sous ces mots, creusant des failles à la surface de la boue et se dévoilant un instant avant de se durcir à nouveau. C'était une gamine.

« T'es qui ! » À bout de souffle maintenant.

« Qu'est-ce que ça peut te faire ? » Un accent râpeux mais mesuré venait se couler sur son anglais, un serpent se glissant entre les marches d'un mobil-home.

Les jeunes mains crasseuses se levèrent et agrippèrent le col du t-shirt, elle le dévisagea plus attentivement et il se rétracta sous le poids de ce regard qui semblait né d'un endroit bien différent d'ici.

« T'es qui. »

Plus doux cette fois.

Elle regarda ses armes à terre, le fusil d'abord, puis le TEC-9. Et puis lui. Jusqu'à ce qu'il voie apparaître son propre visage crasseux et sa veste déchirée dans le reflet de ses rétines.

« Même si je te le disais, tu saurais pas quoi en faire. »

À cinquante mètres de là, un étourneau suivait la progression d'un scarabée sur le noir cendré et vitreux de l'œil d'une vache, ses six pattes errant sans but à la surface de la sphère, désormais cireuse, transformée en un monde de noirceur infini. Le soleil s'était levé.

Il traîna rageusement l'enfant par le coude à travers la forêt et elle le suivit mollement. Le fusil en équilibre dans la main gauche, le coude tendu et le canon posé contre l'épaule.

Il s'arrêta à mi-chemin et renfila ses bottes du bout des pieds sans lâcher la fille ni l'arme, ses semelles s'enfoncèrent alors à côté de celles dépareillées de la gamine, les deux paires de pieds avançant d'un pas traînant dans les débris de feuilles mortes comme quatre poivrots infirmes. Ses armes à elle étaient restées au pied de l'arbre.

À leur retour dans le champ le bétail s'était mis à mugir, comme si la mort ne prenait vraiment corps qu'avec l'apparition des premières nuées de mouches.

La gamine trébucha tête baissée et des mèches de cheveux sales lui tombèrent sur le visage comme les veines lourdes d'une sombre maladie.

La journée était chaude et sur son bras le sang avait bruni sa veste.

À moins d'un kilomètre de la maison, courant au milieu des blés, se détachait la silhouette de Lucy.

« Wyatt ! » Sa voix et son écho déjà envolés quand elle les rejoignit enfin.

Lucy, sa jumelle, plus frêle que lui. Des cheveux blonds qui lui tombaient sur les épaules et un front droit protégeant du soleil la peau au-dessus de ses joues, la laissant douce et nacrée autour d'impassibles yeux bleus. Une sœur aux mains lisses qui avaient égorgé des centaines de poulets et plus encore, des mains qui n'auraient jamais dû avoir à faire cela. Il s'avança pour l'arrêter mais elle attrapa l'autre bras de la créature.

Ensemble ils tirèrent la fille jusqu'à la maison, elle se laissait aller comme un poids mort, affalée dans leurs bras comme si elle avait consumé toute sa violence. Lucy lâcha prise un instant et Smith aperçut l'éclair de boue sur sa paume avant qu'elle replace sa main sur l'avant-bras de la gamine.

Ils arrivèrent enfin à destination une demi-heure plus tard, la vieille bâtisse aux murs bardés de tuiles de bois, aux deux étages et aux trop nombreuses fenêtres perdant pour moitié leurs volets, avec son porche qui courait tout autour. Peinture blanche écaillée et porte moustiquaire au grillage distendu comme un corsage usé. Et les bêtes mortes derrière eux chauffaient maintenant au soleil sous le tournoiement affamé des mouches.

Dans la cuisine il lâcha la fille et braqua de nouveau son fusil sur elle. La décoration de la pièce restée inchangée depuis soixante ans, les murs tellement criblés de crottes de mouches qu'un œil étranger y aurait vu le motif d'un papier peint. Sa sœur était à ses côtés, mince dans une de ses vieilles robes, celle-ci de couleur bleue. Elle les portait chaque jour, les piquant d'une ligne d'épingles à nourrice à la taille, comme une cicatrice métallique.

« Lucy, sors la corde de la réserve. »

Elle revint et en découpa une longueur.

« Donne tes mains. »

La fille avait les mains noires, seuls ses index étaient propres, nettoyés par le frottement des gâchettes. Elle le regardait pendant que Lucy lui attachait les poignets, des yeux bien trop clairs et plus animaux qu'humains, comme s'ils avaient été extraits au couteau du crâne d'une bête sauvage pour venir remplacer les siens.

Lucy coupa une autre longueur.

« Prends-la avec toi. »

Il fit tourner la fille en appuyant le bout de son canon contre son épaule, puis le pressant contre sa colonne il la força à monter à l'étage.

Quand ils arrivèrent dans le couloir, Lucy se tourna vers lui.

« Ta chambre, le verrou fonctionne encore », dit-il.

C'était une pièce dépouillée, pour y vivre du moins, un lit aux draps couverts de poussière au centre, un bureau en bois brut, un vase vide posé dessus. Une pièce qui invitait au décès, où pesait l'atmosphère d'une adolescence révolue, mais difficile d'imaginer un jeune enfant s'y précipiter les mains chargées de plumes d'oiseaux aux nuances de bleu, de mues de cigales satinées, de coquilles de noix vides dessinant des masques de ratons laveurs, de toutes ces choses qui respirent la vie.

Une unique fenêtre au carreau fendu était le seul témoin de l'air pesant qui imprégnait la pièce. Une pièce où la poussière chauffait et s'élevait en dansant dans les taches de soleil au sol, comme des spores fantomatiques, avant de retomber à nouveau. Une poussière laissée presque dormante, tapie dans les angles et contre les murs qui longeaient le territoire que délimitaient les sentiers dessinés par les allées et venues autour du lit.

Lucy s'arrêta à la porte un instant, l'air dérangé, craignant que sous un œil étranger la pièce ne dévoile quelque chose. Puis, comprenant qu'elle ne lui appartenait pas plus que le terrain dehors, et pas moins non plus, elle laissa glisser ce regard de son visage et entra.

Smith écarta d'un pied la chaise du bureau et poussa la fille dessus, Lucy lui attacha le buste au dossier puis il posa le fusil sur le lit et vérifia que la corde était bien serrée.

« T'es qui ? »

Pas de réponse.

« Wyatt, ton bras !

— Ça peut attendre… Alors t'es qui ? »

Il attrapa l'enfant par les épaules et la secoua.

Pas de réponse. Le t-shirt ne semblait déjà plus un vêtement mais un organisme à part entière, démesuré et collant plus au dossier de la chaise qu'à son corps à elle, comme une flaque de goudron s'écoulant sur le bois.

« C'est quoi ton nom ? » Criant à nouveau.

« Ça t'avancera pas de le savoir, pas plus que moi jusque-là. »

Et cet accent encore, comme un épais cordage traîné sur le quai d'un port, sans même la regarder il sentit Lucy tressaillir en l'entendant.

« Tu viens d'où ? »

Pas de réponse. Il avait compris qu'il n'en aurait pas.

« Mon dieu Wyatt t'as le bras en sang. »

Un morceau de boue séchée tomba de la joue de la fille et se brisa au sol.

« D'où. »

Quelle importance, ce *où* n'était clairement pas d'ici.

« Alors t'as aucun nom à nous donner ?

— Lui adresse pas la parole, Lucy. »

Il prit une inspiration, serra son bras et parla à nouveau.

« Et tes parents, ils sont où ? »

La fille tourna un visage provocateur et regarda droit dans son œil valide avant de répondre : « Et les vôtres ? »

Alors il se retourna et attrapa le fusil posé sur le couvre-lit, laissant une empreinte blanche dans les bandes de poussière. Il alla vérifier une dernière fois les liens dans son dos avant de sortir et, Lucy ayant déjà filé, il verrouilla la porte derrière eux.

Quand il se tourna vers elle dans le couloir, Lucy était en train de pleurer.

« C'est quoi tout ça ? Qu'est-ce qui s'est passé ? lui demanda-t-elle en essayant de s'essuyer les yeux, mais ses mains tremblantes ne firent qu'écraser des mèches blondes sur son visage.

— J'en sais rien. » Il secoua la tête. « Merde j'en sais rien. J'imagine qu'elle est en cavale. Elle a abattu un bœuf pour le bouffer et à peine j'ai levé mon fusil qu'elle m'a allumé.

— J'ai entendu les coups…

— Lucy, elle a tué le taureau, et d'autres bêtes. »

Elle retint son souffle, attendant la suite, puis son regard passa de son œil de verre à son œil valide, et enfin elle comprit.

« Le ranch… c'est pas vrai…

— Arrête de pleurer. » Il se sentait perdre connaissance.

Elle leva vers lui des yeux bleus embués.

« Arrête un peu de pleurer et aide-moi plutôt à arrêter de saigner. »

Elle courut vers la cuisine, lui criant de ne pas bouger, mais il descendit lentement les marches derrière elle en chancelant. Il avait le front trempé de sueur et l'envie de tuer la créature à l'étage.

Dans la cuisine il retira sa veste et lui tendit le vêtement de toile sanglant et boueux pendant qu'il déboutonnait sa chemise en flanelle. Elle lui collait au bras, il glissa un doigt et détacha les couches de tissu et de crasse plasmatique en grimaçant.

« C'est comment ?

— Superficiel. Rien de profond. »

Elle tenait sa veste à l'épaule et la manche tachée de sang lui tombait sur le bras gauche comme pour refléter le sien.

Le sang continuait à suinter légèrement, le bras humide et rouge jusqu'au poignet. Il l'amena à l'évier et laissa l'eau couler, roulant son biceps sous le jet. Lucy lui tendit une serviette et un verre de whisky, il la trempa dedans puis la pressa à l'endroit où la chair manquait.

Il s'assit sur une chaise de cuisine et elle lui apporta une aiguille à coudre, et bien qu'elle ne lui eût pas proposé de lui recoudre le bras il fit non de la tête et prit l'aiguille pour s'en charger lui-même, le métal déjà taché de sang séché. Il la trempa dans le verre et le sang se dévida comme un écheveau, teintant le whisky d'un nuage d'encre.

Fil en main, il s'apprêtait à refermer un trou mais n'en trouva aucun, seul un grand vide émaillé de fragments de toile effilochés ou enfoncés en boules dans le profond fouillis cardinal. Et donc bien plus un trou en ce qu'il ne pouvait être refermé. Avec l'aiguille il dégagea deux bouts de tissu de la blessure et, très vite, s'arrêta, laissant le tout retomber au fond du verre de whisky, l'aiguille y coulant avec ses proies, celles qu'elle n'avait pas encore chassées toujours dans son bras. Puis se leva.

Elle avait commencé à découper un drap, il lui prit les bandelettes des mains et pansa son bras qui se mit à saigner en dessinant sur le lin une tache comme une sangsue, avant de s'arrêter. Il boutonnait déjà une chemise en flanelle propre.

« Qu'est-ce tu fais ?

— Faut que j'y retourne.

— Les bêtes ? »

Elle leva les yeux vers lui puis les baissa aussitôt.

« Tiens. » Il descendit le pistolet du haut du vaisselier et le lui pressa si fort dans les mains que le dos de Lucy heurta le mur de la cuisine. « Elle est capable de te tuer.

— Je sais.

— Alors surveille-la.

— Je sais.

— Jure-moi que tu vas tirer s'il le faut.

— Elle sort d'où Wyatt ?

— D'un cartel mexicain je dirais. Elle jouait avec un TEC-9. »

Elle se tenait là, pistolet contre la poitrine, sa peau blanche d'opaline dans les ombres de la maison.

« Et s'ils en ont après elle ?

— Elle avait rien d'important sur elle, juste un sac de cailloux. J'ai jeté un œil. Aucune valeur pour eux.

— Qu'est-ce qu'on fait ?

— J'en sais rien. » Il se tourna vers la sortie mais elle s'avança pour lui barrer la route.

« C'était près de la tombe ?

— Non, pas là. »

Elle acquiesça et se mordit la lèvre. Il leva un doigt comme pour lui toucher le front mais le posa finalement sur le pistolet, il se tourna et sortit.

La viande s'était gâtée dès l'instant où il avait quitté le champ avec la fille, mais en travaillant vite il pouvait encore sauver les peaux.

Dans la grange il ajusta son bras bandé, décrocha la hache de son clou au mur et attrapa un bidon d'essence à côté du tracteur. Un coût là aussi, mais pas le choix. Les hirondelles voletaient dans le puits de soleil au-dessus de la porte ouverte, comme des chauves-souris recouvertes de plumes observant cette entreprise d'allure si criminelle. Il leva les yeux vers leur attroupement fiévreux le long des poutres du plafond et elles le dévisagèrent de leurs billes noires.

« C'était pas moi ! »

Pas de réponse ni de pardon, seuls quelques coups de becs au milieu des plumes, et il continua d'un pas lourd.

Il lui restait encore un kilomètre avant d'arriver aux bêtes. Il atteignit la clôture, détacha la barrière de barbelés et poussa un puissant « Yah ! » pour les avertir qu'une nouvelle pâture venait d'être ouverte. Un beuglement suivi des pas lourds d'un troupeau de bêtes se soulevant, dépliant leurs membres et mutilant la terre de leurs sabots en formant des petites montagnes de boue derrière eux. Il laissa la barrière ouverte et entra.

Il les atteignit quelques instants plus tard et elles le dépassèrent pesamment sans même le voir. Il resta là un moment, les regarda passer sans bouger, en compta trente-huit moins les quatre tombées, marqua la génisse éraflée par le coup de chevrotine, notant que la peau n'avait pas été trouée, puis il ferma la barrière derrière lui et continua.

Il arriva finalement vers les vaches au sol, boucher réticent au couteau d'Abraham. La hache, un outil si grossier, mais aucun autre pour faire correctement ce travail. Les créatures de l'enfer devaient être mieux équipées.

Les quatre bêtes gisaient affalées, le deuxième bœuf encore assis sur ses jambes repliées, comme toujours en vie, il comprit alors qu'il n'avait pas dû mourir tout de suite. Une odeur grise flottait dans l'air, un arrière-goût de sang et de poudre se mêlant désormais à la poussière. L'odeur n'était pas encore celle de la décomposition mais déjà les mouches plongeaient et quelques moineaux étaient venus becqueter les bordures rouges des impacts de balles. Obligé de retirer les têtes et les pattes avant de commencer son écorchage.

Il commença par la tête du taureau. Un choix approprié. Un semblant d'honneur dans le bûcher funéraire. Au premier coup, sa main gauche glissa sur le manche, la lame vint frapper le sol à côté de lui et il jura, mais le coup suivant atteignit sa cible.

Il détourna la tête au moment de l'impact, même s'il avait déjà dépecé de l'élan et que ça ne pouvait pas être si différent. Déposant la tête et les pattes, il sortit le couteau de sa ceinture et commença à entailler la peau aux épaules avant de la décoller.

La bête abattue pendant la nuit avait déjà trop saigné pour qu'il espère encore récupérer son cuir. Elle avait le flanc creusé par endroits et son sang se glaça en essayant d'imaginer comment la fille avait pu dévorer un morceau si énorme à elle seule. Il se demanda un instant si elle n'avait pas eu de l'aide, sachant au fond de lui qu'elle avait bien œuvré seule, dieu ou monstre. Il découpa le corps en morceaux, sans technique ni méthode.

Un travail atroce, écorcher puis retirer des pièces d'une cinquantaine de kilos et les traîner là où le taureau s'était effondré, et par deux fois il crut que son bras s'était remis à saigner. Trois heures et une trentaine de morceaux plus tard il en avait fait un tas. Trois peaux humides et intactes étaient étendues dans l'herbe, avec chacune quatre membres qui leur conféraient un air étrangement humain.

Il abaissa sa hache et se redressa pour essuyer la sueur sur son front comme il l'avait fait une dizaine de fois déjà et sa main revint rouge. Heureusement que Lucy n'était pas là pour voir ça.

Il s'arrêta et regarda le tas de viande haut comme son torse. J'ai bien peur que ce soit la fin de tout ça pour nous, sœurette, de cette vie à deux.

Une odeur de digestion flottait dans le champ, d'herbe ruminée à moitié fermentée et de chairs mises à vif voyant pour la première fois l'air et la lumière du jour. Il plongea la hache dans le dernier ventre sans même grimacer quand elle s'y enfonça. Cette étape était terminée. Sa hache posée à terre.

Il vida l'essence sur les échines de bétail empilées et y lâcha une allumette.

Plus rien ne pouvait désormais attirer les coyotes et mettre le bétail encore vivant en péril.

Il recula en chancelant devant les flammes et regarda un œil s'embraser de jaune avant de s'écouler en pâte gluante sur une joue de velours. Pourquoi n'avaient-ils pas fui ?

Smith s'assit jambes croisées devant le feu, arracha une poignée d'herbe et la jeta dedans comme un futile assaisonnement.

Il avait déjà tué un millier de fois sur ce sol. Poulets, bétail, cerfs, écureuils. Un hongre appaloosa à la jambe brisée il y avait de ça sept étés. Un sol qui avait vu des entrailles et plus d'une fois été recouvert comme un tapis de neige par les asticots. Mais en quoi un tel gâchis était-il différent ? Il attirait l'œil, voilà tout. Mais une fois les comptes faits…

Une araignée solitaire se hissa au sommet des brins d'herbe et poursuivit sa route malheureuse vers la base du feu. Au contact de la chaleur elle fila à l'abri sous le mufle déjà sec de la génisse, autre mauvaise décision, autre amas de carbone condamné à fléchir et à s'effondrer sous le poids de la chaleur. Comme les serpents qu'on voit se propulser à travers les blés seulement pour tomber sous les lames des tracteurs, ou les insectes dévorant mécaniquement les épis comme des machines de calcium, et comme les vers qui s'arquent et s'agitent, se tournent et se retournent dans les boyaux bovins, encore et encore et morts morts morts. Un sol créé pour les digérer et leurs descendants après eux, encore et encore. Pour le digérer lui aussi. Et il lâcha les brins d'avoine sauvage qu'il tenait dans la main comme s'ils étaient devenus brûlants, avant d'y replonger les doigts.

Il avait donné la mort sur ce sol, comme on exécute un devoir, et peut-être était-ce le sol lui-même qui avait donné la mort, les cultivant tous comme une vulgaire nourriture, les avalant sans mâcher, engouffrant leur maison à grandes bouchées de tourbe mouvante et de plaques de moisissure. Et vers quoi… vers quelle infernale rivière souterraine devait-il se diriger, s'il était bien le facteur déterminant de son propre destin et qu'un bateau lui avait été confié pour le naviguer alors qu'autour de lui tout sombrait. Mais quoi de plus implacable que le ciel asséché de l'Utah, blanchissant les crânes, repoussant le sable à l'intérieur des pâturages sans rien offrir pour affronter la destruction chaotique de tout ce qui flottait sur la boue irriguée dans les hauteurs des déserts du sud qui avalaient notre siècle. Il envoya une motte de terre d'un coup de pied vers les flammes. Certain qu'il y avait un sens à tout cela.

Il se leva face au feu et bascula les deux plus petites peaux sur ses épaules, pliées en deux elles lui tombaient de biais sur le torse comme les revers d'une veste de géant. Il retourna à la maison en les tenant chacune d'une main pendant sa progression à travers les champs de blé et les déposa sur la rambarde du porche.

Le feu avait diminué à son retour, quelques lambeaux de muscles s'y dressaient encore en éventail, se détachant de l'os, faisant cracher des flammes par intermittence quand un morceau de gras y tombait en s'embrasant. Il attendit que le feu décline sans regarder les cendres, se reposant jusqu'à ce que derrière lui les flammes se meurent, puis il se tourna vers la peau du taureau.

Une peau trop grande et trop lourde pour la porter pliée sur une épaule, il prit alors une patte avant dans chaque main et s'avança en chancelant. La chose lui tomba sur le dos comme une cape, et il la tira sur le sol, une trace de sang sous son faux œil là où il avait chassé une mouche, les viscères imprégnant sa chemise et son jean de sombres auréoles. Couteau de chasse entre les doigts et pour tout manteau cette chose marbrée d'un sang bleu artériel gouttant le long de l'étrange revers laiteux de la peau tailladée alors qu'il avançait en titubant à travers champs comme quelque prince obscène échappé d'un cauchemar bien réel.

À la maison, Lucy l'attendait à l'abri derrière la porte, elle tendit la main vers une des peaux mais il l'arrêta d'un geste et elle recula en trébuchant. Il refusait de la voir avec du sang sur les mains, pas maintenant.

Elle sortit un sac de sel de la réserve et le suivit jusqu'à la chambre de leurs parents, le hissant tant bien que mal dans l'escalier. La pièce était vide de meubles, il leur avait fallu tout vendre. Un cimetière, pillé du lit marital qui les avait vus naître, maraudeurs d'eux-mêmes. Mais le sol ici était nu, avec assez de place pour y étendre les cuirs. Il sentit l'atmosphère changer dans la pièce, comme une odeur remontant du passé, ou seulement celle de la viande après qu'il eut déposé les peaux.

Elle traîna le sac de sel et l'abandonna là, au milieu du plancher, encadré par les trois silhouettes espiègles aussi grandes que des lits, puis elle se retira dans un coin de la pièce. Smith regarda leurs reflets vaciller dans les yeux de sa sœur, comme si elles y titubaient encore, toujours vivantes. Il ressortit dans le couloir en boitant bien qu'il ne fût blessé qu'au bras. Lucy resta.

La fille dans la pièce à côté n'avait plus fait un bruit depuis qu'ils l'avaient enfermée, et Smith empoigna son fusil avant d'ouvrir doucement la porte pour vérifier.

Elle se tenait où ils l'avaient laissée, assise tête baissée, les cheveux tombant devant les yeux, atténuant en lui la sensation qu'un autre être vivant était là dans la pièce à ses côtés. Il savait que derrière la forêt de ses mèches emmêlées elle l'observait d'un regard fixe de charognard. Ses cheveux lui descendaient de part et d'autre du nez et sa bouche était tendue, concentrée, ses lèvres dessinant deux lignes jumelles et gercées posées sur la page blanche de son visage, il s'attendait presque à en voir d'autres s'esquisser sur son menton.

Il ne l'approcha pas et agrippa le chambranle de la porte de son bras blessé. Elle restait immobile, mais une mèche de cheveux se soulevait de son nez à chaque souffle jusqu'à ce que sa respiration s'accélère et qu'elle vienne se coincer sous un petit morceau de terre sur sa joue, et qu'elle y reste.

Le bétail était mort et le ranch bientôt perdu. Car dans un pays où une grêle, une inondation saisonnière ou une crise de jambe noire pouvaient vous emporter une année de récolte, hypothéquer le ranch devenait une nécessité, et le jour viendrait où vous ne pourriez plus vous permettre de perdre la moindre tête de bétail si vous espériez pouvoir garder la maison. Ce jour était venu pour eux il y avait un an déjà.

C'est une violente tempête qui aurait dû les emporter après toutes ces années, des pluies noires torrentielles et des ouragans de vent et de lames de glace se détachant du ciel comme les écailles pierreuses d'une créature qu'ils ne verraient jamais. Il y avait bien trop d'affect ici pour que le seul signe de leur fin soit une gamine crasseuse attachée sur une vieille chaise et du bétail qui n'avait pas su courir au bruit des coups de feu.

Il aurait voulu dire ou crier quelque chose à cette fille, mais rien ne venait et elle ne bougea pas, alors il verrouilla de nouveau la porte et sortit nourrir ce qu'il leur restait de bétail et de mustangs mal débourrés, de porcs et une poignée de poulets, pendant que les ténèbres s'installaient.

Smith alla récupérer le bidon d'essence et la hache à côté du feu éteint, puis il ramassa dans les bois les armes et le sac plastique plein de bricoles que la fille avait laissés, avant de retourner à la grange. Alors qu'il s'activait, les animaux observèrent les uns après les autres sa silhouette couverte de sang jusqu'à la taille, comme s'il s'y était enlisé, et tous reculèrent à la lumière de sa lampe.

Derrière lui dans la maison, à l'étage, Lucy voletait autour des peaux étalées, la jupe chargée de sel, lançant ses cristaux comme une demoiselle d'honneur ses pétales sur des mariés ou sur une tombe, dansant pieds nus en cercles, tandis que dans la pièce le rose vicié du coucher de soleil se fondait en un bleu sombre. Et que cette tombe soit celle de leur bétail, de leurs parents, ou de la mort de la sécurité qu'ils trouvaient dans leur communion fugitive en ce lieu à l'écart du monde, il n'aurait su le dire, mais ici même, dans la pénombre et l'odeur de fer, il avait la conviction qu'elle était redevenue l'enfant qu'elle avait un jour été.

2

LE VEAU NOIR

Il rentra éreinté à la nuit tombée, repensant encore à la viande désormais calcinée, et monta à l'étage. La lumière qui filtrait par la porte ouverte glissait sur les peaux cristallisées de sel dans un reflet frissonnant, Lucy n'était plus là, elle avait dû choisir un coin sombre au hasard et s'y enfoncer comme elle le faisait la plupart des nuits depuis la mort du père.

Elle s'asseyait sur une chaise ou à même le sol et regardait passer la nuit, sans rien faire de ses mains sauf parfois sa couture, ses doigts aveugles serrant ses aiguilles tordues, piquant dans des pièces de tissu et des accrocs, et quand les gouttes carmin se furent taries et eurent disparu de ses chaussettes il se demanda si elle avait appris à repriser dans le noir ou si ses doigts étaient simplement arrivés à court de rouge à force de saigner.

Toujours le silence derrière la porte verrouillée, mais un silence plus pur qu'avant, comme si l'animal s'était enfin endormi. Il laissa le fusil devant la porte, il resterait posé là, chien de garde pour l'homme qui n'en a pas, fait de vis et de bois et doté, il en était certain, d'une conscience propre, cerbère à la mâchoire de plomb prêt à se réveiller si nécessaire. Il se tourna et redescendit l'escalier.

La cuisine était désormais noire mais une ampoule solitaire accrochée à une poutre sur le porche restait allumée. Sa lumière entrait par la fenêtre nue et illuminait la table d'or et de poussière, projetant en petites ombres sur le chêne les papillons de nuit qui voletaient dehors, comme des spectres flottant coincés dans une dimension proche de la nôtre. Un grand duc hulula au loin dans les bois, le cri profond d'une bête trop grosse pour habiter les arbres.

Il entra dans le séjour. Un plafond bas balafré de poutres en une série de failles irrégulières et un vieux tapis tressé pour toute séparation entre ses bottes et le sol. Il les retira même s'il s'était toujours senti plus faible sans rien aux pieds.

Il passa la main sur le buffet et se demanda à quel moment les échardes finissaient par se lisser. Plus un bruit désormais, plus de grand duc. Plus tout à fait certain qu'il y en ait jamais eu un. L'air froid et vide de toute parole.

Sur le buffet, des photographies. Le père dans le fond d'un portrait des trois, avec deux enfants pâles, l'un aux yeux sombres, l'autre clairs. Il poussa le cadre à plat. Derrière, des portraits croisés du père de la génération précédente et du père avant cela, celui qui était entré dans le désert par l'est, explorateur trop tardif pour y trouver de l'aventure mais trop précoce pour y trouver la moindre ville ou civilisation, transformant l'existence de sa descendance en une série de combats quotidiens contre la nature, insignifiants et sans réel triomphe ni fin.

Que pouvaient-ils faire alors que le père était mort et qu'ils étaient trop jeunes, trop jeunes mais nés déjà vieux et leur jeunesse une simple saison au cours de laquelle les veaux naissaient avant d'être égorgés à l'automne suivant. Il retira sa main et plongea les yeux dans les ténèbres sans réponse de la pièce, sentant la force enfermée dans la chambre à l'étage les emplir d'un poids étouffant.

Mais aucune photographie n'était là pour montrer que sur les trois, seuls deux restaient, après que dans les bois le coup était parti et que Lucy avait tué le père.

Encore un enfant, dix-huit ans à peine, il était occupé à dresser un bœuf au licol le jour où le père était mort.

C'était un jeune veau noir né ce printemps-là, le plus gros du troupeau. Son cuir luisait d'une sueur qui gouttait comme de l'huile sous la chaleur du soleil, et la lumière blanche aveuglante se reflétait sur les bras, le cou et le visage moites de Wyatt. Trois cents kilos qu'il avait défiés dans l'enceinte d'acier du corral en lui passant de force le licol sur la tête.

Il l'avait contraint à marcher en cercles, le maintenant serré contre son flanc droit pour pouvoir planter les talons au sol s'il se mettait à cavaler. Ils y étaient depuis une heure déjà et la corde bleue avait limé la corne sur ses paumes comme pour y tresser un réseau de veines. Quand le coup de feu avait retenti dans les bois, le bœuf avait rué, pattes arrière suivies par la pointe des sabots avant comme un levier, et le jeune Smith s'était retrouvé propulsé contre le mur du corral.

Ils étaient partis chasser avant les premières lueurs. Ils devaient être à cinq kilomètres au moins, Wyatt s'épousseta et tourna autour du bœuf dans le corral, le corps penché en avant tandis que son père et sa jumelle devaient faire de même autour de l'élan blessé ou mort. La corde pendait au museau du bœuf en le suivant dans la poussière, soulevant des nuages couleur taupe qui collaient à la sueur sur ses pattes comme la poudre aux ailes d'une mite. Il continua ainsi, creusant son sillon sur le pourtour du corral, agitant de temps en temps la tête pour décoincer la corde partie traîner sous ses pieds. Wyatt le suivait quelques pas derrière, incapable de s'approcher plus avant sans que le bœuf détale. Les yeux baissés sur le sol, un parterre irisé d'or sous la lumière aveuglante.

De la sueur lui coulait dans les yeux et il la léchait sur le pli de sa lèvre supérieure. Il avait dû s'arrêter, s'accroupir dans la poussière et se reposer une, deux, ou trois fois, sans vraiment savoir combien de temps, et chaque fois le bœuf attendait quelques pas plus loin, tout juste hors de portée, avant que Wyatt reparte à sa poursuite d'un pas lourd et puis qu'il pose enfin la pointe de sa botte sur le bout de corde. Le bœuf avait senti la longe se tendre contre sa bouche et commençait juste à la tester quand Wyatt l'aperçut à l'orée de la forêt, et ce n'était pas un élan qu'elle traînait mais un homme. Il retira son pied de la corde du bœuf et ouvrit la barrière du corral, la bête s'élança en trombe dans le champ et le dépassa tandis qu'il s'avançait en silence vers la clôture de barbelés qui le séparait des bois.

Et quand elle leva les yeux il vit son visage arborer pour la première fois un masque de peur bien réelle.

Ce n'était pas ta faute. Ce n'était pas ta faute et le bœuf était retourné paître, silhouette ruant au crépuscule et à laquelle, depuis ce jour-là, il n'avait plus jamais pu passer de licol… Ce n'était pas ta faute.

La sueur sur son corps avait séché, brune désormais, les avant-bras lisses comme de la glaise et il se dirigea vers sa sœur dans sa robe d'été, un homme à ses pieds. Ce n'était pas ta faute.

Et Lucy s'était brisée ce jour-là.

La corde bleue emportée dans la nuit tombante.

Ils l'avaient enterré au ranch, à une trentaine de mètres de la forêt au fond de laquelle c'était arrivé. Sans jamais le signaler, car pourquoi le signaler alors qu'elle ne l'avait pas fait exprès. Alors que jamais il ne pourrait la laisser être une parricide. Alors que c'était un accident. Et que ce n'avait pas été un élan mais un homme.

Il y eut un mouvement dans l'obscurité de la pièce.

« Wyatt. »

Elle était assise sur le fauteuil dans l'angle est, et il se tourna vers la voix.

« Comment on va faire. »

Il s'avança vers elle, ses traits émergeant dans l'obscurité. Sa lèvre inférieure plus saillante que celle du dessus, les ombres changeant leur rose naturel en sépia de photographie. Elle avait les pieds nus à moitié sortis de la paire de lourdes bottes posée devant elle et triturait la languette de ses orteils comme si elle hésitait à fuir. Le revêtement en cuir derrière elle était tendu de clous venant rappeler les épingles à nourrice entourant sa robe à la taille, et ses mains étaient retournées, posées sur les accoudoirs du fauteuil, comme deux chevaux terrassés.

Il avança sa main vers la sienne, mais ne la toucha pas. Elle se leva et le suivit jusqu'à la table de la cuisine où il alluma une lampe à pétrole et ils s'installèrent de part et d'autre comme deux enfants en réunion.

Jumeau face à jumeau, le même visage en miroir flottant sur la lumière bistrée. Mêmes pommettes, front et bouche, et son reflet révélant de fines déviances sous la flamme. La lampe fut vite entourée de moucherons qui, après un bref instant dans la chaleur, se consumaient en étincelles ailées. Et puis son œil s'habitua à la lumière sans que de ces déviances toutes ne s'estompent.

Un moment passé à s'observer. De parfaits jumeaux jusqu'à douze ans plus tôt, alors que sa mâchoire était encore celle d'un jeune garçon, anguleuse et imberbe. À l'époque elle portait ses cheveux comme les siens et les avait laissés ainsi jusqu'à ses dix-huit ans.

Sous la lueur de la lampe elle gardait cette silhouette de onze ans aux épaules fines comme des ailes et aux sourcils farouches qui se fronçaient presque à se toucher quand elle abattait du bétail. Son visage à lui celui d'un homme de vingt-trois ans, un âge qu'il pouvait sentir, l'usure et les deuils de ces cinq dernières années marquant ses tempes, l'empreinte tannée et burinée du malheur et du déclin. Mais elle, elle n'en était pas affectée, et son visage ne montrait rien des chagrins et des tempêtes.

Elle parla en premier.

« Impossible d'appeler la police, pas vrai. »

Smith secoua la tête. Pas avec le père enterré sous leurs pieds.

« Elle me faisait pas si peur avant que je pige que c'était juste une gamine, dit-elle en un murmure dans une maison trop isolée pour que quiconque l'entende même si elle avait crié.

— Je sais.

— Mais elle est si jeune, même pas adolescente.

— Je sais.

— Et le bétail. » Sa voix se glaça. « On avait déjà pas assez de bêtes pour encaisser une perte pareille, et tu le sais. »

Elle mordit son pouce de couture piqué au sang. Tous deux comprenaient ce que ça voulait dire.

« Combien il nous manque ?

— Pour pas perdre le ranch ? »

Elle acquiesça.

« Quatre mille six cents dollars. C'est le prix des mortes, moins les peaux.

— Celles qu'elle a tuées tu veux dire.

— Ouais. Qu'elle a tuées. On n'avait déjà pas les moyens d'en perdre une. »

La peau de ses pommettes se plissa.

« Bon dieu…

— … quel merdier.

— Ouais. »

Elle se rassit et laissa le sourire s'effacer de son visage en un souffle. Il se pencha en avant dans son siège comme s'ils n'étaient pas déjà assis en silence et qu'il risquait de ne pas l'entendre. Leurs regards s'alignèrent quand il s'inclina et elle regarda ses yeux comme si elle avait oublié que l'un était mort. Une mèche blonde égarée avait glissé contre sa joue, un brin de paille brisé qu'elle caressa un moment avant de la laisser retomber, puis elle parla à nouveau.

« Alors on fait quoi ? »

Il cura un morceau de fumier sous l'ongle de son pouce et réfléchit, comme s'il n'avait pas déjà passé ces dix dernières heures à réfléchir. Le doigt de Lucy avait recommencé à saigner et elle le cala entre ses lèvres, mouchetant de sang leur pâleur anémique en attendant qu'il parle.

« Aucune idée. J'en sais rien. Tout ce que je sais pour le moment c'est qu'y a pas moyen qu'on la laisse filer.

— Tant qu'on sait pas quoi faire ?

— Tant qu'on sait pas quoi faire.

— On arrivera jamais à trouver l'argent. On va perdre le ranch.

— Arrête, Lucy. »

Elle laissa glisser son pouce sur sa joue et s'enveloppa le visage de la main.

« On peut pas partir maintenant, Wyatt.

— Laisse-moi un jour pour réfléchir… Doit bien y avoir un moyen. Elle peut se tirer nulle part. Pas de bouffe, pas de fric. Elle peut pas filer. »

Lucy posa ses mains sur la table et fit mine de la repousser.

« On aurait pas dû faire ça. On aurait dû la balancer, même si ça voulait dire partir d'ici, même si ça voulait dire que je risquais des ennuis… »

Il la regarda.

« Mais c'était qu'un accident, dit-il. Et c'est la terre de nos ancêtres. Pas question de la quitter. On l'a pas quittée à l'époque et on va pas la quitter maintenant. »

Elle baissa les yeux et dans l'ombre les fleurs de myosotis sur son corsage se transformèrent en belladones empoisonnées. Il enveloppa son bras blessé de la main et se leva mais sans s'approcher d'elle.

« On va trouver une solution, fais-moi confiance. »

Lucy se mit à rire. Elle s'adossa dans son fauteuil à bascule et, au gré du balancement, son visage vacilla dans la lumière de la lampe, faisant détaler, de l'autre côté de la fenêtre, les insectes aux ombres projetées sur la table. Elle continua à rire, comme gagnée par une forme d'hystérie, et comme elle ne s'arrêtait pas il attrapa le fauteuil par les accoudoirs.

« Quoi ? »

Elle secoua la tête.

Un papillon de nuit s'embourba dans le liquide de la lampe à pétrole puis s'enflamma. Laissant ses restes collés au pied de lampe en céramique comme un goudron floral. Elle leva les yeux vers lui, sa moitié sombre.

« Ça faisait un sacré bail que t'avais pas autant jacté. »

Il laissa son rire résonner le long des murs noircis, pâle fantôme exhumé des bruits de leur maison d'enfance. La lune était absente, il longea le couloir et monta l'escalier dans le noir. Entra dans sa chambre sans verrouiller la porte, elle allait devoir dormir avec lui ce soir. Réhabiliter ces nuits d'enfance où elle venait se glisser dans son lit pour trouver réconfort ou courage, du moins en apparence, dans le fait de voir sa propre tête posée sur l'oreiller à côté du sien. La lumière éteinte dans le couloir et les draps tirés sur leur tête, ils avaient observé les rais de lumière s'échapper d'une lanterne, les effleurant du bout des doigts quand ils avaient trop peur pour se tenir par la main. Ils étaient restés étendus les yeux ouverts, le froid passant sous la fenêtre, chacun blotti contre cette ressemblance qui lui tenait chaud. Les jumeaux aiment partager le même corps, le même métabolisme, les mêmes organes pour s'y réchauffer ensemble, voire s'y pardonner, ensemble, simplement en existant l'un pour l'autre.

Mais après la mort du père ils étaient devenus trop vieux, ou peut-être Lucy avait-elle dû apprendre à trouver le courage en elle-même, alors elle n'avait plus peur désormais. Et il envoyait ses peurs voler vers elle comme autant de pensées à travers le mur qui séparait leurs chambres. Certain que, d'une manière ou d'une autre, elle lui envoyait elle aussi quelque chose en retour, qu'il s'agît de réconfort ou de ses peurs secrètes bien à elle.

Il s'endormit certain que ce qui était enfermé derrière la porte de sa chambre n'en sortirait pas.

Une heure plus tard Lucy entra et il se réveilla aux bruissements du lit mais ne bougea pas. Elle portait une vieille robe qui n'était une chemise de nuit que parce qu'elle était blanche et parce que, sans vraiment avoir expliqué pourquoi, elle ne portait jamais de blanc la journée. Elle s'allongea et posa la tête juste au bord de l'oreiller comme si elle n'avait pas sa place ici, qu'elle n'y avait pas grandi. Sa silhouette s'enfonçant dans le duvet d'oie, un fantôme de cartilage, sa propre copie de sang aux yeux délavés par le soleil.

Ils étaient loin l'un de l'autre mais sa chaleur à elle irradiait sous les draps dans sa direction, comme une sorte de givre, comme quelque chose de sombre aussi, venu des entrailles de la terre et qui n'entrait dans sa chambre que lorsqu'elle le savait endormi.

« Jamais tu me laisseras être coupable, pas vrai Wyatt ? »

Il savait qu'il ne pouvait pas lui répondre ni même lui laisser voir qu'il l'avait entendue. La plupart des nuits elle lui parlait, et à chaque fois : « Dis-moi que je n'ai pas fait ça, Wyatt », ou bien : « Si tu es toujours moi alors je suis toujours toi. » Elle restait assise en équilibre sur le bord du lit, le visage tourné vers le mur vide face à elle. Il n'y avait plus de lanterne, ce n'était pas une conversation, et jamais elle ne restait. Sauf ce soir, car elle n'avait nulle part d'autre où dormir.

Il retint sa respiration, attendant qu'elle continue, et tourna finalement la tête pour la regarder. Mais elle avait déjà fermé les yeux et, sans savoir quand elle les avait clos, il laissa tomber ses paupières et s'enfonça dans un sommeil décousu, la créature dans la pièce à côté exhalant son souffle cauchemardesque entre les lattes du plancher et les ombres de Lucy s'étirant au plafond.

Il se réveilla plusieurs heures avant l'aube, roula hors du lit et s'habilla d'une autre chemise en flanelle et d'un jean, la maison et la chambre encore entièrement noires, ses mains tâtonnant contre les murs et la porte du placard.

Une fois dans le couloir il alluma la lumière et les doigts toujours sur l'interrupteur il regarda Lucy par la porte entrouverte. La courbe d'une clavicule sortait du col de sa robe, s'élevant à chaque respiration, une ossature qui, sous la peau laiteuse et diaphane, semblait trop pressante, trop forte pour faire partie d'elle, plutôt un support sur lequel elle aurait poussé, peau et capillaires, son sang à l'intérieur et ses cheveux comme le lichen enveloppant la pierre. Elle ne semblait émettre aucun signe de vie entre deux respirations. Il se tourna et ferma sa chambre, puis alla s'asseoir devant la porte verrouillée où le fusil reposait déjà.

Il resta assis là un moment, la tête entre les mains, sa respiration s'insinuant dans le silence, puis il s'adossa contre la porte. Derrière lui, une voix se fit entendre dès qu'il posa la tête.

« Vous êtes tout seuls ici, pas vrai ? » Elle sortait étouffée à travers le bois qui les séparait, l'intonation détachée, mouvante, comme rôdant dans les ténèbres qui affleuraient sous la porte. Le couloir était vide et la lampe excisait les ombres, la voix aurait tout aussi bien pu venir d'en dessous, sortir de la terre elle-même.

« Je crois pas m'être déjà retrouvée dans un endroit comme ça. C'est étrange ici, dit la fille.

— Tais-toi. » Elle avait dû parler assez fort pour qu'il puisse l'entendre sous la porte, mais il lui répondit comme si elle lui avait murmuré à l'oreille.

« Mais je crois que votre solitude à vous deux est différente.

— J'ai dit tais-toi, bordel.

— Elle l'est ou pas ?

— Elle l'est ou pas quoi.

— Différente. »

Il grimaça d'avoir répondu.

« Différente, parce que chaque année est un combat contre la terre mais que personne n'est là pour témoigner de votre guerre », dit-elle.

Il ne répondit rien et n'arrivait pas à l'entendre respirer, comprenant qu'elle se retenait pour écouter sa réaction. Il ne bougea pas et une minute plus tard elle se remit à parler.

« Je veux récupérer mon sac de pierres. »

Le fusil s'était réchauffé sous la chaleur de sa peau et il ne sentait désormais plus que son poids sur ses genoux. Derrière lui, la voix de la gamine traversait la porte sans interruption en un bourdonnement échappé de sa gorge ou du vide entre les murs.

« Les pierres restent pendant si longtemps au même endroit, elles endurent tant de chaleur, de pluie et de siècles, montant et descendant au gré du niveau du sol, et elles résistent, intactes, seulement pour qu'enfin on les ramasse et se les mette dans les poches. Mais ici, juste vous deux et… »

Et la terre, et le père, et les ossements des bêtes. Smith écrasa son poing contre le bois au-dessus de sa tête et la voix s'arrêta. La fille marmonna en grinçant des dents et finit par se taire, assez pour que ses derniers mots disparaissent dans l'air.

Quand il se rendormit la tête posée contre la porte, la lumière du couloir était encore allumée – un signal lumineux solitaire lancé depuis ces quelques hectares de Box Elder, brillant d'or au milieu des ténèbres, comme pour défier les brasiers insolents des étoiles de l'Utah.

Le soleil s'immisça par les étroites fenêtres à l'est et se déversa sur le sol en rampant vers la crosse de son fusil. Il ne bougea pas jusqu'à ce que la chaleur remonte le long du canon et lui brûle la main.

Lucy était réveillée, déjà hors du lit ; pas besoin de vérifier lorsqu'il passa devant la porte ouverte.

Il posa le fusil contre le chambranle de la porte de la salle de bains et plongea les deux mains dans le lavabo pour se passer de l'eau sur le visage, mais il avait oublié la raideur dans son bras gauche et il l'arrêta net à mi-hauteur, laissant l'eau couleur de gruau lui couler le long de la manche. Il baissa le bras et de l'autre main glissa un doigt sous le coin de sa paupière droite pour laisser l'œil de verre s'échapper de son orbite.

Au moment de toucher l'eau une poche d'air se forma contre la courbe oblongue du verre et résonna comme une pierre frappée, puis l'œil tournoya et coula et tournoya à nouveau. Posé au fond du lavabo, dans les profondeurs d'une mer uniquement peuplée d'invertébrés aux airs d'yeux déformés, l'œil le regardait de son iris bleu pervenche.

Il leva la tête vers le miroir écaillé où tremblotait doucement le reflet de son visage balafré, et la fente musculeuse là où son œil s'était trouvé était comme un fil égaré, ou comme le sillon d'une charrue dans la glaise d'un champ, assez profond pour y engloutir le bétail. Alors il saisit des deux mains le rebord du lavabo sous le déluge des souvenirs funestes de la veille.

Il vida l'évier, laissant un doigt dans la bonde pour empêcher l'œil de s'y engouffrer, attendant que l'eau le nettoie et que le verre sèche un peu. Il entendit Lucy dans l'escalier. Elle aurait une tasse d'eau pour la gamine – un de ces noms qu'il avait pour elle et qui lui semblaient étranges quand il se les disait dans sa tête – mais elle l'attendrait pour entrer.

Il était en train de remettre son œil en place quand il entendit le son du loquet, il attrapa aussitôt le fusil par le canon mais ne fut pas assez rapide, et la voix de Lucy résonna : « Merde ! » puis la tasse implosa sur le sol quand la porte s'ouvrit à la volée. Il était déjà dans le couloir, Lucy se tourna dans sa direction au moment où un bras sombre lui percutait le visage, et la gamine se rua hors de la chambre. Il se lança en avant pour l'écarter de Lucy d'un coup d'épaule mais la gamine rebondit sur sa droite et se jeta dans l'escalier. Elle dégringola sans même toucher les marches et sans plus utiliser ses pieds que ses mains, ses coudes ou ses hanches, un vol infernal durant lequel son corps sembla se muer pour épouser la forme de ses prises dans sa chute.

Il s'élança après elle mais il était trop lent, alors quatre marches plus bas il se retourna et remonta en courant. Il aperçut Lucy au sol, les pieds écartés et la main sur la joue, mais elle lui fit signe de continuer et il poursuivit sa course vers la chambre vide.

Au milieu de leurs empreintes de pas dans la poussière et le limon de la veille serpentaient les traînées sinueuses des pieds de la chaise, traces noires là où le bois avait assez creusé dans la crasse pour y laisser sa marque. La chaise était posée contre une fenêtre trop étroite pour s'y glisser mais avec bien assez de verre pour y enfoncer un des montants du dossier et y couper les cordes sur ses bords acérés.

Smith repoussa la chaise du pied, leva le fusil à la fenêtre et surveilla le terrain devant la maison. Avant qu'il ait pu reprendre sa respiration, la gamine était sortie du rez-de-chaussée et traversait le jardin en courant, il racla le verre brisé de la fenêtre à l'aide de son fusil et elle louvoya sur quelques enjambées en entendant le bruit mais ne s'arrêta pas, il colla ensuite son œil contre le viseur et attendit de voir si… elle partait bien vers le pickup, il n'allait pas avoir le choix, il se laissa tomber sur un genou et visa droit devant elle pour l'en éloigner. La moitié de la chevrotine vint exploser le rétroviseur et le reste résonna contre le montant métallique, la gamine se jeta aussitôt sous la voiture.

« Saloperie ! » Elle était trop près des pneus désormais, c'était pas bon.

Il actionna la bascule de son fusil et chargea deux cartouches, reposant le canon en équilibre sur les tessons de la vitre, les bouts de corde effilochée encore accrochés aux lames de verre comme des amas d'araignées figées sur place.

Il poussa à nouveau le canon, faisant tinter dans la cage thoracique de la fenêtre les côtes de verre brisé. Il jaugea la distance, l'estimant au mieux depuis le bout de son fusil. Il connaissait exactement le diamètre que ferait le nuage de chevrotine au moment d'atteindre sa cible. Lucy apparut à son épaule. La sœur vêtue d'une robe brune retira la main de sa joue, pensant y voir du sang, mais elle n'était mouillée que des larmes accidentelles provoquées par son coup reçu au visage et elle ne décrocha pas son regard de la fenêtre alors que son ecchymose se teintait d'un rouge d'érable. Le frère au bras blessé retint sa respiration et pressa la détente, un tir parfait qui frappa le sol à bonne distance des pneus mais bien assez près pour convaincre celle qui s'y était réfugiée. Et la jeune gamine aux cheveux en bataille et aux avant-bras couverts de sang et de verre décampa vers la route.

Ils dévalèrent l'escalier, Lucy sur ses talons. Elle fit déraper ses bottes sur le sol de la cuisine et saisit le pistolet là où elle l'avait laissé près de l'évier.

« Tiens-le prêt, lui lança-t-il par-dessus son épaule.

— T'as peur pour moi ?

— Jamais. Couvre la maison et le pickup. »

Alors qu'il atteignait la porte, il la vit se tourner et se plaquer dos au mur, le pistolet serré entre les mains.

« Toi ! » crié dehors, devant la maison, et sa voix résonna contre les flagelles muets des champs de blé.

Avec la route à un demi-kilomètre, et seulement deux paires de bras pour s'en occuper, le champ devant la maison avait depuis longtemps été envahi par la broussaille et les graines. Fusil à la main, il s'élança en courant dans l'étendue d'herbes folles et la porte moustiquaire se referma derrière lui en brinquebalant comme un vieux canasson. Des oiseaux criaient en cercles en survolant les blés et ce n'est que lorsqu'un chardon lui cisailla la cheville qu'il prit conscience de ses pieds nus. Elle l'avait battu là aussi.

Il se précipita dans les broussailles et traversa le blé enserré de ronces qui prit alors une teinte plus verte sur les cent derniers mètres, devenant plus lisse, plus fluide que la nasse pleine de bardanes du champ. La couleur de la nausée. Il mit les mains sur ses cuisses, le souffle coupé par sa course, et regarda la route, ce serpent au revêtement craquelé qui s'étirait vide dans chaque direction. Aucune voiture à l'horizon, et avec lui à ses trousses, impossible pour elle d'en attendre une.

L'herbe haute et dense avait effacé ses traces derrière lui comme de l'eau. Trop de chemins à prendre et trop de centaines d'hectares à arpenter. Impossible de la poursuivre et de la traquer. Et si elle n'était pas partie, si elle avait en fait rebroussé chemin…

Il se retourna vers la maison et s'élança à nouveau dans le champ, se tournant sans arrêt pour assurer ses arrières, arme en main. Cette fois les oiseaux étaient silencieux. Dans sa course, les épis de blé se pliaient et venaient éclater en petites explosions de graines contre l'arrière de ses chevilles.

Il voulait tirer un coup de semonce sans savoir où viser et il sentit en courant la plante de ses pieds s'ouvrir sur le vieux chaume qui couvrait le sol, avant de s'engourdir, lui faisant oublier la douleur lancinante de son bras sous sa chemise. Des vaches meuglaient au loin et les cigales emplissaient l'air de leur voix de ténor entêtante alors qu'il traversait les blés sous le chant des sauterelles, puis il atteignit enfin les marches. Lucy le retrouva à la porte.

« Ça va ? haleta-t-il.

— Pourquoi. Qu'est-ce qu'il y a ? » Elle tenait les tessons blancs et humides de la tasse dans une main, le pistolet dans l'autre.

Il replaça le fusil contre son épaule.

« Rien. J'ai cru qu'il était arrivé quelque chose. »

Elle souffla et ses côtes plongèrent dangereusement vers les épingles à nourrice à sa taille, mais elle ne desserra pas sa main du pistolet.

« Tu sais bien qu'elle est partie Wyatt. »

Il la suivit à l'intérieur en claquant la porte derrière eux et elle sursauta.

« Faut qu'on la retrouve, qu'on récupère au moins quelque chose, si on veut pas perdre la maison.

— Elle est partie. »

Smith appuya le fusil contre le bord de la table sans répondre.

« Qu'est-ce qu'elle pourrait vouloir prendre ici ? » dit Lucy.

Elle laissa les tessons tomber dans la poubelle et se tourna à nouveau vers lui. Ses yeux comme des choses en train de fondre.

« Tu vas faire quoi ?

— J'en sais rien. » Mais il savait. « Faut que j'aille après elle.

— Je sais.

— Je sais que ça n'a aucun sens. Mais tout vendre comme ça miette par miette, pour rembourser un emprunt… je peux pas laisser faire ça comme ça. Faut au moins que j'essaie. Quelque chose, n'importe quoi.

— Je sais », dit-elle en regardant le trou dans son bras.

Il pensa au bœuf que la gamine avait dévoré et qui avait presque perdu une moitié de flanc. Il n'avait jamais retrouvé les restes. Une faim fétide sans fond ni contours, au visage si différent de celle qui la portait et dont le corps, qui la suivait quelque part, renfermait à l'intérieur tout le poids de ce qu'elle avait consommé. Tout ça parti en une nuit, avec un morceau de son bras aussi, mais peut-être n'avait-elle pas tout mangé et plutôt nourri une force grise tapie depuis toujours dans les bois ? Mais non ce n'était qu'une gamine. Alors vas-y.

Smith entra dans la réserve, retira quelques boîtes de conserve des étagères et les jeta dans un sac de jute récupéré sous l'évier. Il commença à remplir des bidons d'eau et lança un dernier coup d'œil au comptoir. La veille il y avait déposé les armes de la fille et son sac en plastique. Les armes étaient là mais le sac avait disparu. Il s'en saisit, les démonta avec la même maîtrise clinique que s'il dépeçait un lapin puis ramassa toutes les pièces et les emporta dans la réserve. Il revint avec des munitions qu'il étala sur la table.

Lucy s'assit et posa le pistolet devant lui, et sans comprendre qu'elle avait voulu lui donner les deux armes, il poussa le fusil vers elle. La culasse racla la surface de la table, laissant une tranchée dans la résine, là, sans se lever de sa chaise, elle s'écarta. Il fourra le pistolet à l'arrière de son jean.

« T'as des cartouches pour ça. »

Lucy se leva sans rien dire et il grimpa une nouvelle fois à l'étage, bottes aux pieds faisant résonner chaque marche comme un lièvre fatigué tapant mollement de la patte. Il sortit une autre boîte de balles de sous le lit et attrapa la couverture en laine posée dessus. Il s'arrêta un moment à côté du lit, le pistolet pesant à sa ceinture. Ils avaient acheté ce Winchester qui tenait dans une paume pour se défendre même si le père n'allait de toute façon jamais nulle part sans son fusil. Ils ne l'avaient utilisé que pour s'entraîner à tirer dans les champs, Lucy dégommant des conserves de soupe vides avec sur le visage un sourire tordu vers l'œil qu'elle fermait pour viser.

Il tourna le dos à cette pièce qui avait vu passer sa jeunesse, ou son absence, et qui, s'il ne revenait pas, resterait à jamais dénuée d'âme, comme elle l'avait toujours été. Une pièce blanche, avec dans le placard des chemises de flanelle pendues dont les accrocs avaient été gauchement recousus, le fil collé par le sang des doigts de la sœur. Car elle ne cousait jamais pour créer, et ne saignait qu'avec du recul, pour réparer. Elle saignerait encore après son départ, la terre continuant à déchirer et à user les vêtements, ou arrêterait de saigner s'ils étaient forcés de quitter le ranch, ce qui serait pire encore car cela voudrait dire oublier. Il laissa tout ça derrière lui.

À son retour en bas elle s'était rassise, vautrée contre le haut dossier de la chaise en bois dans sa robe à motifs. Smith enfila sa veste au bras gauche lacéré qui en se réchauffant sembla se remettre à saigner.

Les grands yeux de Lucy étaient dépourvus d'émotions. Des mèches blondes encadraient son visage, de la couleur du blé, comme s'ils avaient poussé dans les champs, ou inversement.

« Ça ira toi ? demanda-t-il.

— Et toi ?

— Et tu t'occuperas des bêtes ? »

Des bêtes trop peu nombreuses désormais, des animaux qui n'avaient pas su courir alors que leur monde explosait.

Bien plus une affirmation qu'une question.

« Je m'occuperai des bêtes », dit-elle.

Elle avait les yeux tournés vers la fenêtre en direction des bois, et il sut ce qu'elle y voyait. À deux cents mètres au pied d'une colline se trouvait la motte de terre de deux mètres de long, une tombe ornée d'une simple croix clouée à la main et de son collier en os de lapin pendu en travers des planches.

Il la regarda. Le fusil toujours sur la table. Elle y jeta un œil, les deux mains croisées dans le dos comme si elle avait voulu qu'on les lui attache.

« Je peux pas Wyatt. »

Une arme qu'elle n'avait pas touchée depuis qu'elle avait servi à tuer le père. Un père qu'ils avaient enterré sans son arme, par nécessité. Un objet qui ne l'avait pas sauvé ici-bas et qui ne le sauverait pas plus dans l'au-delà où la chasse n'existait certainement pas. Il le vit dans ses yeux et reprit aussitôt l'arme avant de déposer le pistolet là où le fusil parricide s'était trouvé.

« Pardon, j'aurais pas dû. »

Elle baissa les yeux.

« Je serai pas parti longtemps », dit-il.

Il chargea le fusil et glissa deux cartouches dans sa poche.

« Tu t'en sortiras, sans moi ?

— Wyatt…

— Ouais…

— C'est la première fois que tu pars. »

Il fit encore un pas en arrière et se tourna pour lui faire face, et pour la première fois il se rendit compte combien son bras blessé avait brisé sa posture. Il voulut lui dire que ce n'était rien du tout, mais ne put trouver les mots.

Elle rit et son rire devint un cri perçant, elle releva le menton comme pour s'en débarrasser, et sa peau rougeoyait sous les reflets du soleil sur sa robe, les joues cramoisies sauf là où l'ecchymose avait laissé une marque sombre.

Il sentit quelque chose bouger contre sa peau et posa sa main sur son biceps blessé, pas de sang.

« Tire s'il le faut. Promets-moi que tu le feras. Tu sais pas de quoi elle est capable. »

Elle, dont le dernier coup de fusil avait envoyé le père hors de ce monde.

Lucy tenait une boîte de cartouches à plat dans ses mains, comme une Bible pour le sermon, et elle acquiesça à nouveau.

Il regarda une dernière fois derrière lui en s'avançant vers la porte, les cheveux blond sale comme les épis dans le champ, la robe de papier mauve qui lui descendait jusqu'aux chevilles.

Essaya d'oublier ces yeux grands ouverts alors même qu'il y plongeait les siens. Des yeux qui s'ouvriraient encore s'il revenait pour annoncer qu'il leur fallait partir, et plus encore, une fois dans la pénombre des routes et des bois sans nom où errent ceux qui n'ont plus ni maison ni histoire.

« Je serai pas long, dit-il.

— T'inquiète », lui répondit-elle.

Elle s'éloigna et tourna à nouveau son regard vers la fenêtre. Il se sentit pâlir et le sang qui désertait son visage vint se loger en pulsant dans la plaie sur son bras. Il regarda le pickup, le rétroviseur brisé pendait à moitié de la carlingue de tôle bordeaux et argent de la couleur d'un tracteur, qui l'attendait là, puis s'élança dans sa direction à toutes jambes.

Là-bas, des mandragores poussaient maintenant à l'ombre de la colline même si l'homme n'avait pas été pendu. Il ne savait pas combien d'années il faudrait pour que les racines s'enfoncent assez profondément dans la terre et transpercent le corps enfoui, ou alors était-ce de ces mêmes entrailles qu'elles avaient germé, ou peut-être n'y avait-il déjà plus rien, sous cette terre qui avalait les corps entiers sans même les mastiquer ni les digérer et alors, en s'y rendant pelle en main, ils n'y trouveraient rien. Un espace vide. Ou, s'il creusait plus profond encore et trouvait enfin le père, il trouverait peut-être aussi son œil, au fond de cette gorge caverneuse dont le désert était la peau eczémateuse, cette caverne remplie de la myriade de choses dont ils s'étaient délestés, des os de poulets agencés en point de croix sur des peaux de bêtes abandonnées, l'enchevêtrement presque floral de fil barbelé et le cortège des carcasses de bœufs. Il le retrouverait enfoncé quelque part dans le foin pourri, ou encore collé au morceau de câble qui le lui avait arraché, attendant toujours et voyant encore, son regard tourné vers les ténèbres tièdes comme du purin et où, même là, les mouches volaient, car les mouches volent partout où plane la mort. Cette terre vorace et fiévreuse au pas de leur porte et sous leurs pieds, qu'ils avaient nourrie et qui les empêchait désormais de partir et les avait ainsi condamnés à être finalement consommés à leur tour, peut-être lui avaient-ils même donné un goût pour la chose. Mais c'était la terre de sa famille, et c'est elle qui les possédait depuis le début.

3

L'HOMME DE BOX ELDER

Son vieux Ford F-150 démarra dans un crépitement sec de côtes brisées. Le fusil sur le siège passager pour seul témoin de sa poursuite. Il s'élança vers le sud. Rien de particulier dans les deux directions mais Salt Lake City l'attendait au sud et il savait qu'elle le savait aussi.

Il roulait lentement, surveillant le bas-côté. Peu de chance qu'elle fasse du stop ; elle ne serait pas loin. Pas assez folle pour se lancer sans vivres sur deux cents kilomètres de contrée sauvage en retournant vers la forêt, ni pour se risquer à escalader une fenêtre de cuisine dans un pays où personne ne vivait sans fusil.

Non, il n'en savait rien. Il lui fallait aller vérifier, être sûr.

En bordure des sept cents hectares de leur propriété un mobil-home se dressait encore sur les dernières miettes de terrain vendu, les seuls à n'avoir pas abandonné leur petit demi hectare pour filer vers le sud à la recherche d'une ville et d'une vie meilleure. Lorsqu'il se gara, une petite vague d'enfants s'éloigna de l'habitation vers le fond de la propriété. L'endroit le plus proche qu'elle pouvait viser si elle était à la recherche d'une voiture ou de quoi manger. Smith posa le pied sur le gravier, fusil à la main.

Il attrapa par l'épaule un des enfants resté en arrière pour ramasser les jouets en plastique laissés là dans la poussière par les plus petits. Le jeune garçon avait les cheveux blonds presque blancs et un bronzage d'un rouge profond, des sourcils hirsutes comme des cristaux de sel et d'une couleur qui rappelait la peau pelée de ses oreilles brûlées par le soleil. Il portait un simple short de sport à la ceinture serrée en boule et attachée par de la ficelle agricole, ourlé de la poussière projetée par ses mollets et qu'il fit retomber en se relevant bouche bée face à Smith accroupi devant lui.

« J'ai un boulot pour toi. Tu veux gagner un dollar ? »

La lèvre du garçon cessa de trembler et il acquiesça, souriant presque.

« Super. Tu vois le rocher là-bas au bout de l'allée ? »

Le garçon fit oui de la tête.

« Je veux que t'ailles t'asseoir dessus, et si quelqu'un arrive par la route tu fonces à l'intérieur pour me tenir au jus. Pigé ? »

Le garçon acquiesça avec conviction et Smith retira sa main de son épaule, comme soudain gêné par cette proximité. L'enfant partit en courant à son poste, des jambes rougies au bout desquelles s'agitaient des talons blancs.

Smith se tourna vers le mobil-home et s'approcha, le canon de son fusil comme la gueule d'un chien de chasse avançant devant lui sur le gravier. Il gravit les planches clouées qui servaient de marches et releva le canon de son fusil contre son épaule, certain qu'ils en auraient un eux aussi. Il frappa deux fois contre l'aluminium de la porte couverte de moisissure.

« Qu'est-ce que c'est ?

— C'est le voisin.

— On a pas de voisins. On a besoin de rien.

— Non m'dame. Je viens d'à côté. De chez les Smith. »

Un silence.

« Les Smith ?

— Oui m'dame. »

Encore un silence. Et puis…

« OK attends voir. »

Il s'écarta d'un pas au cas où, faisant grincer les planches, puis la femme apparut derrière la porte. La trentaine, en robe de chambre, coiffée de rouleaux de plastique roses et larvaires dont l'alignement soigné jurait avec le reste.

Elle le toisa de haut en bas, laissant traîner son regard sur la prothèse mal ajustée qu'il savait ressembler à une pierre enfoncée dans son crâne sous la faible lumière de l'entrée, mais elle ne s'écarta toujours pas pour le laisser entrer. Ses paupières étaient cerclées du mascara de la veille et une cicatrice qui lui descendait de la lèvre en travers du menton tressaillait au rythme de ses yeux.

« Tu dois être le petit de Sinclair alors, hein ?

— Oui m'dame. C'est Wyatt.

— T'as poussé dis-donc. Entre, viens. »

Le mobil-home était aussi large qu'une cabine de pickup et long comme plusieurs mis bout à bout, mais pas plus décoré qu'un pickup ne pourrait l'être. La moquette synthétique faisait plus de bruit sous ses bottes que le chaume ou les feuilles sur le sol de la forêt, et il la suivit sans qu'elle semble dérangée par le canon du fusil qu'il gardait maladroitement collé de sa main droite contre son torse. Le viseur, au moins, était tourné vers le plafond.

Elle se tourna après avoir refermé bruyamment la porte et traversa le sol jonché de vieux journaux, se traçant un chemin jusqu'à un canapé en laine où il s'assit à côté d'elle.

Un enfant passa en courant devant eux, poussant un chariot en plastique jaune.

« Lui c'est Bryson Horace.

— D'accord. »

Il tenait le fusil entre ses genoux, regardant une grosse mouche noire traverser l'épaisse fenêtre au-dessus de la porte.

« Wyatt, c'est ça ?

— Ouais.

— Je suis désolée mais Bo rentre pas du boulot avant sept heures. »

Elle réfléchit un instant.

« On a du lait, tu veux un peu de lait ? Ou de la gnôle ? On l'a faite avec nos pommes. »

Elle commença à se lever et Smith laissa échapper un « Non… » Elle se rassit, les mains toujours posées bien en évidence.

« Non, dit-il plus calmement et il secoua la tête, je cherche quelqu'un…

— Qu'est-ce t'as à l'œil ? éructa-t-elle d'une voix effrayée.

— Un accident à la con.

— Ah. »

Elle s'agitait nerveusement et attrapa un cure-dents derrière son oreille qu'elle se cala dans un coin de la bouche avant de gratter sa cicatrice de l'autre côté.

« Vous avez vu quelqu'un ?

— Je pourrais pas bien t'aider. J'ai vu personne de nouveau dans le coin à part toi. »

La femme se pencha et agita sans effet la main à un enfant qui se tortillait devant eux sur l'âcre moquette magenta, avant de se retourner vers Smith.

« Tu cherches qui ? »

Son regard, toujours fixé sur son œil de verre, ignorait ses enfants disséminés un peu partout sur le sol.

« Une gamine. Plutôt jeune. Elle nous a volé quelque chose.

— J'espère que c'était rien d'irremplaçable. »

Smith laissa échapper un rire qu'il tenta aussitôt de ravaler, la femme s'éloigna encore un peu plus de lui sur le canapé. Il se reprit et essuya son œil de verre du revers de la main. La gueule du fusil toujours pointée vers le plafond.

« Pis comment va ton vieux ? Et ta sœur ? Elle doit être bien belle maintenant. J'ai vu personne de chez vous depuis l'autre fois où ton père nous a emprunté les outils pour réparer le tracteur. »

Smith se leva.

« Elle l'est. Et c'était la presse à balles.

— Quoi ?

— C'était l'attelage de notre presse à balles. Il a encore lâché une semaine plus tard, du coup j'ai essayé de le réparer sans qu'il le voie et le câble a arraché la poulie et mon œil avec. Le bout du câble est venu s'enfoncer pile dans l'orbite. Faites bien gaffe si vous voyez la gamine dans les parages. »

Il était presque à la porte.

« Et je dois faire quoi ? Je fais quoi si je la vois ? »

Smith la regarda en poussant la moustiquaire, puis il se tourna et sortit, la laissant debout devant le canapé, une main agrippée à son col, un bigoudi rose détaché dans l'autre.

Il lança le pickup en marche arrière dans l'allée et vit le garçon toujours assis sur son rocher, ses cheveux blancs lui balayant le visage, un bâton coincé entre ses doigts de pieds nus. Au bruit du moteur le garçon leva son bâton et Smith vit qu'il l'avait cassé en plusieurs endroits pour lui donner la forme d'une carabine. Il fit mine de l'armer en visant la route. Une fois au bout de l'allée, Smith tendit un dollar à l'enfant par la fenêtre, un de ses derniers. Le garçon sauta de son rocher et s'en saisit avant de partir en courant vers le mobil-home, ou vers les bois derrière pour y retrouver ses sœurs à lui dont les mains n'avaient jamais tué.

En roulant, Smith garda l'œil fixé sur les bas-côtés, espérant y déceler les signes d'une incursion récente dans les branches basses, mais dans ce pays il était futile de se lancer dans une traque sans au moins une piste. Trop de terres à couvrir, et elle, lui, ou même les deux, seraient morts avant qu'il aperçoive les faibles traces d'un passage humain dans les feuilles et la boue. Il allait devoir penser aux repères et aux endroits où elle pourrait estimer avoir une chance de trouver quelque chose, faire du stop ou tomber sur une voiture à voler. Déjà il commençait à limiter ses options et sentit un poids lui appuyer sur l'estomac.

Il fut un moment tenté de revenir sur ses pas pour s'assurer qu'elle n'était pas simplement étendue face contre terre dans l'allée du cabanon de chasse branlant d'un péquenaud du coin. Mais elle était plus maligne que ça. Il continua vers le sud comme à l'instinct, un instinct teinté de raison. Plus rien au nord excepté des parcelles abandonnées et des fermes aux mille hectares où elle ne trouverait pas plus d'hospitalité qu'elle n'en avait trouvé chez l'homme qui lui avait tiré dessus depuis le dos brisé de son propre taureau.

Trente kilomètres plus loin, à l'embranchement de la route pour Salt Lake City, il trouva le pickup vide. Bleu turquoise pâle, un bois de cerf dessiné en noir sur la vitre arrière. Il reconnut une des vieilles épaves de chez Bo Anderson, arrêtée sur la voie opposée, en direction du nord. Il ralentit en s'approchant du véhicule, sans arrêter le moteur au cas où elle aurait foutu le camion en l'air et était en train d'attendre dans les fourrés pour essayer d'en voler un autre. Mais aucune trace de pneus sur le goudron derrière le pickup, et l'herbe n'était foulée que du côté droit, là où les roues étaient passées dans le fossé. Pas de traces dans la boue non plus comme il y en aurait eu si elle avait dû freiner brusquement. L'essieu avait certainement été tordu par cette sortie de route mais le pickup marchait encore.

La porte conducteur était ouverte, les clefs visibles sur la banquette. Il arrêta son moteur et sortit. Aux aguets. Comprenant ce que devait ressentir un cerf debout immobile dans les fourrés environnants, la présence indescriptible d'une chose en train de respirer. Il savait qu'il était seul.

Ici, les formes des arbres lui étaient étrangères bien qu'ils fussent de la même lignée que ceux debout dans ses bois. Des arbres connus des hommes venus ici bien avant que les routes n'y passent comme une seule et même étendue sauvage. Kilomètre après kilomètre d'une étrange forêt toujours en mouvement. Jusqu'à ce que l'homme meure dans ses bois et qu'elle cesse alors de lui paraître étrange. Car dans une forêt où vous ignorez derrière quel arbre votre père a été tué, chaque arbre vous paraît familier.

Il la chercha à l'odeur, reniflant l'air. La traquant comme un animal, la seule chose qu'il savait traquer. Tout était silencieux, un silence de forêt, les cris étouffés ou perçants d'oiseaux sans visage, le bruissement de leurs ailes comme une robe au milieu des feuilles, et si l'on pouvait faire taire leurs bruits on entendrait alors le frottement pierreux des pattes des insectes qui leur servent de nourriture, et si l'on pouvait faire taire ceux-là, on entendrait alors le tic-tac infernal des larves au cœur du bois des arbres et peut-être aussi le lent grincement des arbres eux-mêmes. Et s'il existait bel et bien une différence entre les arbres de son ranch et ceux de cette route, leurs sons n'en laissaient entrevoir aucune.

L'herbe était vierge de toute trace. Elle avait continué sur la route. Alors il se souvint… la station essence deux kilomètres plus loin. Elle n'avait pas voulu qu'on aperçoive son véhicule volé et avait fait demi-tour pour le laisser. Il remonta dans son pickup et démarra.

Enfants, les arbres et les bœufs leur étaient apparus comme autant de géants. Courant parmi eux, se glissant d'un bond entre deux troncs voisins dans les bois ou entre deux épaules serrées devant l'auge, ou plongeant les mains en avant au-dessus d'un tronc à terre, tout comme ils plongeaient par-dessus les vaches affalées dans l'herbe.

Ils étaient si petits alors, qu'ils avaient cru pouvoir passer en courant sous les ventres du bétail simplement en se penchant un peu. Lucy mit Wyatt au défi de le faire, puis se proposa à sa place avant même qu'il puisse répondre. Elle choisit une bête âgée qui tapait du sabot pour éloigner les mouches et l'imita de sa botte contre l'herbe du champ puis s'élança, et avant que Wyatt ait eu le temps de la suivre la vache l'avait frappée d'une ruade au genou.

Elle en avait ri et il l'avait portée sur son dos jusqu'à la maison bien qu'il ne fût pas plus grand qu'elle à l'époque. Dans la cuisine il avait essuyé la boue et le purin de son genou et découpé un pansement. Un gros bleu et guère plus qu'une égratignure, celle d'une enfant qui aurait glissé sur le trottoir.

« Je la laisserai pas me faire une cicatrice, dit-elle.

— Nan ?

— On est pareils toi et moi, la seule chose qui peut nous rendre différents c'est les cicatrices. On peut seulement être différents du dehors. Alors faut qu'on fasse gaffe à pas se faire de cicatrices.

— Mais dans un ranch on se blesse tout le temps.

— Nan, je vais devenir forte en tout. Plus jamais je me prendrai de coups de sabot. Ni par un bœuf ni par un cheval ni par rien.

— Mince alors. Toute façon ça marche pas comme ça. T'es une fille et moi un garçon. C'est le monde et le temps qui passe qui vont nous rendre différents.

— Alors on va changer ? Avoir des cicatrices ?

— Ouais.

— Bah alors faut qu'on se sorte du monde, qu'on se sorte du temps. »

Les yeux de Wyatt s'étaient perdus là où les bois commençaient derrière la colline, si loin qu'ils n'apparaissaient qu'en une ligne verte, sombre et floue comme l'hématome sur le genou de sa sœur.

« Alors Wyatt, qu'est-ce t'en dis ?

— Hein ? » Il avait laissé tomber le pansement et reposé les yeux sur elle.

« Tu viendras avec moi ? »

Un endroit qui semblait avoir été érigé pour repousser un marais et servait désormais d'éponge. De la mousse brillait en fourrure émeraude sur la corniche et le gravier terreux tout autour était sec et poussiéreux. Une station essence qui servait d'épicerie de campagne dans un coin de pays trop reculé pour en avoir une.

Deux jeunes hommes en t-shirt se tenaient sur le porche dans l'obscurité du petit matin, l'un coiffé d'un chapeau de cow-boy en paille qui lui cachait les yeux, l'autre le jean enfoncé dans les bottes comme un dresseur de taureaux. Quand Smith se gara et sortit de son pickup ils l'observèrent et s'éloignèrent sans un mot pour aller s'adosser contre la façade du bâtiment. Il se vit, l'espace d'un instant, comme ils le voyaient, émacié et grossièrement vêtu, un œil décoloré et le fusil à la main, il savait que c'était avant tout parce qu'on le voyait peu dans le coin qu'il avait dû les effrayer, et il entra.

Le gérant leva la tête de son comptoir et du journal étalé dessus, un type corpulent, la cinquantaine bien tassée, une salopette blanchie par le soleil, une calvitie inégale et qui ne semblait pas avoir touché un rasoir depuis plusieurs jours au moins.

« Wyatt ? »

Il lissa le journal comme s'il s'apprêtait à le ranger mais sans avoir aucun autre endroit où le mettre, puis leva à nouveau les yeux.

« Wyatt Smith ? »

Smith ne le regarda pas et s'avança entre les rayonnages où s'empilaient des gâteaux sous cellophane couverts de poussière. Il regarda les produits sans les voir, enfonça le doigt dans un paquet de donuts et quand les gâteaux résistèrent il s'essuya le doigt sur la jambe de son pantalon.

« Ça fait quoi, Wyatt ? Trois ans ? Cinq ? Un sacré bail qu'on t'a pas vu dans le coin. »

Smith tourna le coin d'une rangée d'étagères métalliques et croisa enfin le regard de l'homme.

« Quelque chose comme ça.

— Je commençais même à penser que vous aviez pas tenu l'hiver, là-bas.

— Nan. »

L'homme remua inconfortablement et posa sa main gauche sur le coin du journal.

« Bon… qu'est-ce que je peux faire pour toi ? »

Smith s'approcha du comptoir.

« T'as vu une fille par ici ? Petite, les cheveux noirs, je dirais quatorze ans. Avec un t-shirt noir aussi. »

Le gérant se passa une main sur le crâne comme pour se recoiffer en arrière, mais ne réussit qu'à déplacer les trop longues mèches grises de ses tempes vers le dessus sa calvitie.

« Pourquoi que tu la cherches ? »

Smith s'arrêta devant le comptoir.

« Donc tu l'as vue ? »

Le gérant retira les mains du journal et les leva en geste de défense.

« Nan, du tout. Je me demandais juste qui c'était et pis pourquoi tu la cherchais. »

Smith se tourna et reprit sa marche entre les étagères métalliques peintes en blanc.

« C'est rien du tout.

— Pigé.

— T'es sûr que tu l'as pas vue ?

— Je te jure sur le bon Dieu.

— D'accord.

— Dis, comment va ton vieux ces temps-ci ? »

Smith le regarda.

« Il va très bien, merci.

— Dis-lui de passer dire bonjour un de ces quatre. Vous autres pouvez pas survivre juste avec vos bêtes et quelques commandes par correspondance.

— Je lui dirai. Mais on se débrouille. »

Smith sortit et la porte se referma en bringuebalant derrière lui, la vieille cloche s'étouffant contre l'épaisse couche d'affiches de chiens perdus et de chevaux à vendre.

Les adolescents étaient toujours sur le porche et celui au jean rentré dans les bottes toussa en lâchant un épais glaviot de jus de tabac devant le pied de Smith. Le garçon avait le teint brun d'un cheval dun, une canine manquante et deux chevalières à la main droite.

Smith s'arrêta.

« Qu'est-ce tu fais par ici. » Le garçon fit bouger le morceau de tabac dans sa bouche avec la langue.

Smith se tourna pour le regarder de son bon œil.

« C'est chez moi par ici, j'suis de Box Elder. »

Smith enjamba le glaviot graisseux et descendit les marches.

Les adolescents refermèrent le passage derrière lui, l'un d'eux glissant du talon par inadvertance sur le crachat.

Smith s'arrêta à l'entrée de l'allée gravillonnée et se tourna vers eux.

« Z'avez vu une gamine dans le coin, vous deux ? T-shirt noir, cheveux noirs.

— Ouais on l'a vue, fit celui au Stetson, ta mère s'est barrée avec un Mexicain ou bien ?

— Disons ça, ouais. »

L'autre, sur le point de filer un coup de coude dans les côtes de son copain, s'était arrêté dans son geste. Smith posa le fusil sur le siège passager et démarra. Il était sur le bon chemin.

Alors qu'il reculait pour sortir, celui au jean enfoncé dans les bottes l'appela.

« Elle s'est tirée avec une bande de motards. Pas des gars d'ici mais y'avait bien une demi-douzaine de bécanes, dont une avec des sacoches en cuir brun et les lanières qui vont avec sur le guidon. Sont partis vers le sud. J'espère que tu vas la retrouver. »

Smith le remercia d'un geste de la tête. Quand son pickup s'inséra sur la route, le garçon qui avait craché se tourna vers celui au Stetson.

« Faut pas déconner avec les gars de Box Elder, pauv' con. »

Plus besoin de ralentir pour la chercher au milieu des arbres qui bordaient la route. Il ne croiserait plus rien avant quarante bornes, une courte distance dans un pays où les fermes de deux cents hectares et les terres sans nom n'étaient ponctuées que de parcs à mobil-homes. Il croisa son propre regard dans le rétroviseur et le trouva bien assez fatigué pour un homme de vingt-trois ans. Un œil qui avait vu des choses, et un autre qui n'en voyait désormais plus, mais qui avait gardé en lui toutes celles vues pendant ses dix-sept années de vie, les conservant à jamais. Six ans sans cet œil et cinq ans sans ce père et moins de deux heures sans Lucy.

La fureur était revenue, si elle avait jamais faibli. Une chose vivante désormais, comme un ver qui lui déformait les parois des artères et venait frapper contre le trou dans son bras.

Ils n'avaient jamais été séparés l'un de l'autre. Quand ils se rendaient encore à l'épicerie c'était toujours ensemble, et sur le ranch il ne se sentait jamais vraiment seul. Quelque chose sur ces terres familiales les liait, comme des lignes enfouies en même temps que les espoirs et les corps des hommes venus avant eux et les os du bétail qu'ils y avaient élevé puis tué, et il pouvait la sentir se mouvoir à travers les champs, traverser les granges et voleter à l'orée des bois comme s'il lui suffisait simplement de tendre la main pour la toucher. Les choses avaient toujours été ainsi, nous n'avions toujours été qu'un, je suis elle et elle est moi.

Et si je suis elle et qu'elle est moi alors je suis aussi coupable. Si mes mains sont aussi ses mains, alors je suis un parricide. Quand je me réveille la nuit en m'arrachant les draps du corps pour voir si le sang est sur mes mains et que je sens battre mon cœur jusque dans mes vertèbres et au fond de ma gorge. Et quand il fait sombre je peux voir ces ténèbres sur mes mains comme s'il était là, comme il y aurait eu du sang sur ses mains à elle ce jour-là si elle l'avait serré dans ses bras alors qu'il mourait. Mais il n'y en avait pas et elle ne l'avait pas fait. Et donc je regarde mes mains pour voir si elles sont couvertes de sang, si elles tiennent le fusil, pendant que dans la chambre à côté de la mienne elle dort allongée, vêtue de blanc, respirant d'un souffle feutré, car désormais même sa respiration n'est plus comme avant.

Jamais elle ne serait une parricide, c'était un accident. Un accident. Elle ne le serait jamais, et c'est moi qui endosserais ce rôle pour lui retirer le poids de sa culpabilité. Je suis un parricide, mon père est mort et je l'ai tué. Car le monde n'est qu'un sillon creusé sur des ossements séchés et elle représente tout ce qu'il y a de bien en son sein. Parce qu'elle est moi et que je suis elle et que du sang sur ses mains c'est du sang sur les miennes.

Il avala les quarante kilomètres à toute vitesse, écrasant un écureuil sur son passage, une route trop peu utilisée par les voitures pour que les animaux apprennent à s'en méfier. Et quand il vit enfin le bâtiment, il ralentit.

Un motel, le genre qui sentait plus encore le vice que la vermine. Un panneau jaune écaillé perdu au milieu de cactus éplorés et pourrissant d'être nés trop au nord, trop dans l'humidité. Le panneau était vierge. Il savait que certaines choses ne pouvaient rien gagner ni perdre à avoir un nom.

Il se gara derrière un semi-remorque à côté du bureau d'accueil et regarda le gérant lever les yeux vers lui à travers la fenêtre, puis les baisser de nouveau sur un catalogue de matériel pour bétail.

Le motel était enduit de la même peinture jaune que son panneau pourrissant. Toit plat, une dizaine de chambres seulement. Les vestiges de son rétroviseur droit envoyait des éclairs de lumière derrière lui, des éclats de miroir pendants, retenus par de la vieille glu comme une anémone de verre. Une brise passa sur le parking, un frémissement puis le silence.

Il s'approcha, fusil à la main, et toucha du doigt les franges en nubuck des couvre-poignées de la moto garée devant. Il y en avait huit autres disposées çà et là sur leurs béquilles, le semi-remorque et quelques pickups. Il leva les yeux vers la chambre directement en face de la bécane recouverte de cuir puis décida que ça ne pouvait pas être celle-là. Ceux qui s'installaient dans de tels endroits évitaient d'être aussi facilement repérables.

Il se plaqua dos au mur et commença sa progression, sa chemise en flanelle s'accrochant aux aspérités du crépi. Trois chambres plus loin il entendit une voix dans le silence corrosif.

« Viens par ici toi, t'en as pas encore eu. »

Et la réponse :

« Pas de meth. Je veux un ecsta j'ai dit. »

Il était là, cet accent mesuré qui ne ressemblait à rien d'autre qu'il ait jamais entendu. Éduqué et trop formel, malvenu dans une bouche qui n'avait pas été élevée ainsi.

Il se glissa dans l'espace entre la porte et la fenêtre de la chambre. L'arrière de la tête appuyé sur le mur pour se fondre contre la peinture terne et jeter un regard en biais à travers la fenêtre. Les rideaux étaient à demi tirés, d'une façon qui montrait que les occupants n'étaient que vaguement conscients de l'existence des fenêtres.

« T'es sûre que t'en veux pas un peu ? » La première voix.

Deux hommes dans la pièce. Celui qui parlait était la réplique crasseuse de l'idée qu'on pouvait se faire d'un homme. Une barbe grise tombant sur les revers d'une veste en cuir à l'air rouillé qui lui compressait les muscles du cou. Il avait une oreille percée sur toute sa longueur et son crâne rasé était entièrement tatoué de serpents multicolores, telle la couronne de laurier pourrissante d'un seigneur régnant sur un monde qui existerait quelque part sous nos pieds. Ses yeux bougeaient lentement, deux radeaux de bois piqué flottant dans un gel blanc veiné.

Un autre bien plus jeune était assis à la table branlante près de la fenêtre, la vingtaine, des cheveux de jais et des yeux d'un vert vulgaire, la couleur de l'étiquette sur un sandwich de station-service. Vêtu seulement d'un jean et d'une veste en cuir, sans t-shirt en dessous, et quand la fille passa devant lui il sortit une pipe en verre d'une poche intérieure de sa veste et le geste y révéla une déchirure irrégulière placée juste sur le cœur. Il surprit la fille en train de le regarder et passa un doigt dans le trou.

« C'était celle à mon frangin, mais là où il est, il en a plus besoin. » Il retira son doigt tremblant.

Elle avait essuyé presque toute la terre de son visage et il voyait maintenant qu'elle n'était vraiment qu'une enfant. Son teint naturel était d'une couleur si proche de la boue qu'elle semblait avoir simplement émané de sa peau ce matin-là.

La porte de la salle de bains s'ouvrit et un troisième homme entra, aussi usé que le premier mais plus âgé, un motard à la barbe blanchie et aux yeux bleus et vides comme délavés par le vent eux aussi, et sur le visage une expression capable de dompter chevaux sauvages et hommes menaçants. Il referma un téléphone à clapet dans la paume de sa main.

« Ton marchand d'ecsta est en route. »

L'homme aux serpents tendit un petit sachet de meth à la fille.

« T'es sûre ? »

Son regard passa du plus vieux à lui.

« Je parle que quand je suis sûre. »

L'homme se rapprocha de la fenêtre pour prendre la pipe au gamin, et à la lumière Smith put pleinement voir ses tatouages, des dents acérées au-dessus des sourcils et contre ses oreilles, s'enroulant vers l'arrière dans un nid d'écailles enfoui parmi ses cheveux clairsemés.

« Guillermo a dit où il était ? » demanda-t-elle.

Elle s'adressait au plus vieux mais c'est l'homme aux serpents qui lui répondit.

« Il va arriver. On a prévu de se détendre un peu en attendant. »

Il cala sa pipe derrière son oreille et se dirigea vers la table de nuit.

Sur l'autre lit, le vieil homme tapait un rythme contre son genou, ses doigts vibrant d'une violence silencieuse et hystérique.

Smith resta collé au mur, fusil dressé contre la poitrine, le talon de la crosse posé sur sa jambe repliée. Attendre, il devait attendre. Il fit passer son poids d'avant en arrière dans sa chaussure pliée et son pied commença à s'engourdir. Attendre.

Il les regarda façonner l'instrument avec une bouteille d'eau, une carte postale roulée enfoncée sur le côté pour servir de paille et la pipe insérée juste en dessous. Elle avait une extrémité brisée, comme si on l'avait arrachée d'une pipette de cours de chimie.

L'homme aux serpents, le chef, passa en premier et leva une torche au butane contre l'embout de la pipe. Il inspira et ses pupilles gonflèrent sous la marée d'eau saline. L'air s'échappa à travers les planches moisies sous la fenêtre, une odeur de plastique brûlé.

L'homme se pencha en avant, fit passer l'ustensile à l'autre vieux et retomba en arrière sur un couvre-lit orange dont les motifs étaient pour moitié ceux d'origine et pour moitié des marques de brûlures ou des taches de sang et de goudron. Ces chambres de motel manquaient cruellement de sièges quand on savait ce pour quoi elles étaient réellement utilisées.

Le plafond jauni par la fumée laissait passer les minutes, un quart d'heure, tandis qu'à l'intérieur ils s'engourdissaient et que dehors les battements de cœur de Smith se foraient un chemin sous son sternum.

La fille s'assit les jambes croisées, l'air songeur, et autour d'elle les trois hommes tombèrent, l'un après l'autre. Elle était lucide mais adaptait ses gestes dès que les hommes la regardaient pour leur laisser penser l'inverse.

Une heure avait dû s'écouler et la fille attendait, car à voir la patience naturelle qu'elle avait plaquée sur le visage, c'était bien d'attente qu'il s'agissait. Une bande de cheveux noirs collait à la sueur de son front comme une cicatrice d'asphalte. Immobile en équilibre au bord du lit, elle observait la fumée qui s'échappait de la bouche de l'homme aux tatouages, la tête penchée sur le côté comme un chien chimérique aux yeux venimeux. Smith contre le mur se souvenant de respirer quand l'air appauvri commençait à lui faire mal aux poumons, et l'adrénaline infatigable qui anesthésiait tout, la chaleur, ses bras, le béton sous ses bottes, tout sauf la morsure du crépi contre son dos. Quelqu'un avait fini par allumer une radio mais plus personne n'y faisait attention. De la country, Conway Twitty chantant « Hello Darlin' » avec son vieil accent de Nashville alors que les grésillements étouffaient un par un les bémols. Les trois têtes regardaient le plafond et un visage se tournait parfois, un mort-vivant émergeant pour un dernier fix, puis la gorge redevenait flasque, rebondissant sur le couvre-lit comme un coup du lapin, l'hémorragie interne repoussant le sang jusqu'aux yeux, un sang noir.

Dehors le parking était silencieux. Smith regarda un corbeau solitaire planter ses serres dans les trous laissés par la chevrotine sur son rétroviseur. Personne d'autre ici que lui. Son esprit, un désert où le temps n'avait pas d'emprise, observait un monde qui n'était pas le sien. Attendant qu'elle le traverse juste une fois encore, pour un dernier baroud d'honneur, pour défendre de ses mains, de ses dents, ou de ses tirs, l'endroit qui l'avait laissé grandir.

Après ce qui parut à Smith une éternité, l'homme se redressa sur le lit et alluma une cigarette. L'odeur secoua les autres et le plus vieux se releva d'un bras sur le couvre-lit pour en allumer une lui aussi. Le plus jeune sur sa chaise avait du mal à garder la tête droite. L'homme tatoué laissa tomber les cendres sur la moquette où elles se mélangèrent instantanément au polyester dévoyé comme s'ils étaient faits du même matériau, comme si le revêtement de la pièce n'était rien d'autre que la superposition des couches de cendres déposées là par les cigarettes des pécheurs au fil des années.

Le plus âgé parla en premier, brisant le rythme de la pièce ; les tournoiements hésitants d'un ventilateur mal centré au plafond, les grésillements étouffés de la radio, le battement fiévreux de mains jaunies sur des accoudoirs au bois abîmé et des couvre-lits moisissant.

« D'où tu viens, Jane ? »

Elle n'avait rien d'une Jane.

« De par là. Nulle part d'intéressant. »

L'homme posa sa cigarette à moitié consumée sur le rebord de la table de nuit. La fille regarda le papier s'émietter puis tendit la main et attrapa au vol le cylindre de cendres en train de tomber. Elle l'écrasa entre ses doigts et traça une ligne grise de son front à l'arête de son nez puis une autre sous chaque œil jusqu'à la courbe de sa mâchoire.

Le tatoué sortit le sachet de sa poche de poitrine et chargea une nouvelle dose dans le foyer en verre de la pipe. Le garçon avait désormais les pupilles béantes, sombres et larges comme des bouches de carpes affamées, mollement entourées d'une immensité verte et vide, qu'on pourrait appâter d'une miette de pain puis attraper en plongeant la main. Des poissons noirs qu'on trouverait sur les étals d'étranges marchés clandestins.

La pipe fut passée au vieux sur le lit en dernier, elle était vide et il fit un signe de la tête au garçon sur la chaise.

« Hé gamin, remets-en moi un peu. »

Le garçon se redressa sur sa chaise et le chef s'éveilla en clignant des yeux.

« J'en ai plus.

— Mon cul ouais, t'en as une dose juste là.

— Ouais mais pas pour toi. »

Smith fit glisser sa main vers la gâchette de son fusil.

« Toi. » Le vieux se leva en chancelant et attrapa le couteau à sa ceinture, ses doigts serrés blanchis autour d'un dégradé de rouge, le garçon sauta sur ses pieds et, en moins d'une seconde, le chef se dressa et arracha la pipe en verre de la bouteille d'eau avant de l'enfoncer, bord tranchant dans l'œil gauche du type.

Smith s'était recroquevillé, les mains pressées contre les tempes, avant même qu'ils n'entendent le verre se briser dans l'os de l'orbite. Son fusil lui échappa sans que le bruit alerte ceux à l'intérieur de la pièce où l'homme avait poussé un « gaaah », comme frappé à l'estomac, avant de se mettre à hurler.

Smith ferma les yeux et le cri continua, le soleil embrasant de rouge l'intérieur de la paupière fermée de son œil valide, le bruit celui d'un veau hurlant. Il imaginait l'animal, sa robe noire, puis le bleu obscur de l'œil se déversant comme le sien l'avait fait, et il savait qu'il coulerait aussi sur le visage de l'homme comme de l'œuf chaud, que tout cela était animal, si animal, et que quiconque serait tombé sur cette scène n'aurait vu là qu'un garçon solitaire aux épaules affaissées accroupi sous une fenêtre embuée par la chaleur humide du goudron d'un parking de motel dilapidé.

Et puis le bruit des ressorts d'un lit, et dans la chambre derrière Smith l'homme retomba sur le matelas et les hurlements se turent.

Smith abaissa ses mains mais resta au sol. Il leva un œil par la fenêtre. L'homme blessé était allongé sur le dos, de l'écume terne et rouge moussant sur sa joue.

Le chef toussota une fois avant de tendre la main vers la pipe amputée toujours enfoncée dans l'œil de l'homme pour racler les restes de poudre du foyer, il les déposa à la base de son pouce et les sniffa avant de sortir son sachet et d'en rajouter un peu et de s'enfiler ça aussi ; alors le garçon, gauche et soumis, se pencha et sniffa les résidus dans le creux du pouce de son chef.

L'homme se boucha une narine et renifla sèchement pour envoyer vers ses poumons ce qui lui restait peut-être encore coincé dans les voies nasales.

« Enculé. »

La fille le regarda. Désormais à genoux, mais elle n'avait pas bougé de sa place au bout du lit ni changé d'expression.

Le plus jeune se leva à moitié de sa chaise et l'attrapa par la taille du jean pour la tirer sur ses genoux.

« Viens par là. »

Elle se tortilla pour se dégager et se tenait déjà debout devant lui avant qu'il se rende compte qu'il l'avait lâchée. Elle avait sur le visage une expression destructrice.

« T'as dit que Guillermo arrivait.

— Il va arriver ton petit Guillermo, mais viens t'amuser un peu avant. »

Le jeune agita la main d'un geste dédaigneux et tenta de lui attraper le poignet sans y parvenir. La fille se tourna vers l'homme au tatouage de serpents et tendit sa main tachée de cendres.

« J'ai changé d'avis. »

Il lui donna les restes de la pipe et la torche, puis se rallongea et le garçon aussi, les yeux tournés vers le plafond, respirant doucement, regardant les rotations boiteuses du ventilateur blanchâtre couvert de poussière. Le blessé crachota, sa paupière intacte se ferma mollement comme la peau flottante d'une vieille cicatrice.

La fille les regarda tour à tour un moment avant de se diriger vers la salle de bains et de fermer la porte. Quand elle revint dans la pièce elle ferma à nouveau la porte derrière elle et une odeur de brûlé se fit bientôt sentir.

La fumée commença à emplir la pièce et les deux hommes encore conscients s'agitèrent sous l'effet de ce vague stimulus, pas vraiment en état de le remarquer et de toute façon bien trop incapables de s'extraire de leur torpeur chimique.

« Bande d'amateurs. »

La fille mit le feu au pan de la chemise de l'homme en train de mourir puis dévissa la cartouche de butane et la vida sur le couvre-lit. Les yeux du chef étaient encore tournés vers le plafond, alors elle se leva et le regarda et regarda sa main se mettre à trembler de manière incontrôlable tandis que l'air dans la pièce se chargeait de noir comme les écailles d'un serpent ratier.

Elle avait dû essayer de tenir aussi longtemps que possible, bloquant la porte, regardant la moquette orange se noircir en un magma de polyester et le papier peint se détacher du mur comme les ailes d'un moucheron. Très vite la fenêtre s'obscurcit et ce n'était désormais plus sous les vagues noires d'une fumée grise et froide mais sous une poudre collante.

Smith resta accroupi, scrutant la porte, se couvrant la bouche avec sa chemise. Une main traversa la fenêtre au-dessus de lui avant de se retourner et de s'effondrer. Le poignet de la manche en cuir était couvert de rouge et le verre chaud lui pleuvait dans les cheveux et sur le dos. Il se jeta en avant et son visage heurta presque le béton avant qu'il se remette debout, titubant dans la chaleur du jour, son bras brûlant d'avoir été malmené dans sa chute. L'asphalte ondulait sous le mirage de chaleur, son horizontalité semblant se recourber aux extrémités, le parking aussi chaud que le sang qui lui coulait du bras, avant que les deux se mélangent alors en une seule et même substance. Puis il se rattrapa, une main tendue en l'air et l'autre serrant la crosse de son fusil.

Chancelant, il se retourna à temps pour voir la fille s'avancer sous l'auvent, la porte déjà fermée derrière elle. Le gérant était sorti en courant de son bureau et restait planté là à crier, la fille passa devant lui sans un mot, continuant son chemin comme une apparition chaussée de bottes fumantes aux semelles de gomme fondue. Les yeux rougis par l'air chargé de cendres. Le gérant la regarda, puis les flammes qui perçaient maintenant à travers le toit, puis elle, puis les flammes, criant toujours sans pourtant savoir quoi faire.

Puis Smith s'élança vers elle, fusil au poing.

« Toi ! »

Elle, en transe, ne répondit pas, immobile, les yeux fixés sur la route. Les semelles de ses chaussures avaient refroidi, elles ne fumaient plus et avaient laissé derrière elle comme des traînées de stalagmites sur l'asphalte.

« Toi ! »

Il y eut comme un craquement et dans un cri perçant une silhouette émergea de la chambre où le feu avait démarré. Veste en flammes et barbe déjà noircie, les serpents tortueux reconnaissables malgré la peau rougeoyante de leur propriétaire. Il fonça sur elle les bras tendus, les doigts en feu, et tout à coup elle reprit conscience, se détourna de la route et d'une rapide rotation lui décocha un coup de pied à l'arrière de la cuisse. Il s'effondra sur le bitume où il se roula pour tenter d'éteindre le feu.

Le gérant hurlait désormais sur l'homme qui se consumait au sol et de nouvelles silhouettes sortirent en titubant de leurs chambres à la recherche de sable ou de glace. Ils regardaient depuis l'auvent, se protégeant les yeux du soleil, vêtus à la hâte pour le jour ou la nuit, t-shirt taché de boue et baskets volées ou robe de soirée sous une veste en toile d'ouvrier. Des murmures parcourant leurs bouches pâteuses.

Le gérant, debout à côté de l'homme en flammes, n'arrêtait pas de hurler, la fille se tourna alors vers lui et se mit à courir. Elle sortit un canif de sa poche et le lui enfonça dans le côté du cou et il s'effondra à son tour, sa carotide lui éclaboussant la mâchoire et le menton.

Smith regarda l'homme tomber et s'élança après elle, fusil braqué.

« Toi ! »

Mais, le regard à nouveau en transe, elle l'ignora, grimpa sur la moto aux lanières de cuir, la poussa vers les bois et mit les gaz en direction des fourrés.

L'homme qui s'agitait au sol s'agrippait le visage, le marquant au fer rouge sous la chaleur de ses bagues, puis ses convulsions ralentirent avant de finalement s'arrêter. Smith sauta dans son pickup et, dans son élan, heurta le tableau de bord qui l'éjecta au sol côté passager. Puis il se releva et, pied sur l'accélérateur, démarra dans une gerbe de graviers. Fonçant sur la route qui courait le long du chemin qu'elle venait de prendre.

4

PENDU

Un kilomètre après il pouvait encore voir la fumée emplir sa vitre arrière, s'élevant en volutes noires comme le souffle d'un cerbère.

Plus loin sur la route les battements de son cœur s'atténuèrent, il leva le pied et roula au pas. Impossible qu'elle avance aussi vite dans les bois. La police finirait bien par arriver mais elle avait encore quarante minutes au moins avant qu'ils soient là.

Il descendit un peu la vitre mais n'entendit rien. La fumée s'accrochait aux cimes des arbres, sa faible odeur exaltant la violence en son sein.

Elle n'était pas obligée de retourner sur la route mais sur sa gauche s'étendait le Grand Lac Salé avec, au-delà, près de treize mille hectares de désert, et si elle ne le savait pas encore, elle le découvrirait bien assez tôt.

Il ralentit sur le bord de la route, passa au point mort, sortit sa lunette de visée de la boîte à gants et la posa contre le tableau de bord. Il scruta parmi les arbres, une main posée sur le levier de vitesse et le pied sur l'accélérateur. Le feuillage ici était caduc et dense, veiné de chloroplastes. Un sol assez dégagé pour lui permettre d'avancer à moto mais trop embroussaillé pour voir la route si elle s'y était enfoncée à plus de vingt mètres.

Une Bronco rouillée passa dans l'autre sens et puis à nouveau le silence. Smith sortit du pickup, souleva le capot et débrancha les câbles des bougies d'allumage. Elle s'en rendrait compte bien assez tôt si elle tentait de fuir avec le pickup mais il pourrait l'entendre, ce qui lui laisserait assez de temps pour revenir. Il emporta la lunette et le fusil avec lui et, après avoir franchi la ligne d'arbres, se mit à plat ventre et commença à ramper.

Quand le pickup ne fut plus visible par-dessus son épaule il s'arrêta et se hissa sur les coudes sous le feuillage d'un chêne fraîchement tombé. Elle pouvait choisir de se tapir ici pour attendre que ça passe ou tenter sa chance et filer. Le sol était recouvert de trop de verdure pour que sa lunette puisse faire la mise au point. Il la baissa et tendit l'oreille.

Le chant des cigales était tonitruant et les arbres à la lisière de la forêt avaient bloqué la brise, plus rien ne bougeait. Il ne s'était pas rendu compte à quel point il respirait fort. Il prit une profonde inspiration et retint son souffle.

Les ongles plantés dans ses paumes pour s'obliger à rester calme. Et puis le vrombissement presque silencieux d'un moteur quelque part au loin devant lui. Pendant dix longues secondes il l'écouta, il ne semblait pas se rapprocher. Il se leva et s'élança à toute vitesse au-dessus des branches cassées en direction du pickup. Elle était en train de tenter sa chance. Il la prendrait de vitesse par le sud.

Il existe une ligne imperceptible quelque part en Utah, tracée au milieu des frontières invisibles qui s'étirent entre les comtés, séparant le Nord et le Sud. Une limite après laquelle on ne parle plus d'aller au sud mais simplement de continuer à descendre, vers là où la plaine s'ouvre et où les hauts plateaux des mesas, de part et d'autre, cachent le soleil qui semble alors émaner du sol lui-même. Il regarda la terre se débarrasser de sa peau verte et s'assécher en se couvrant de buissons d'acacias et de sable telles les plaques brunes d'un hématome – les longs doigts écartés du désert qu'on voit s'avancer sur la carte comme des callosités sur la terre.

Il était encore sur les hauteurs, la plaine s'étalant en une vallée devant lui et l'autoroute coupant sur sa droite puis plongeant en lacets vers les terres basses. Vers la bouche. Là où le temps et la terre avalaient la verdure de son ranch pour la recracher sèche, comme un rejet de quartz et de fossiles trilobites vieillis d'un millier d'années. Il s'arrêta là, sortit du pickup, fit basculer ses jambes par-dessus la glissière et s'assit. Son bras lui faisait mal et la douleur l'obligeait à le maintenir serré contre sa poitrine, mais à dire vrai cette position prostrée n'était pas pour lui déplaire. Il se sentait trop exposé pour quelqu'un habitué à chasser allongé dans les feuilles et la terre.

Il attendrait, aussi longtemps qu'il le faudrait. Il envisagea une seconde d'essayer à pied et de se tracer un chemin entre les rochers jusqu'au bas de la falaise – elle aurait pu avoir un problème avec sa moto et il parviendrait peut-être à l'attraper avec une roue cassée quelque part sur cette pente rocheuse et abrupte de plus d'un kilomètre de large – mais finalement il se ravisa. Trop peu de garantie.

Des mouches butinaient le fumier séché sur son jean et il frotta son bras blessé. Sous la chaleur, l'orbite de son œil de verre le piquait et il cligna frénétiquement les paupières, imitant ainsi les mouvements décousus des insectes. Dans le ciel devant lui s'étendait une zone où les oiseaux ne s'aventuraient pas, l'air mort, rien en dessous pour lui donner vie, comme cet endroit en mer trop loin des côtes où les mouettes ne vont pas, comme si un gaz invisible s'élevait du sol pour les prévenir : plus rien, plus rien ici. Une autre forme de mort que celle des bêtes brûlées dont les crânes couverts d'une couche de cendres étaient marqués d'empreintes de passereaux à gorge blanche.

Il n'était encore jamais allé aussi loin, mais il savait où il se trouvait. Dans cet endroit où le désert de pierres n'a pas la couleur de la poussière mais celle de la lumière. Ses ancêtres l'avaient vu et il les maudissait maintenant qu'il l'avait vu lui aussi. Qu'est-ce que cet homme, cet autre Wyatt Sinclair, avait vu ici ? Peut-être avait-il vu cette sauvage indifférence comme un endroit où se cacher, un endroit où fuir, ou bien comme une page blanche, si blanche que même la main de dieu n'avait pas su y faire pousser une forêt.

Il s'était alors installé sur le lopin de terre qui nourrissait ce désert par le nord. Et ces hommes arrivés là autrefois et morts avant eux à cet endroit, avaient-ils voulu que leurs fils y meurent aussi ou bien qu'ils s'excisent de cette terre, comme le tout premier Sinclair l'avait fait en quittant l'Est ? Mais ils ne laissaient plus qu'un fils et une fille, deux qui faisaient un, qui avaient grandi sans mère et que le père avait peut-être lui-même fait pousser dans la terre. Une mère qui n'était rien de plus que quelques photos sur une table de nuit et rien de plus que les portraits ridés de ces hommes ayant vécu avant eux. Et peut-être qu'il n'y avait pas d'histoire et qu'ils étaient à eux deux leur propre mère, leur existence une création de ces bois sombres, le fruit d'une simple volonté, car il était vrai qu'ils incarnaient le vestige de ces forêts et portaient en eux un feuillage sombre dissimulant leurs cœurs du soleil. Elle c'est moi.

Il en trembla, que cet endroit qui leur appartenait à présent, ou auquel ils avaient toujours appartenu, puisse être déjà perdu.

Il attendit. Son regard noir posé sur la ligne où le sable venait frapper les falaises, jusqu'à ce que ses yeux se troublent.

Ils avaient huit ans quand le père les emmena dans les bois pour leur première chasse. Lucy avait demandé au père de lui couper les cheveux quand elle s'était rendu compte qu'ils lui tombaient plus bas que les épaules, alors dans la cuisine Wyatt l'avait aidé, balai à la main, pendant que le père plaçait un bol sur la tête de Lucy et lui découpait les cheveux au sécateur. Elle avait ri et d'un coup de botte essayé d'envoyer voler les mèches blondes tombantes avant que Wyatt les atteigne. « Je voulais te ressembler », lui avait-elle dit. Et le père avait demandé si ce n'était pas plutôt à lui qu'elle voulait ressembler, alors elle avait tenu les mèches de cheveux blonds contre son menton comme une barbe et Wyatt en avait ramassé à son tour et essayé lui aussi.

Ils s'étaient avancés dans les bois en file indienne au lever du soleil, Wyatt la laissant marcher devant lui et portant le fusil, un Ruger 10/22 avec une crosse d'enfant en érable peinte en rouge. Le père menait la marche avec en travers du dos le fusil qui le tuerait dix ans plus tard et reviendrait à Wyatt. Lucy récitait à voix haute les noms des plantes, des arbres et des insectes pendant qu'ils progressaient et le père lui dit de se taire à l'approche de la prairie.

Wyatt lui prit la main, avant de se rendre compte que le fusil était trop lourd pour être porté d'un seul bras, faisant alors mine d'en avoir assez d'elle, il la retira.

Cinquante mètres avant la prairie le père s'arrêta en écartant les bras et ses enfants se déployèrent derrière ses paumes tendues. Ils pouvaient voir où la forêt commençait à s'éclaircir, le soleil perçant par endroits dans le bloc de verdure.

Ils avancèrent lentement, comme un seul homme. Ou comme deux, le père d'abord, puis lui et Lucy. Leurs pas étaient silencieux et leurs petites chaussures s'enfonçaient sous le tapis de feuilles de l'hiver précédent, les bottes du père contournant habilement les broussailles. À l'orée de la prairie il baissa les mains et les enfants s'élancèrent puis se mirent à genoux avant de ramper entre les longs épis d'avoine sauvage pour atteindre le sommet d'une petite colline, leur meilleur point de vue. Le père arriva derrière eux et s'allongea sur le ventre, Wyatt plaça le Ruger en position contre son épaule.

Ils attendirent, une sauterelle se posa sur le canon du fusil et Wyatt la regarda s'avancer sur le métal avant de sauter en l'air pour retomber dans les herbes hautes. Ils restèrent allongés un moment, sans parler, et Lucy commença à s'impatienter, laçant des brins d'avoine en tresses blondes. Et puis le père toucha l'épaule de Wyatt – « là » – et pointa du doigt un merle posé sur une branche qui se détachait au-dessus de la prairie dix mètres plus loin.

« Maintenant vise bien. Réfléchis. Distance, vent. Réfléchis. Tiens ta respiration avant d'appuyer sur la gâchette. »

Il plissa les yeux, ferma l'œil gauche et tira.

Il avait touché sa cible, l'oiseau en plein cœur, et la bête tomba de sa branche à la renverse, ses ailes s'ouvrirent et il chuta au ralenti, flottant piteusement dans les airs avant d'atterrir dans l'herbe.

Lucy fut la première à se relever d'un bond.

« Tu l'as eu. »

Wyatt resta allongé, Ruger à la main, le visage rouge.

Ils se dirigèrent ensemble là où l'oiseau était tombé et il était si petit qu'ils mirent du temps à le trouver, mais enfin le père l'aperçut et le ramassa, puis le tendit à Wyatt. Il avait encore les ailes déployées. La balle l'avait atteint au milieu de sa minuscule poitrine.

La lèvre de Wyatt se mit à trembler.

« Prends-le, mon fils. »

La petite chose avec son si petit bec et ses pattes plus petites encore, traversée de part en part par la balle, un boulet de canon pour un corps de cette taille, et qui n'avait jamais voulu faire de mal à personne ni n'avait jamais tué. Et alors il ne put plus retenir ses larmes.

« Fils. Prends-le. »

Il arracha alors l'oiseau des mains de son père et s'enfuit en courant de la prairie pour qu'ils ne voient pas son visage ni n'entendent sa respiration saturée de sanglots.

Il était retourné dans les bois et se tenait de nouveau là où la lumière ne pénétrait pas. Il se sentit seul et y trouva un certain réconfort. Il s'essuya le nez sur sa chemise et regarda l'oiseau, il le serra contre sa poitrine avec au fond du cœur l'espoir que parce qu'il était encore chaud il pourrait aller mieux, même si son cœur était très certainement incrusté au fond du trou laissé par la balle dans le tronc de l'arbre.

Lucy et le père l'avaient suivi et rattrapé. Lucy lui poussa l'épaule.

« Tu crois qu'il vient d'où le dîner, nigaud.

— Pas celui-là.

— Ben quand même. » Elle tenait désormais le Ruger. « Pourquoi t'as pas tiré en premier ?

— Parce que c'est toi qui tires le mieux, nigaud. »

Il renifla et elle lui prit l'oiseau des mains pour qu'il puisse se moucher encore une fois dans sa chemise, puis il le reprit et le serra à nouveau contre sa poitrine. Le père lui posa une main sur l'épaule.

« Quand j'avais ton âge, mon père m'a fait tuer et écorcher un renardeau. »

Lucy sortit une cartouche de sa poche et rechargea l'arme. Ils se remirent en route. Les larmes coulaient toujours sur les joues de Wyatt et aucun des trois ne se regarda. Il tenait l'oiseau contre sa peau près du col de sa chemise.

Mais alors qu'ils allaient déboucher sur les pâturages du ranch, Lucy s'arrêta et épaula le fusil. Wyatt et son père se figèrent.

« C'est quoi ? »

Lucy leva le petit doigt de sa main posée sur la gâchette pour lui montrer.

Un lapin gris se tenait dans la broussaille à quelques pas d'eux. Il les avait vus mais était encore en train de décider de sa réaction et son museau remuait avec une telle ferveur qu'il en était visible d'où ils se tenaient.

Lucy pressa la détente et il tressaillit avant de s'effondrer sur le côté.

Le père poussa un cri d'excitation et de fierté puis se ressaisit, et ils s'approchèrent. Il le ramassa par les pattes arrière et le lui montra.

« Excellent tir. En plein dans la tête. »

Elle se tenait là en silence, contenant sa joie.

« Nous le mangerons ce soir pour le dîner. »

Le père s'agenouilla et étala le lapin au sol.

« Vous feriez bien de regarder, parce que faudra le refaire à chaque fois que vous irez chasser tous les deux. »

Lucy tenait toujours le Ruger et Wyatt son merle noir.

Le père tira le couteau de chasse à sa ceinture, comme une pierre taillée en ellipse montée sur une poignée en bois de cerf, et détacha la tête et les pattes avant de commencer à écorcher le lapin le long du dos, puis de le retourner et de continuer sa découpe en remontant le long de la hanche. Les minuscules viscères glissèrent au sol dans un seul mouvement de cage thoracique brisée, puis le père se leva, souleva la petite carcasse et la secoua.

« Et une dernière chose… »

Il tendit la carcasse à Wyatt qui la prit, les yeux écarquillés, puis il retourna à la tête du lapin, tira la peau à la base du cou et arracha la mâchoire inférieure avant de la tendre à Lucy.

« Fais bouillir ça et on te la montera sur un fil pour que tu la gardes. »

Elle acquiesça et attrapa dans sa paume le morceau d'animal, ne jetant qu'un rapide coup d'œil au rouge qui lui peignit la main quand elle fit tourner entre ses doigts la chose aux dents jaunes, pour moitié couverte de fourrure et pour moitié de chair, avant de refermer le poing.

Wyatt laissa son merle à l'orée du bois.

Après le dîner ils montèrent se coucher, et une fois la lumière éteinte dans la chambre du père, Lucy entra dans celle de Wyatt et grimpa au lit à ses côtés, leurs mains se trouvèrent et pendant un long moment ils ne prononcèrent pas un mot. Puis Lucy tira la couverture sur son visage.

« Je voulais pas vraiment le tuer ce lapin.

— Je sais.

— T'as une lampe ?

— Non, j'ai plus de piles dans ma lampe de poche.

— Ah. »

Ils restèrent allongés là, sa main droite à elle dans sa main gauche à lui, étendus sur le dos, le visage tourné vers le plafond mais la couverture tirée sur la tête pour que la chaleur de leur souffle rebondisse sur les draps et contre leurs joues.

« Wyatt ?

— Ouais ?

— Je voulais pas, mais quelque chose m'a dit de le faire. Alors je l'ai fait. »

Il ne répondit rien.

« Ou alors tu crois que ce lapin était censé mourir aujourd'hui ? Que c'est ça, ce qu'on appelle le destin ?

— Je crois pas que je parlerais de destin quand il s'agit de notre dîner. »

Elle se tourna sur le côté et prit sa main dans les siennes.

« Il fait trop froid dans ma chambre.

— Je sais. »

La nuit se mit à tomber et sur le sol du désert le sable se moutonna de rose, comme un gigantesque poisson crocodile se secouant de sa torpeur au fond d'un récif. Le silence était assourdissant, il se réverbérait contre la plaine, renvoyant l'écho de son souffle depuis les hauts plateaux au loin dans un bruit fracassant.

Et enfin il la vit. À un kilomètre à l'est, des volutes de sable s'élevant d'une ligne qui avançait vers le sud, trop loin pour qu'il puisse la voir ondoyer entre fossés et broussailles. Il se leva, l'observa, puis s'élança vers son pickup ; il ne l'atteindrait pas avant la nuit mais il savait qu'elle serait ralentie par ses embardées pour éviter les ravines et les terriers de serpents qui jonchaient ce genre de sols.

Il n'avait encore croisé aucun autre véhicule depuis qu'il s'était arrêté et lança le pickup sur le bitume brûlant de la route. Chaque lacet était un sprint vers un horizon abrupt et gris sous la nuit tombante. Comme descendre au fond d'une boîte.

Une fois sur le sol plat à l'entrée de la plaine, il braqua vers la gauche et sortit de la route. Elle était à moins d'un kilomètre devant lui et il viendrait la cueillir par le côté. La sellerie brune de la moto se mêlait à la poussière, donnant l'impression d'un insecte avançant en creusant juste sous la peau du désert, le noir de ses cheveux comme les appendices crétacés de sa carapace perçant le sol.

Cinquante mètres après être sorti de l'autoroute il dut s'arrêter pour détacher une clôture barbelée. Pas de gants mais ses mains tannées lui suffisaient et il retira le barbelé enroulé autour du poteau, le posa au sol, puis repartit au volant de son pickup.

Elle pouvait le voir, il le savait, à mesure que la distance entre eux s'amenuisait. La nuit tombait rapidement désormais, comme si le désert avait pris une respiration collective et réveillé d'un frémissement tous les insectes endormis sous la surface, comme un bœuf tressaillant pour repousser les mouches de son cuir.

L'autoroute filait sur leur droite, une mine de plomb découpée dans sa longueur. Elle débouchait plus bas sur la voie rapide, et il pouvait voir les derniers rayons de soleil venir frapper à intervalles réguliers le métal des voitures qui passaient là, comme des scarabées desséchés avançant en ligne. Le ciel avait pris une teinte de sang.

Une trentaine de kilomètres plus loin un bosquet sec de genévriers se tordait à l'horizon, comme autant de mains brunies. Il était suffisamment proche pour la voir se retourner vers lui, son visage un masque de terre cuite bleuissant au crépuscule. La moto plongea entre les arbres et disparut. Il arrêta son pickup et sortit. Refusant de prendre le risque de l'accidenter sur des ornières et des racines s'il continuait plus loin.

La plupart des arbres étaient morts, creux comme des mues de cigales, et leur écorce aux motifs sinueux était de la couleur de son fusil. Il poursuivit, le bourdonnement de l'autoroute encore perceptible au loin.

La moto était posée sur le côté, sans conducteur ; le guidon tordu s'enfonçait dans la terre comme un serpent imprévisible. Le sable, ici à l'ombre, était froid et collait à ses bottes qui laissaient derrière elles les fragiles édifices de leurs empreintes.

Il continua dans le bosquet où un peu de vert apparut au milieu des ronces et des branches sèches, s'étirant du sol jusqu'au bout des branches. Le sol se chargea d'humidité et il songea que d'anciens tuyaux d'eau de source devaient se trouver ici, fendus et abandonnés.

Le bosquet s'ouvrit et il aperçut l'extrémité des tuyaux. Une dépression remplie d'eau ferreuse, de la forme et de la taille d'une baignoire aux bords envahis d'algues et de moisissures rouges, le visage de la fille plongé dedans pour y boire. Trois poneys mustangs couleur de pierre titubaient à côté d'elle, les gencives vertes et l'air agité d'avoir bu cette eau putride, mais trop assoiffés pour s'en éloigner. Ils avaient l'échine déformée de chevaux sauvages ayant passé une vie entière dans le désert.

La fille était accroupie les épaules relevées, comme un chat. Trois heures dans l'air du désert et la soif avait déjà commencé. Elle tenait de l'eau dans le creux de la main, à mi-chemin de sa bouche, et il actionna la pompe du fusil. Elle leva les yeux et laissa l'eau s'échapper entre ses doigts. Les pointes de ses cheveux trempaient eux aussi dans la fosse et elles glissèrent sur la surface quand elle se redressa, venant détremper son col. L'humidité avait noirci la poussière sur son menton et ses joues.

Elle se leva avant qu'il ait eu le temps de le lui ordonner. Il fit le tour de la fosse et vint placer la gueule du fusil à moins de trente centimètres de son visage. Elle fixa des yeux l'éclipse ainsi créée jusqu'à se mettre à loucher, puis elle fit glisser son regard vers l'œil valide de Smith.

« Qu'est-ce que tu veux ? »

Il pouvait entendre sa salive chargée de sable dans le fond de sa bouche.

« Mon bétail. » Ses mains tremblaient sur le fusil. « Je veux ce que tu me dois pour mon bétail.

— J'ai rien à te donner. » Son visage impassible.

« Alors trouve un moyen. Il doit y avoir un moyen. »

Pas de réponse.

« Quatre mille six cents dollars. Il me faut quatre mille six cents dollars pour garder le ranch. »

Une étincelle couleur de fer passa dans les yeux de la fille alors que le ciel s'assombrissait et derrière elle un mustang hennit puis se mordilla la patte. L'un d'eux s'approcha de la fosse avant de s'éloigner à nouveau.

« Tu vas me filer ces quatre mille six cents balles, ou tu vas me dire comment tu comptes les avoir, bordel. Je veux en finir avec ça et pouvoir rentrer chez moi. »

Il était presque en larmes. Le fusil toujours braqué sur sa tête et le doigt imprimant sa sueur sur le pontet de la gâchette.

Elle leva les mains en l'air et tourna lentement sur elle-même. Ses bottes dépareillées créaient des vagues de sable autour d'elle. Le sac en plastique était attaché sur un des passants à sa hanche.

« J'ai rien. J'ai pas l'argent.

— Alors trouve un moyen…

— Et si j'en trouve pas ?

— Si t'en trouves pas, je te descends.

— Tu me descends comme t'as descendu celui que t'as enterré sur ton ranch ? »

Il la frappa si violemment du canon de son fusil que sa tête partit en arrière et qu'elle dut attraper l'arme des deux mains pour ne pas tomber en arrière. Elle reprit ses appuis et se plaça contre le canon, la bouche du fusil pressée contre son front où elle laissa une empreinte en demi-cercle qui se mit à saigner. Il contracta les bras et ils se braquèrent tous les deux comme des cerfs s'affrontant au combat.

Leur respiration était assez forte pour que la pression entre l'arme et sa peau faiblisse à chaque souffle et que l'écart se relâche par moments avant de se refermer à nouveau, le canon aspergeant son visage de gouttelettes de sang. Elle refusait de reculer, et bientôt toute l'étendue de son front fut constellée de ces minuscules taches comme le cuir d'un appaloosa démoniaque. Il jeta un œil au sac à sa hanche et vit ce qu'il pensait y avoir vu à travers le plastique translucide.

La mâchoire du lapin. Elle était allée sur la tombe.

« Les mandragores l'ont trahi », dit-elle d'une voix pâteuse de salive et de transpiration alors que le sang s'accumulait dans le creux de sa lèvre supérieure.

« On l'a pas pendu ! » Le cri résonna contre la ligne d'horizon du désert et fit vibrer à travers la peau les tendons de la main qui tenait l'arme.

« Elles ne mentent pas.

— On l'a pas pendu ! »

La fille enroula ses mains sur le canon du fusil et il l'appuya un peu plus fort, lui faisant baisser les yeux vers son menton alors qu'elle esquissait un léger sourire et qu'une goutte de sang glissait au coin de sa bouche. Elle avait bluffé. Elle n'avait pas pu savoir que cela avait été un meurtre. Ses yeux étaient deux chiens noirs quand elle les releva à nouveau.

« Peut-être pas. Mais les mandragores ne mentent jamais. Quelque chose clochait là-bas. »

Elle observait son doigt sur la gâchette. Deux chevaux étaient revenus vers la mare et il se demanda si en abattant la fille ici, il pourrait ensuite les attraper pour les revendre, mais il savait qu'ils n'avaient aucune valeur.

« Trouve un moyen ou je te descends ici et maintenant. »

Pas de ranch pas de maison. Pas de moyen de sauver sa sœur. En face de toi une tueuse te traitant du même nom. Les chevaux tristes les observaient de leurs yeux béants brûlés par le soleil.

« Fais-le, alors. »

Il prit appui sur ses talons. Fais-le. Achève-la, tout est déjà perdu.

Elle retira une main du canon, s'essuya le front et regarda le sang sur ses doigts, puis cracha.

« Fais-le. »

Il y eut un coup de feu et les chevaux se dispersèrent en sursaut.

5

DES ARBRES REMPLIS DE CHAIR

La fille atterrit sur le dos en se rétractant comme une tache d'encre. Smith se jeta en arrière contre un arbre et ouvrit d'un coup sec le canon de son fusil. La fille se tâtait le front des deux mains, Smith vit ses deux cartouches encore chargées.

« C'était quoi putain ? »

L'écorce de l'arbre à sa gauche était déchiquetée jusqu'à la pulpe sur le côté du tronc, elle se remit sur pied, toucha l'écorce et se retourna vers la route, Smith comprit alors que le son qu'il entendait n'était pas l'écho du coup de feu mais celui de moteurs en approche.

« Ces putains de camés du motel ont dû nous balancer… » Et la fille s'élança hors du bosquet. Smith épaula son fusil et lui courut après, il passa la fosse à eau et en sortant d'entre les arbres il les vit enfin.

Ils étaient quatre, ils arrivaient droit de l'autoroute sur des motos et des bécanes modifiées. Des visages noirs, bandanas noués en travers du front ou de la bouche, à deux cents mètres d'eux. Le premier du groupe brandit de nouveau son neuf millimètres et la balle vint s'enfoncer dans le sable devant la fille.

Derrière le bosquet de genévriers le sable rocailleux s'incurvait vers les hauts plateaux, et ils s'y dirigèrent. Les chevaux avaient filé dans un claquement qui résonna comme en anticipation des coups de feu à venir. L'un d'eux se prit la jambe dans une racine et gémit alors que les motos se rapprochaient. Elles n'étaient plus qu'à trente mètres désormais. Des hommes aux mains tatouées et aux armes noires graissées, une race bien différente de ceux qu'elle avait laissés pour morts au motel. Il pouvait lire sur le visage de la fille qu'elle les connaissait.

Les rochers avaient ralenti les motos mais Smith et la fille étaient à portée de tir. Trois balles frôlèrent Smith à la tempe en rafale et il se tordit en arrière pour faire feu en retour sans prendre le temps de viser, les coups ricochèrent comme des puces dans le sable et furent rapidement effacés par les traces de pneus. Il chargea une nouvelle cartouche en continuant sa course.

Une des motos fit un écart pour prendre la fille par le côté et le motard sauta de son engin pour s'élancer à pied vers elle, hurlant en espagnol. L'homme avait sorti son arme mais ne tirait pas et sans rien lui répondre elle se retourna et lui fonça dessus, ils tombèrent enchevêtrés au sol. Ce fut elle qui se libéra en premier, roulant dans le sable et le plaquant au sol, lui écrasant les épaules de ses genoux. Le cou de l'homme se plia en se brisant et quelques secondes plus tard elle était à nouveau debout et courait, le fusil de l'homme à la main.

La fille jeta un bref regard par-dessus son épaule avant de changer de trajectoire et de s'éloigner des hauts plateaux, en quête d'un abri. Elle s'élançait vers le cheval à la patte coincée.

Encore des tirs et elle envoya un coup de pied dans la racine pour lui libérer le sabot, sans succès, alors elle pointa son pistolet et fit feu sur la racine. Le cheval glissa, trébuchant des pattes arrière et la fille en profita pour plonger en avant et s'accrocher au flanc de l'animal dans une étreinte parasite au moment où il partait au galop.

Les hommes se hurlèrent des ordres et, en réponse, l'un d'eux fit tourner sa moto et fonça droit sur Smith.

La fille réussit à atteindre le pied des hauts plateaux avant que le cheval ne s'arrête et tente de la désarçonner. Une balle lui érafla le flanc, mettant fin à ses protestations et le faisant repartir de plus belle, mais les motos avaient eu le temps de couvrir la distance qui les séparait. La première dérapa entre les pattes arrière du cheval et ils s'écrasèrent ensemble dans un glapissement de chair animale et de chrome alors que la deuxième moto venait lui percuter les pattes avant. L'engin recula dans sa chute et ses deux phares illuminèrent le museau du cheval, ses narines dilatées enduites de viscères sombres ou d'huile de moteur, et la lumière au sol faiblit sous le flot de sang inondant le verre, les ampoules encrassées par la substance sombre émettant encore une faible lueur d'or. Le guidon était constellé de fragments d'os blancs et la première moto fut remise debout et démarra dans un grondement qui semblait venir du sol lui-même alors que les échos, renvoyés par la roche rouge, venaient s'enfoncer dans le sable.

Il était trop tard pour que Smith évite l'homme qui lui fonçait droit dessus. C'était comme courir dans l'eau, le sable avalait ses bottes, les alourdissant, et un autre coup de feu le frôla de près. L'homme sur la moto était désormais à portée de main, les yeux cerclés de rouge derrière des sourcils percés. Smith plongea et roula sur le côté, se couvrant le visage pour le protéger des rochers. L'homme freina en tirant son guidon d'un coup sec pour faire machine arrière et il brandit son arme alors que sa roue arrière dérapait en faisant gicler le sable. Il était trop proche, presque sur Smith, qui tendit alors la main pour attraper le fusil à pompe tombé à terre, il s'en saisit par le canon et, se relevant d'un bon, l'envoya voler contre l'épaule de l'homme qui implosa, faisant valser son pistolet, et la moto se retourna.

Dans sa chute, l'engin brisa le tibia de l'homme, coinça la hanche de Smith et vint les écraser tous les deux sous son poids.

Le sable lui collait aux dents et l'homme à côté de lui avait les genoux immobilisés. Une créature émaciée, bandana brun autour du cou et des yeux remplis de colère. Le fusil de Smith était coincé entre leurs deux torses, canon pointé vers le ciel, l'épaule de l'homme était molle et son bras gauche s'agitait, sa main se referma furieusement dans le vide pour attraper Smith par la gorge et ce dernier recula le cou pour l'en empêcher. Les mains de l'homme progressèrent vers son sternum pour y trouver un point faible avant de se saisir du mécanisme de l'arme. Smith essaya de la lui reprendre mais l'homme s'appuyait sur lui de tout son poids et ses doigts atteignirent la gâchette que Smith tenait fermement, le coup partit et la déflagration transperça l'air épais comme du cuir autour d'eux.

Baisse le canon, baisse ce putain de canon, maintenant fais-le maintenant ou c'est lui qui te bute. Et l'homme se lança à nouveau, visant cette fois les yeux de Smith avec pouces et index, Smith tourna alors le visage pour placer son œil de verre face à l'homme et il sentit ses doigts chercher les interstices dans son orbite. De son œil valide il ne pouvait rien voir que son reflet déformé dans le métal du réservoir d'essence, l'obscurité fongique gagnait son image avalée par les ombres grandissantes. Il se souleva pour écraser la poitrine de l'homme avec son épaule mais ça ne suffisait pas. Alors Smith abaissa violemment le fusil et lui enfonça le canon dans le creux de la clavicule, puis tira.

Il y eut un instant de silence et l'air, comme empli de flocons gris, se chargea d'une odeur de poudre imbibée de sang. L'homme s'était arrêté, la main posée en travers de la poitrine, sur la plaie, qui n'était qu'une petite chose lorsque ainsi faite à bout portant. Ses yeux qui avaient roulé sauvagement dans leurs orbites étaient désormais fixes. Au loin des cris, mais pas les siens, les appels enragés de motos en chasse et de collisions musclées avec des chevaux ruant, fantasmés ou encore présents. L'homme posait sur lui ses yeux d'un noir viral et Smith bataillait avec une cartouche, la main enfoncée dans ses vêtements, fouillant une poche qui ne lui avait jamais paru aussi profonde, agitant en même temps les jambes pour se dégager, ceinturé au sol par le poids de la moto. L'homme ne disait plus rien ni ne criait, sa bouche ouverte en un trou noir comme pour absorber quelque chose, n'importe quoi, ou l'expulser, mais l'air lui était désormais inutile et ses yeux béants, au moins autant que sa bouche si ce n'est plus, ne s'étaient pas baissés sur la blessure ou le sang qui lui coulait maintenant entre les doigts. Smith réussit enfin à charger sa cartouche et à armer le fusil à pompe, et le canon tremblait et il essayait de viser, et ses bras tremblaient et il essayait encore de viser et les yeux de l'homme se teintèrent soudain d'une lueur animale. Smith tira et le torse de l'homme fut brusquement projeté en arrière, aussi loin que ses jambes coincées le lui permettaient, offrant au ciel crépusculaire le trou creusé par le fusil à pompe dans sa poitrine.

Smith s'effondra dans le sable, le fusil déchargé entre les bras. La respiration lourde. Incapable de sentir ses jambes.

Il n'y avait plus aucun bruit de chevaux ni de moteurs et les déflagrations s'étaient tues au loin, mais le pouls du monde battait sous le côté de sa tête et il ne savait plus si le *tak-tak-tak* n'était pas en fait le bruit du désert et des âmes qui y vivent, yeux rougis et peau sableuse, se détachant de la roche ancestrale et se réveillant de là où elles reposaient immobiles sous les hauts plateaux. Le ciel rouge sang était devenu noir.

« Dans le désert, le ciel ne ressemble pas à ça », leur avait dit le père. Il était avec Lucy et Wyatt, plongés dans le noir, car un feu leur était inutile lors de ces nuits aux ciels constellés d'étoiles comme un tir de chevrotine, où leurs mains tendues s'illuminaient d'une teinte bleutée.

« Les étoiles sont les mêmes, mais là-bas l'horizon arrive jusqu'au sol et on dirait qu'en courant assez loin on peut leur rentrer dedans. »

Ils regardèrent le père écarter les bras pour leur montrer, puis ils observèrent les montagnes qui se dressaient derrière les arbres de la forêt, comme des dents venant couper l'horizon. Ils savaient que les choses étaient différentes à Box Elder, même si c'était le seul endroit qu'ils avaient jamais connu. Un endroit comme une erreur, ils pouvaient le sentir, et il leur était impossible d'imaginer que le monde entier soit une erreur lui aussi, car ils savaient au fond d'eux que ce lieu était différent, un ailleurs.

Ils étaient tous les trois assis sur les marches du porche et le chien reniflait derrière les planches pour en tirer des bestioles et des choses nauséabondes. Le père leur raconta les arbres et ils écoutèrent et écoutèrent, le chant des criquets donnant à Wyatt l'impression que la solitude n'était plus possible dans ce monde, même à essayer.

Et puis, le père leur dit de ne pas avoir trop peur sans lui avant de rentrer chercher un peu de tabac et un morceau de cuir à mâcher pour le chien. Lucy attrapa alors la main de Smith et dit « Viens, on va voir si c'est vrai », et il répondit « On aura jamais assez de lumière, on va y voir comme dans un cul », parce qu'il venait d'apprendre à jurer et croyait que c'était la chose à dire, mais elle lui rit simplement au nez. Ils décidèrent d'y aller quand même et Wyatt partit chercher la hache dans la grange, il porta la tête et Lucy la poignée, puis, une fois dans les bois, il la traîna sur le sol parce que le feuillage cachait la lumière des étoiles et qu'il leur faudrait tâter les écorces pour trouver ce qu'ils étaient venus chercher.

Il comprit très vite qu'il ne serait jamais capable d'abattre un arbre seul, alors il lui demanda d'en chercher un plus petit. Il faisait si noir qu'ils se heurtèrent et il lui attrapa le bras, croyant qu'il s'agissait d'une branche, alors elle cria et éclata de rire mais Wyatt cria plus fort encore après avoir attrapé ce qu'il pensait être un arbre mais qui s'était révélé tiède entre ses mains.

Et puis il trouva enfin un jeune arbuste mort tombé à terre, la bonne espèce, la bonne écorce, et ensemble ils le traînèrent hors de la forêt comme ils l'avaient fait pour la hache, et le montèrent au sommet d'une colline dans le champ éclairé par la lumière de la lune et par le ciel qui s'était éclairci à nouveau et se reflétait dans les gouttelettes de sueur sur le corps de Lucy, donnant à Wyatt l'impression que des étoiles lui parsemaient les bras.

Il le débita en deux d'un coup de hache. Le père avait raison. Les érables box elder sont juste des érables, bons pour la sève et le reste. Mais si vous en trouvez un dans les bois, malade, entaillé ou à qui il serait arrivé quoi que ce soit, personne ne sait vraiment pourquoi mais lorsque vous le débitez, l'intérieur apparaît comme taché de sang.

Wyatt hurla comme un démon en voyant cela, Lucy leva sa chemise pour se cacher la bouche et regarda, les yeux écarquillés. Ils abandonnèrent la chose sur la colline, un arbuste si frêle et pas plus grand qu'eux, et ce qui les avait le plus profondément troublés était que le tronc qu'il avait débité n'était pas plus épais qu'un de leurs bras.

Ils montèrent se coucher et malgré le silence aucun des deux ne s'endormit avant l'aube ni ne parla de ce qu'ils avaient vu. Et le lendemain matin, sans que Wyatt sache si c'était le père ou bien le chien qui l'avait trouvée, la chose avait disparu.

L'homme toussa, puis toussa encore et de l'air s'échappa par le trou dans son torse. Smith prit soudain conscience de ce qui venait de se passer et chercha à s'extraire en rampant, mais la moto qui le terrassait refusait de céder. La poitrine de l'homme se souleva dans un dernier souffle et, l'espace d'un instant, sembla prêt à s'asseoir, puis il se figea et retomba en arrière à côté de Smith.

Il s'écroula sur son épaule déboîtée, le visage tourné sur le côté, les yeux ouverts, l'un d'eux collé par le sable, et quand ils clignèrent et que les larmes coulèrent pour les nettoyer, le mouvement ralenti de ses paupières sembla plus un dernier mouvement affaibli qu'un réflexe. Les larmes lui roulèrent sur le nez avant de disparaître dans l'ombre du sol.

L'homme ouvrit la bouche mais au lieu de mots ce fut du sang qui s'en échappa et Smith plongea son regard dans le trou de la poitrine face à lui.

« Je… je… »

L'homme ne dit rien, il le regardait d'un seul œil, l'autre désormais enfoncé dans le sable. Respirant encore.

« Oh bon dieu, j'ai pas… »

Le fusil était tombé entre eux, une chose sans vie maintenant qu'il avait usé ses cartouches. Il pouvait voir une partie du poumon de l'homme entre ses côtes, comme un morceau de corail qui palpitait. Il serait bientôt mort et, pour la première fois, Smith aurait tué un homme.

« Je… »

Difficile de dire que t'as pas fait exprès.

L'homme en train de mourir continuait à le regarder et Smith ne savait pas s'il voyait encore.

Tueur.

« Je… je peux pas me relever. »

L'homme en train de mourir continuait à le regarder.

Tueur. Il cria et frappa de sa bonne main contre la moto et la poussa de toutes ses forces sans pouvoir bouger puis il cria à nouveau, sa main le brûlait et il laissa retomber sa tête dans le sable. La nuit était descendue et flottait menaçante au-dessus d'eux comme une mère protégeant ses petits. Le métal de la moto lui refroidissait la peau là où son jean s'était déchiré, il prit alors soudain conscience de la chaleur du sol.

L'homme en train de mourir cligna encore une fois des yeux, mais son œil s'asséchait déjà et sa paupière resta collée à mi-hauteur avant de finalement rejoindre l'autre.

Il toussa encore une fois. Smith n'aurait jamais laissé du gibier souffrir aussi longtemps. Il leva les mains, l'une tremblante au bout du bras blessé, l'autre aux phalanges ensanglantées par ses coups contre la moto. Il la glissa derrière la tête de l'homme, effleurant une oreille marquée d'un X sur la cicatrice d'un piercing refermé, et saisit ses cheveux chargés de sable. Il lui attrapa le menton. S'il s'appuyait sur son coude il pourrait faire levier et en finir, mais il attendit.

Encore une minute. Attendre encore un peu, pour qu'il ne meure pas, que ça ne fasse pas de toi un meurtrier. L'homme en train de mourir avait un t-shirt sur lequel on lisait désormais *course amateur delta* – trou de fusil à pompe – *delta*, avec sur le col des taches de sang plus anciennes. Le bandana s'était retrouvé écrasé autour de sa mâchoire pendant la lutte, tellement gorgé de sang qu'il était désormais noir.

Tu peux attendre. Encore une minute dans l'*avant*, et puis le reste de ta vie sera l'*après*, car maintenant tu es et tu resteras, à jamais, un…

Il regarda l'homme. Retira la main de son menton. La passa devant sa bouche ouverte pour sentir son souffle mais il n'y en avait plus. Que tu aies pu trouver le courage d'abréger ses souffrances ou non, c'en était fini désormais. Tueur. Il força sur ses propres jambes et la moto refusa de bouger.

Il regarda les gouttelettes de transpiration sécher en sphères plates dans le sable collé sur le front de l'homme et souffla, les yeux plongés au loin dans l'obscurité. Les étoiles avaient avalé les dernières lueurs du crépuscule et il ne voyait plus qu'à quelques mètres devant lui, un paysage baigné d'argent. Au-delà, tout était noir. Les mesas blotties au milieu de la plaine comme des mastodontes endormis, la chaleur émanant de celui qui se trouvait le plus proche de lui.

Ses jambes ne bougeaient pas. Il avait creusé tout autour autant qu'il avait pu mais ne pouvait pas atteindre plus loin sous la moto pour les dégager entièrement. Le corps de l'homme mort supportait un peu du poids, mais l'engin approchait les deux cents kilos. La sueur et la bave commençaient à lui glacer le visage et il savait que chaque goutte d'eau perdue ici était une minute de vie en moins.

Il y a deux façons de mourir dans le désert. Par insolation ou par éviscération. Les coyotes se chargeront de vous de toute manière, mais c'est la déshydratation qui déterminera si vous êtes encore vivant lorsque ça arrivera.

Il toucha le fusil posé à côté de lui dans le noir. Il aurait tellement aimé s'être rempli les poches, les chaussettes et la ceinture de cartouches. Son pickup arrêté à trente mètres à peine, une boîte pleine à l'intérieur.

Il imagina voir les coyotes arriver en trottant dans le noir s'il restait conscient assez longtemps, et se demanda s'il distinguerait les yeux brisés de Lucy dans les visages qui viendraient le chercher ou bien dans leurs bouches les dents de son collier en mâchoire de lapin.

Il sentit qu'il était allongé sur son bras blessé et se redressa autant qu'il put sur son coude, retira sa veste et se rallongea. Son bras s'était engourdi et il regarda le trou saigner comme une main s'ouvrant dans le sable. Le sang avait déjà bien assez coulé ici pour les attirer, avec ou sans le sien. Il se demanda s'il saurait se défendre quand ils fondraient sur lui, leur faire choisir l'homme mort plutôt que sa chair fraîche. Réfléchis, merde.

Smith creusa le sable autour de ses cuisses jusqu'à ce qu'il lui ronge la peau des ongles. Mais ses jambes restaient coincées à mi-hauteur. C'était inutile, impossible de creuser plus loin.

Un tremblement sortit l'autoroute de sa torpeur sous les roues d'un semi-remorque, mais il savait qu'il était désormais invisible.

Il chercha autour de lui la moindre chose pour l'aider… aucun outil dans les poches du mort ni dans les siennes, aucun bâton ni aucune racine sous la première couche de sable après qu'il l'eut creusée de la main. Puis son regard tomba sur le fusil à pompe. Vide, à moitié couvert de sable, une antiquité de métal brut et huilé ayant appartenu à son père.

Il le tendit contre la largeur de la moto pour mesurer la longueur. Ça ferait l'affaire.

Il posa d'abord le fusil de côté, s'appuya sur son coude gauche et passa son poids dessus avant de basculer en avant pour attraper le guidon de la main droite par la poignée restée dressée en l'air. Il s'en saisit du premier coup et sentit aussitôt quelque chose, une fibre de muscle ou de peau, se déchirer dans son bras blessé, mais la poignée toujours en main il se rejeta en arrière avec ce qu'il lui restait d'énergie, l'effort lui faisant pousser un hurlement.

Smith retomba dans le sable et lança un regard vers le mort comme inquiet de réveiller un endormi. Mais le guidon avait bien tourné comme il l'avait espéré et l'angle de la roue avant lui offrait désormais un levier suffisant pour soulever la partie centrale de l'engin.

Il lui restait encore des heures d'effort mais il pourrait peut-être se sortir de là. Se tirer ainsi sur le sol, centimètre par centimètre, comme Lucy avait tiré le père dans les bois, et ses doigts s'enfoncèrent alors dans le sol comme pour y puiser les dernières réserves de force que les mains de sa sœur avaient aussi dû trouver.

Il poussa le bout de son canon le long de sa jambe, au-delà de ce que ses mains pouvaient atteindre, et commença à racler le sable. Commença à creuser.

Il leva une nouvelle fois les yeux dans l'obscurité en continuant son travail et sentit comme un mouvement. Il savait que c'était la porte moustiquaire qui se refermait derrière Lucy. Il était trop tard pour qu'elle sorte s'occuper des animaux mais il savait ce qu'elle allait faire. Son cœur ralentit pour adopter la cadence des pas de Lucy qui se dirigeaient vers la tombe. Elle verrait alors que la mâchoire de lapin avait disparu et peut-être ne comprendra-t-elle pas, peut-être la croira-t-elle emportée comme un reste de viande par un charognard arrivé trop tard au festin. Il la vit s'agenouiller et plonger les mains sous la croix de fortune dans la terre encore meuble, c'était un geste qu'elle répétait chaque soir, comme pour tenir entre ses doigts les êtres fongiques qui vivaient à l'intérieur, portant une poignée de terre contre sa poitrine, car ces choses-là ne communiquent pas avec la voix mais avec le cœur. Elle disait aux décomposeurs, pas encore, pas encore, n'emportez pas encore tout. Et puis elle le reposait, essuyant ses mains sur sa robe, des mains tachées de terre et non de sang. Dans l'ombre de la croix et au-delà des sillons laissés par ses doigts dans la terre poussaient les mandragores qu'elle avait recouvertes de sa jupe en s'agenouillant, et c'était peut-être là toute l'ombre dont elles avaient eu besoin pour pousser. L'ombre de cette étrange union.

Smith murmura une toute dernière fois juste à côté du mort.

« Je voulais pas vraiment tirer, mais quelque chose m'a dit de le faire. Alors je l'ai fait. »

Je sais.

Il continua à creuser.

Il ne savait pas quand il avait dormi ou s'il s'était évanoui mais lorsqu'il se réveilla l'air était plein d'une blancheur qui semblait se fondre entièrement dans le ciel. Sous lui le sable trempé garda l'empreinte de son bras lorsqu'il se releva. La pluie avait aspergé de gouttes la toile de sa veste. Il ne voyait plus rien à un mètre devant lui. Ses jambes le lançaient sous la moto couchée, mi-douloureuses, mi-engourdies. Le sol relâchait déjà sa vapeur.

L'homme à côté de lui, mort. Un charançon traversa la gorge du cadavre et s'avança vers les falaises séchées de sa chemise déchirée, continuant à tâtons sur la main de Smith, une de ces créatures du désert qui n'existent que dans les instants après la pluie. Il l'envoya promener d'un geste. Regardant une dernière fois l'homme qui virait déjà au gris sous la rosée, il n'y avait plus rien à voir qu'il n'avait pas déjà vu, alors il se remit à creuser.

Son bras gauche n'en pouvait plus d'avoir dû creuser dans les recoins que son bras droit ne parvenait pas à atteindre, mais il était presque libre. Il continua, le front recouvert d'une croûte, mélange de graisse de fusil, de sable et de sueur, et il sentait cette mixture s'introduire sous son œil de verre après que l'homme, désormais mort, y avait enfoncé les doigts. Il le sortit et son orbite vide le brûlait plus encore, alors il l'essuya et le remit à nouveau.

Et enfin sa jambe droite fut assez dégagée pour qu'il la glisse sous la colonne de direction, il la fit alors pivoter jusqu'à pouvoir tirer sa jambe et appuyer de son pied droit contre le moteur. Quand l'engin bougea il tressaillit, puis il appuya plus fort.

Sa jambe gauche finit par sortir intacte elle aussi, rien de plus qu'une éraflure sous la toile déchirée du jean, une blessure d'enfant. Il rampa de sous la moto à plat dos comme un arachnide en mue. Ces longues heures lui avaient engourdi les jambes et il dut encore ramper quinze minutes sur le sol plat avant qu'elles soient à nouveau en mesure de soutenir tout son poids.

Il n'y avait aucun oiseau, les insectes autour vrombissaient, affamés, et il se demanda si le soleil s'était levé, puis comprit qu'il ne se lèverait pas ce jour-là. Dans un ciel à la blancheur laiteuse il ne le verrait pas effectuer sa course, et une fois la brume dissipée il se tiendrait simplement là. Alors il s'éloigna du mort et fit ses premiers pas, les premiers pas d'un tueur.

Il partit dans la direction prise par la fille et ses poursuivants. Les mesas s'écartaient l'une de l'autre comme des mains après la prière. La chaleur faisait maintenant partie de l'air et sa densité gélatineuse lui glissait sur le visage, il s'avança dans le désert en titubant comme un zombie en pèlerinage.

Smith dépassa une moto, abandonnée là par son propriétaire lorsqu'il s'était jeté sur la fille. Un corps étalé à côté, les bras écartés et de l'eau de pluie formant encore des petites flaques dans les creux dessinés par l'arête de son nez et ses yeux. Et après la moto, plus de traces. Sans qu'il sache si la pluie les avait lavées ou bien si la lumière avait trop brûlé ses yeux pour qu'il les voie.

La seconde moto reposait au pied des mesas, le cheval mort à ses côtés. Sous l'engin un corps, mais pas celui de la fille. De près le cuir du cheval lavé par le vent et le sable avait la couleur et la texture de la semoule de maïs. Un cuir aux pattes avant déchirées par le guidon, troué d'une balle à l'abdomen. Sa bouche était blanchie par le sable, comme un animal enragé sur un vieux cliché granuleux d'encyclopédie. Un TEC-9 reposait plus loin et Smith vérifia le chargeur, vide.

Il poursuivit, tenant son fusil à plat entre ses deux mains, telle une offrande. Il grimpa la dune qui s'élevait entre les deux mesas et se tint sur la crête. Le sol était encore blanc ici et les ombres des mesas se ressentaient plus qu'elles ne se voyaient.

Vautré contre une falaise tout au fond du passage se trouvait le dernier homme. Smith se colla contre la roche et s'avança, fusil levé, puis le baissant à mesure qu'il s'approchait. L'homme était sec, mort. Une balle dans la tête et une dans chaque genou, deux éclats de rouge, une paire d'yeux dans le sable. Les impacts des balles creusés dans la roche de grès derrière sa tête faisaient des nids pour les hirondelles.

Smith s'agenouilla pour le regarder. Il savait désormais que cette équipe avait été envoyée à leurs trousses par quelqu'un de conscient que quatre hommes n'étaient pas de trop. Mais ils n'avaient pas suffi.

Ici le sable avait été remué, des vagues créées par le roulement des pneus, et il continua d'avancer. À quelques mètres du mort il remarqua de nouvelles traces de sang, celui de quelqu'un d'autre. La piste filait encore sur deux mètres avant que les empreintes de la moto redeviennent droites et nettes et que le sang disparaisse.

Il se tenait sur cette colline, les yeux perdus dans le désert de l'Utah où elle s'était volatilisée. Une étendue qui semblait infinie et Smith se demanda si c'était un tour que lui jouait son œil valide ou si ce vide était réellement aussi vaste. Les mesas s'élevaient autour de lui, renfermant en leur sein des fossiles trilobites, des empilements millénaires de rouge et de gris qui formaient les tours d'une cité mystérieuse. Et c'était là qu'elle se trouvait, morte ou peut-être évaporée dans la poussière des motos sans avoir jamais vraiment existé, ou peut-être avait-elle fait émerger d'autres chevaux des profondeurs du sable, les envoyant caracoler dans les plaines infinies du désert, coincés dans ce purgatoire par la seule cruauté de sa géographie.

Il observa la scène un long moment, puis se retourna vers son pickup, l'esprit empli de violence.

Smith attrapa un bidon d'eau sur le siège arrière et se le versa sur le visage. Des grains de sable lui brûlèrent les paupières.

Il savait qu'elle était blessée et qu'elle mourrait là-bas. Elle appartenait désormais au désert et il en était ainsi. Il l'avait cherchée bien assez loin et elle était certainement morte. Il regarda la route miroiter sur sa droite. Une ligne parfaitement nette qui coupait au travers des terres arides. Une veine de plomb sous une peau délavée.

Une route vers nulle part car c'était ce que le ranch allait devenir sans cet argent, une route qui avait fait naître un tueur. Car voilà ce qu'il était devenu. Et elle en deviendrait un à son tour lorsqu'il retournerait à leur tu-es-elle-et-elle-est-toi. Puis viendrait leur départ, deux ombres errantes, comme mortes, quittant le lieu où reposait leur toute première victime.

Tout était perdu.

Il mit sa tête entre ses mains et resta longtemps assis sur le hayon de son pickup, son bras le faisant doucement souffrir et ses bottes pendant sans bouger au-dessus du sable ombragé, les falaises de roche rouge se profilant dans la distance comme des poignards rouillés. Il pouvait sentir que la fille n'était pas morte.

Cet endroit qui s'était dressé si loin au nord, dans l'étendue du désert, tel un Olympe ou un territoire flottant. Et pour des hommes marchant dans ce désert, ces pères venus avant eux, cet endroit peuplé d'arbres remplis de chair devait avoir eu un air de paradis. Un empire à créer avec bétail et descendance. Il leva les yeux.

Et si le glas de cet empire était ainsi annoncé, il voulait en être le témoin. Être témoin de la chute de sa maison. Témoin de la fin de son existence. Si cette fin était devenue inéluctable, alors il voulait la voir de ses yeux.

Les peaux fraîches devaient être salées douze jours durant, et Lucy faisait des rondes à l'étage de la maison comme une enfant qui se morfond. Trois jours qu'elle salait les peaux dans une pièce qui sentait encore l'humidité et où flottait l'ombre bleue de ces quelques minutes artificielles qui suivent l'arrivée de l'aube. Elle avait traversé la chambre en courant comme les premiers rayons du soleil, arrosant de cristaux le cuir retourné, mais tout cela remontait à plusieurs heures et dehors le bétail meuglait déjà pour être nourri. La clameur d'une foule à l'échafaud, les gorges des chevaux, les langues des bœufs et les mâchoires des porcs. Elle avançait désormais les mains pressées contre ses oreilles. Marchant en cercles, encore et encore. S'arrêtant une fois pour s'adresser à eux.

« Taisez-vous. La fin est là. »

Et puis elle abandonna et sortit voir ce que Wyatt avait fait du bétail.

Aux abords du champ de blé s'élevait un mur d'air qui l'isolait de l'odeur. Le troupeau toujours dans l'autre pâturage. Elle marcha encore une centaine de mètres avant de découvrir le foyer du feu éteint. Jamais elle n'avait reculé devant l'odeur d'un feu mais elle savait cette fois de quoi il s'agissait. Des cages thoraciques calcinées et empilées comme les ressorts noircis d'un vieux matelas éventré pour en exorciser ses longues années de péché. Deux ou trois cornes plus hautes que ses épaules pointaient vers sa gorge, plantées dans des crânes noirs dont les visages aux yeux d'os blancs brillaient au fond d'orbites que la fumée n'avait pas réussi à noircir entièrement. Les expressions démentes d'un personnage de dessin animé venant caricaturer leur fin. Un oiseau au cou moite et déplumé picorait le cuir calcifié d'une croupe. Les yeux d'os riaient et il trébuchait et voletait pour retrouver son équilibre sur la hanche fendue par la chaleur où il évoluait chancelant. Quelques volutes de cendres s'élevèrent dans le vent, se détachant du tas de charbon, s'étendant comme des doigts de dentelle empoisonnés sur le parterre d'herbe moqueuse seulement parce qu'elle avait survécu. Parce qu'elle n'était pas comme une maison qui aurait brûlé.

Toute cette perte lui donna des haut-le-cœur et elle enfouit la tête dans ses mains.

Avant de rentrer en courant jusqu'à la maison, elle se retourna une dernière fois et observa le tas de choses mortes.

« Taisez-vous. S'il vous plaît. »

DEUXIÈME PARTIE

6

WALMART

Il s'élança sur la route vers le sud et s'arrêta lorsqu'il l'aperçut, trente kilomètres plus loin.

Une silhouette titubant à l'horizon, une maigre forme noire devant le soleil couchant et sous ses pieds le sol rincé de blanc. Elle fit un autre pas vers le sud puis s'effondra.

Smith claqua la portière du pickup et s'en éloigna lentement. Des plaques de grès sortaient du bord de la route et il s'avança, puis s'arrêta là où les plaques s'enfonçaient dans le gravier et le sable repoussé là par le vent.

Un silence de désert tel que peu d'hommes en ont rencontré dans leur vie, et ceux qui en avaient fait l'expérience plus d'une fois avaient dû inventer des voix pour le combler. Il se tenait dos au pickup, face au soleil, levant à ses yeux la main de son bras valide. Le bruit de la chute résonnait encore en écho, les vagues de sons ne semblant rien trouver d'autre sur quoi rebondir que son corps, ou alors était-ce son esprit qui, en l'absence de tout autre bruit, s'était trop longtemps raccroché à ce son. Un son empreint d'une chaleur fiévreuse qui lui paraissait d'ailleurs familière. Et puis il se souvint : celui du gibier tombant à terre.

Il secoua la tête pour rien et descendit dans la blancheur éthérée.

Il aurait pu s'attendre à voir des oiseaux, mais ces lieux reculés en voyaient peu et il n'y en eut aucun.

Un scarabée contourna de maigres broussailles alors qu'il passait à côté. Ses petites empreintes tournant en cercles dans le sable comme pour suggérer qu'il en faisait le tour depuis toujours.

Il s'avança et au fur et à mesure l'air se remplit à nouveau de sons. Un raclement tandis qu'elle traînait ses membres sur le sol, l'un après l'autre. Le sable déferlait en minuscules vagues sous leur poids, marquant les traces de sa progression centimètre par centimètre. Dans le désert même cela avait un bruit.

Elle ne s'arrêta pas lorsqu'il vint se placer au-dessus d'elle. Un bras plié au coude et les deux jambes tendues. Son autre bras agrippait un estomac qu'il ne pouvait voir mais tout le côté de la jambe gauche de son pantalon était couvert d'un rouge sombre et la lumière déclinante donnait l'impression que son t-shirt noir s'était usé jusqu'à se liquéfier. Son sac plastique d'objets personnels toujours accroché au passant à l'arrière de son jean. Wyatt se tenait debout, les deux pouces enfoncés dans les poches.

« Salut. »

Elle continua à avancer, bougeant le coude, le pied, l'autre pied, et puis encore, respectant à chaque fois cette cadence parfaite de lenteur et d'inefficacité exaspérante.

« Salut… » Il lui poussa la cuisse du bout de sa botte.

Elle tourna la tête dans sa direction et vomit, le bruit résonna si fort dans le silence qu'il sauta en arrière comme au son d'un tir de fusil. L'écho mourut et il regarda sa botte, essayant de frotter dans le sable la chose humide qui venait de s'y déposer.

Le sable ne fit que l'enduire un peu plus en y adhérant.

Ses cheveux lui collaient au front, s'emmêlant autour de son cou là où elle avait voulu les enfoncer dans son t-shirt de ses mains poisseuses. Son menton était couvert de sable. Elle bougea encore un pied puis s'arrêta et resta allongée là, levant les yeux vers lui, forcée de les plisser avant de se décider à les fermer, la tête simplement tournée dans sa direction.

« T'as une cigarette ?

— Pourquoi tu veux une cigarette ?

— Comme ça.

— J'ai pas de cigarettes. »

Elle tourna son visage contre le sol, du sable vint à nouveau se coller sur sa joue. Puis elle releva la tête. Les yeux toujours fermés, un visage dénué d'expression tourné vers lui comme une de ces silhouettes coincées sous un tas de corps dans une peinture de guerre.

« T'as de l'eau ?

— Nan. »

Elle rebaissa la tête et reprit son chemin, se tirant en avant de son seul coude, suivi par deux petites poussées de ses bottes dépareillées. Comme escaladant un mur qui s'étendrait sur des kilomètres. Une Babylone de sable aux parois creusées de prises s'effritant en une chute vertigineuse.

Il la suivit quelques pas. Elle s'arrêta, semblant réfléchir, et il comprit alors que tous ses mouvements, dont la lenteur mécanique laissait imaginer qu'ils étaient réfléchis, n'avaient en réalité aucun sens.

« Pourquoi t'es venu alors ?

— Pour voir. »

Elle cracha dans le sable et un filet de mucus lui coula sur le menton. Elle se mit à rire.

« Merde alors », secouant mollement la tête, « bah va te faire. »

Il haussa les épaules et repartit vers son pickup.

« Non. Attends. »

Il s'arrêta, sans se tourner vers elle.

« Aide-moi.

— Tu m'as tout pris. Je te dois rien.

— S'il te plaît.

— J'ai aucune raison de t'aider. »

Il retourna vers le pickup et lorsqu'il l'atteignit le soleil s'était déjà couché et il faisait nuit.

Il attrapa une conserve de nourriture sur le siège arrière et la perça de son couteau, puis il prit la couverture enroulée et s'allongea à l'arrière du pickup en sirotant sa conserve froide. Aspirant du bout des lèvres les haricots blancs dans la boîte comme des pierres gluantes.

Il se retourna pour soulager son bras blessé, laissant une tache humide sur la couverture, et fut saisi d'un vertige. Il se rallongea et leva les yeux au ciel. Un violet fiévreux peignait encore l'horizon, virant au bleu puis au noir à l'arrivée de la nuit, les étoiles perçant l'obscurité croissante comme une toile perforée, et il imagina la lumière du jour se déverser par ces trous, même si ce n'était pas la lumière du jour mais une lumière froide comme la glace quelque part, et il entendit les hurlements d'un coyote plus au nord. Si les bêtes s'approchaient, le geste humain serait d'aller l'abattre pour lui éviter des souffrances, mais il décida qu'il n'en ferait rien.

Peut-être était-ce la meilleure manière de partir après tout. Si férocement naturelle, un déchirement de membres puis de boyaux, à coups de dents, préférable à la froideur stérile du doigt d'un autre homme pressé sur une gâchette. Mais trop comme du bétail, n'est-ce pas. Une mort de bétail.

Un orage éclata au loin à l'est et les éclairs étirèrent leurs doigts électriques, fondant le sable en veines de verre enfouies si profondément dans le sol que personne de notre ère n'aurait la chance de les voir. S'il charriait la pluie, il était trop loin d'ici pour que cela ait une quelconque importance. Il s'installa plus confortablement sous la couverture, le vent se levait. Ici, le vent pouvait avancer telle une créature à quatre pattes, une bête laborieuse progressant à son rythme essoufflé comme un bœuf à l'attelage, ou bien il pouvait s'avancer comme une marée, comme un océan qui, même dans ses eaux les plus calmes, leur restait inaccessible, un environnement pour lequel ils n'étaient pas nés. Si le vent ce soir était un océan, alors peut-être la fille aurait-elle disparu au matin, emportée avec toute cette histoire et celle de sa traque jusqu'ici, avec les pas de ses ancêtres aussi, déposés des années plus tôt dans le sable de ce même désert aux côtés de ceux des innombrables mules qui avaient réussi à survivre aussi loin dans ce voyage. Et s'il se réveillait assez tôt et voyait encore une trace de sang dans le sable là où elle s'était trouvée, alors quelques bourrasques suffiraient à l'effacer elle aussi, et tu pourrais alors rentrer chez toi. Tu pourrais rentrer chez toi sans avoir l'impression que rien de tout ça n'est arrivé, et c'est la disparition de ces traces qui serait la preuve que quelque part, quelque chose avait été réparé.

Il s'installa un peu plus profond à l'arrière du pickup pour dormir, se rassurant en songeant que c'était le bruit des coyotes qui le tenait éveillé et non de savoir ce qu'ils risquaient de faire.

Il fut réveillé juste avant l'aube, par une lame contre sa gorge.

Il tenta de reculer mais elle le tenait fermement par l'épaule. Elle l'avait enfourché à l'arrière du pickup et il pouvait sentir l'odeur de sang qui suintait de son abdomen. Il tâtonna sa ceinture pour attraper son couteau de chasse mais il n'était plus là. Il faisait encore noir pour un œil non ajusté, mais il pouvait deviner la ligne de ses dents dans sa bouche à demi ouverte à quinze centimètres de son visage, une bouche en train de rire. Un rictus amputé par la semi pénombre du désert.

« Espèce d'enfoiré. Oh, espèce d'enfoiré de merde. »

Il inspira et essaya encore une fois de battre en retraite mais elle tenait sa prise et il attendit un long moment avant d'expirer.

Elle se remit à rire et secoua la tête.

« Sale petit con. »

Elle se pencha sur le côté et regarda vers l'ouest où les traces de sa progression s'étiraient comme des vers dans le sable.

« Dieu merci, oh dieu merci.

— Qu'est-ce que tu veux ? »

Elle tourna à nouveau la tête pour le regarder, un geste visiblement aussi rapide qu'elle l'avait pu mais qui lui parut si froid dans sa lenteur.

« À ton avis ? File-moi ton eau et emmène-moi là où je pourrais trouver des pansements et de la Bétadine. »

Elle bascula sa jambe en arrière pour le laisser se relever et s'appuya contre son épaule, serrant le couteau contre son cou en faisant avec lui le tour du pickup.

Elle tenait à la main son vieux couteau en bois de cerf. La lame ouverte sortie de son manche de bois creusé et gravé d'une scène forestière, une scène expurgée de toute incursion animale, humaine ou minérale trouvées ici. L'outil qu'il avait utilisé pour dépecer tant de repas mais putain une lame de dix centimètres, pourquoi le père lui avait-il laissé une lame de dix centimètres.

Elle monta en premier par le côté conducteur, le couteau toujours contre sa gorge, se hissant par-dessus la console centrale et sur le siège passager sans jamais baisser la main.

« Y'a rien qui sera ouvert.

— Pas grave. »

Elle expira en s'adossant contre le siège et ôta la main de son estomac. Des bouts rouge et noir se détachèrent avec sa paume. Le t-shirt lui restait collé sur presque tout l'abdomen. De ce qu'il pouvait voir, la balle avait rasé la surface, creusant une grosse portion de muscle au passage, le tissu froncé et collé sur toute la longueur par une entaille sombre qui partait du centre de son ventre et plongeait dans son flanc gauche sur vingt centimètres.

Du sable s'était englué dans les parties humides, là où se mélangeaient sang et sueur, et dans la pénombre on aurait cru son t-shirt rapiécé d'écailles, les siennes ou bien celles arrachées sur le dos d'une autre créature. Si elle bougeait encore c'était qu'aucun organe n'était touché mais bien trop de sang avait coulé pour qu'il ne vienne pas à manquer.

Il mit le contact.

« Elle est où ton eau ? »

Smith fit un signe de tête vers le siège arrière et se rappela aussitôt que le fusil à pompe s'y trouvait. Posé sur le siège, déchargé. Elle plaça le couteau entre ses dents et se souleva pour basculer vers le siège arrière. Il pensa à se jeter sur le fusil mais savait qu'elle aurait planté le couteau dans son ventre avant qu'il ait le temps de le charger. Il serra les dents et se mordit l'intérieur de la joue.

Elle rapporta le premier des deux bidons au prix d'efforts méthodiques. Elle n'avait pas vu l'arme. Elle retira le couteau de sa bouche et le tint contre le bidon en buvant comme une chose affamée, puis elle s'écarta du goulot et laissa le reste lui inonder le t-shirt. L'eau commença à former une flaque de crasse placentaire noirâtre autour d'elle sur le siège en tissu, il détourna le regard.

« Roule. »

Il enfonça l'accélérateur tandis qu'une lueur jaune commençait à poindre à l'est.

Il fila vers le sud car il ne semblait y avoir nulle part ailleurs où aller. Elle gardait ses yeux braqués sur lui, le couteau prêt, son bras tendu et le coude posé sur la console centrale. Elle crachotait et toussait toutes les quelques minutes et l'extérieur de son bras était craquelé et boursouflé de s'être trop traînée dans le sable.

Il pouvait sentir la sueur lui couler sur les paupières, savait que la fièvre montait, il baissa les yeux vers le col de sa chemise et il put entrevoir les fils rouges poindre sous sa peau, sortant du trou de son bras. Pas question d'y penser maintenant. Roule putain, roule, c'est tout.

La pointe du couteau s'enfonçait assez fort dans son cou pour y laisser une marque, et il sentait la pression sur sa peau se relâcher dès qu'elle piquait légèrement du nez, puis elle se réveillait en sursaut et resserrait sa prise. Il eut un instant de panique à l'idée de mourir ainsi, par un simple mouvement brusque de sa main. Mort parce qu'une gamine n'avait pas su garder les yeux ouverts, le couteau de chasse de son père planté dans la jugulaire.

Est-ce que tu saurais la tuer, est-ce que tu saurais la tuer maintenant ? La laisser dans le pickup brûlant et t'enfuir, ou bien tenter de saisir le couteau au péril de ton cou. Planter la lame dans son ventre blessé, qu'elle ressente ce qu'il avait ressenti quand la chair de son bras avait volé et quand le bétail avait été englouti sous la surface de ses terres. Il voulait le fusil.

Mais ses paumes suantes glissaient sur le volant et il continua à rouler, et chaque fois qu'elle relâchait son bras il s'écartait de la pointe du couteau. Le soleil se levait sur sa gauche, tapissant de lumière son visage fatigué et maussade, et les entrailles ouvertes et usées par le sable de la fille.

Une soixantaine de kilomètres plus loin il vit un Walmart. Elle était encore en boule sur le siège, le regardant de ses yeux d'ambre calcifié toujours pleins de fureur même si le reste de son visage était lâche, les muscles de ses joues trop épuisés pour former la moindre expression. Elle avait laissé le bidon d'eau posé à l'horizontal sur sa poitrine après sa dernière gorgée et il se balançait à chaque cahot du pickup, renversant à chaque fois un peu plus d'eau sur sa gorge. Il se gara sur une place handicapé près de l'entrée.

« On y est.

— C'est ouvert ?

— C'est toujours ouvert. » Il était sept heures du matin.

Elle se rappela soudain le bidon d'eau et le posa au sol puis se releva lentement en maintenant le couteau contre son cou, un exploit dont il l'aurait crue incapable vu son état pendant le trajet.

Elle fit un signe de la tête vers la portière et il l'ouvrit, alors elle rampa par-dessus la console centrale pour le suivre hors de la voiture. Elle devait se tenir à la portière pour rester debout.

« Sors ta chemise.

— Quoi ? » Il la sortit de sa ceinture et commença à la déboutonner pour la lui donner.

« Non. Sors-la juste. »

Il le fit.

« Passe ton bras autour de moi. »

Il lui entoura la cage thoracique du bras et trouva une prise à l'écart de l'endroit où son t-shirt lui collait à la peau, c'était quand même humide et quelque chose lui coula entre les doigts, des fragments de tissu, de sable et de crasse, pulsant presque dans un mélange amibien aux couleurs proches du noir.

Elle passa le couteau dans sa main gauche et le lui glissa contre le dos sous sa chemise, une main sur son épaule, la lame posée contre les ligaments qui se trouvaient là. Elle s'appuyait pesamment sur lui et ils passèrent ensemble les portes automatiques, leurs bras entrelacés, une lame d'acier glissée entre eux.

L'employée à l'entrée, une femme flétrie, la soixantaine passée, leur fit un vague signe de la tête. Un couple cadavérique recraché par le désert était un spectacle ordinaire pour ceux qui travaillaient dans un magasin où l'on dépeçait des chevreuils sur le parking.

Ils obliquèrent vers le fond du Walmart en claudiquant, une allure saccadée plus proche des convulsions d'une araignée en fuite à laquelle il manquerait plusieurs pattes. Non pas le déséquilibre d'une jambe boiteuse, mais plus une série de faux pas dans la démarche d'une créature croyant encore avoir plus de pattes valides que ce qu'elle avait vraiment.

La peinture blanche sur les rayonnages métalliques laissait échapper une odeur de produits d'entretien, et les néons mâchonnaient leur bourdonnement mécanique. Le sol carrelé avait été lavé, ou du moins en donnait l'impression, et le sable entre leurs semelles et le sol se transforma en une couche de verre pilé.

La fille s'arrêta et regarda par-dessus son épaule en demandant à l'employée : « Y'a un rayon animaux ?

— Un quoi ?

— Un rayon animaux.

— Là-bas. » L'employée leva un doigt avant de retourner à son tricot.

À mi-chemin ils entendirent le chuintement d'un moteur électrique et se figèrent. Un homme obèse en sweatshirt camouflage passa sur une voiturette électrique à l'autre bout du rayon, les regardant bouche bée en les dépassant, jusqu'à disparaître à nouveau derrière le rayon suivant.

Ils passèrent un mur d'aquariums verdâtres puis un présentoir métallique où s'empilaient des poissons rouges dans des seaux d'un demi-litre. Certains immobiles semblaient figés dans l'agar comme autant d'aliments décoratifs. Un poisson rouge solitaire à la nageoire caudale ramollie flottait dans une eau qui virait lentement au vert.

La fille se pencha en avant et se mit à fouiller parmi les cartons blancs de filtres, d'additifs pour aquariums et de nourriture pour poissons. Puis elle s'arrêta. Secouant la tête et éclatant de rire, au bord des larmes.

« De l'ampicilline. Putain, il avait raison. »

Elle plongea la main et tira une rangée entière de boîtes au sol, mais la toute dernière se bloqua contre le rebord de l'étagère et la fille glissa. *Maintenant.*

Il retira violemment sa main droite de sa cage thoracique et lui écrasa l'épaule vers le bas. En tombant elle coinça le couteau dans le dos de la chemise de Wyatt qui l'écarta d'un coup de pied quand il rebondit au sol, mais elle lança sa jambe pour lui faucher la cheville au même moment et il s'effondra à terre avec elle. Elle puisa dans ses toutes dernières forces pour se projeter vers le couteau mais il la saisit par la jambe et elle laissa une traînée de sang sur les carreaux en glissant. Ses épaules vinrent heurter l'étagère métallique et les seaux de poissons rouges se mirent à pleuvoir en éclatant comme des fruits mûrs.

Elle roula sur le dos et attrapa le couteau, il se jeta alors sur elle et lui saisit le poignet qu'il repoussa en arrière, éventrant un sac de sel pour aquarium au-dessus d'eux, elle lui enfonça ses ongles dans la main et il l'enfourcha alors en écrasant sa paume libre contre sa blessure.

La douleur nauséeuse lui fit remonter du sang au coin de la bouche, suivi par un peu de bile, il tenta alors de lui retirer le couteau du poing tout en continuant à s'appuyer sur elle, enfin il réussit à le lui arracher et lui colla la lame sous la gorge.

La fille leva les yeux vers lui, sa tête contre l'étagère métallique, les cristaux de sel irisaient sa blessure au front d'une teinte violacé et venaient se coller comme des cailloux sur ses joues. Deux poissons colorés s'agitaient dans ses cheveux mouillés.

Elle avait un visage impassible, il savait que cette fois elle avait vu l'instinct de mort dans son regard.

Smith se mit à chercher la veine jugulaire, sans la trouver sous la poussière et la sueur qui lui enduisaient la gorge. Il pouvait passer par sa blessure ouverte à l'estomac mais la jugulaire serait plus silencieuse, plus rapide. Elle ne disait rien, serrant les dents, respirant fort par le nez. Il retira son autre main de son ventre et l'approcha du cou de la fille pour en essuyer la boue, mais quand il la retourna il s'arrêta net, paume en l'air.

Elle était noire de sang.

La fille ferma la bouche et le fixa des yeux. Il referma sa main ensanglantée sur la mâchoire de la fille pour y prendre appui. Ses yeux s'enflammèrent et elle grinça des dents en essayant de tourner la tête, mais la lame du couteau frottait toujours contre sa peau.

Smith baissa les yeux sur elle.

« T'es morte si je te sors pas d'ici, et si j'ai pas mon fric je pourrais aussi bien crever. »

La fille le suivait de ses yeux paniqués, une bête sauvage.

« Tu sais que cette fois j'hésiterai pas. Et si je me lève et que je sors d'ici, là maintenant, tu vas te vider de ton sang en moins d'une heure ou les flics te coffreront avant ça. Alors je vais te donner les deux mêmes choix que l'autre fois. »

Elle le regardait, les yeux brillant de ce qui semblait être de la foi, de l'incrédulité aussi, mais qui n'éclipsait pas la violence toujours présente, et puis elle regarda les poissons agonisant et les boîtes d'antibiotiques autour de sa tête. Sa respiration se réverbérait presque en silence contre les cartons et à travers la musique grésillante du supermarché. Puis elle acquiesça contre la lame.

« Sors-moi de là vivante et t'auras ce que tu veux. »

Une fois qu'ils eurent appris à se servir d'une arme et qu'ils furent devenus d'excellents tireurs, une fois qu'ils surent dépecer, écorcher et briser le cou des oies dans la cour et des poulets lorsqu'il leur en restait assez, le père leur apprit à construire des pièges pour animaux. Les pièges permettaient de gagner du temps, car ils pouvaient être laissés dans les bois pendant qu'ils retournaient travailler, même s'ils couraient toujours le risque de capturer un opossum ou un putois. Mais c'était là précisément ce qu'adoraient Wyatt et Lucy, ne pas savoir en ouvrant ces boîtes piégées s'ils découvriraient leur prochain dîner ou une puanteur de soufre qui leur collerait au corps pendant un mois.

Ils n'avaient plus de poulets aussi tard dans la saison, seulement quelques poules pondeuses, et celles-là ne devaient pas être tuées, pas si vous vouliez des œufs pour l'hiver ou des poulets pour l'année suivante.

Ils emportèrent le Ruger, au cas où ils rencontreraient quelque chose en chemin, et sur la route Wyatt le tendit à Lucy qui lui passa alors le sac de jute plein de quartiers de pommes avec lesquels ils comptaient réapprovisionner les pièges. Le père leur avait dessiné la carte des douze pièges sur une feuille de papier et l'avait prise avec lui. Les enfants furent étonnés de voir que le père connaissait chaque roncier et chaque feuille, chaque recoin de ces bois, et ils comprirent enfin à quel point le ranch était grand.

Les cinq premiers pièges étaient vides, les enfants penchèrent la tête à l'envers, leurs cheveux coupés à la main leur tombant dans les yeux alors qu'ils inspectaient les boîtes. Le sixième se révéla une fausse alerte.

Ils avançaient dans les bois d'un pas bien plus assuré que la première fois où ils s'y étaient engagés fusil à la main ; les enfants avaient appris eux aussi à faire taire leurs bottes sur les feuilles. Ils formaient désormais à eux trois une patrouille sans chef, s'arrêtant l'un après l'autre, l'oreille à l'affût du moindre battement d'ailes d'insecte ou d'un claquement de bec d'oiseau, le dos courbé comme en permanence sur le point de ramper.

La trappe du septième piège était fermée, le père le poussa du bout du pied et l'intérieur de la boîte répondit d'un bruit sourd contre le panneau arrière, des coups comme un cœur dans une poitrine.

« Lucy », dit le père, et Wyatt sut que le père se rappelait comme il avait géré sa toute première chasse, et il sentit ses joues s'enflammer tandis que ses mains gelaient d'être restées immobiles.

Ils retournèrent la boîte sur son extrémité et entendirent la créature tomber au fond, et le père put dire qu'il s'agissait d'un lapin et non d'un putois en écoutant la cadence de ses coups sourds. Il l'ouvrit en faisant glisser la trappe et Lucy s'essuya le nez sur une de ses manches et les roula, puis y plongea la main.

C'était un gros lapin à queue blanche qui devait faire quatre kilos. Elle le tenait d'une main sur la poitrine, les pattes avant entre ses doigts, soutenant son derrière dans l'autre main. Il ne faisait pas un bruit à l'exception de ses moustaches qui lui frottaient les phalanges à chaque respiration. Wyatt évita son regard et elle passa le lapin contre sa hanche pour mieux le tenir. Pas un son.

« Lucy ». Le père s'avança d'un pas.

Wyatt sentit sa sœur le fixer et il sut ce qu'elle s'apprêtait à faire.

Quand il leva les yeux elle lança le lapin. L'animal toucha le sol de ses pattes arrière et s'élança d'un bond avant de disparaître.

« Lucy. » le père ne l'avait pas crié mais dit comme pour exprimer sa douleur. Quand un homme a passé assez de jours sans dîner il apprend que crier n'y changera rien, et c'est ce qu'elle entendit dans la voix de son père avant d'enfouir son visage entre ses doigts. Il lui posa une main sur l'épaule et ensemble ils allèrent vérifier les cinq pièges restants. Vides. Alors ils rentrèrent tous les trois à la maison avant le coucher du soleil, sans un bruit, non plus par nécessité mais par simple habitude de marcher en silence dans les bois, et le Ruger reposait à l'horizontale entre les mains de Wyatt, une chose morte mais immangeable.

Ils n'avaient plus de poulets, plus assez de bœufs à envoyer à l'abattage, et sans lapin, pas de dîner.

Cette nuit-là elle vint le retrouver dans son lit, elle semblait avoir pleuré ce qu'il imaginait être des larmes forcées, étouffées dans un oreiller comme une nausée pour s'en débarrasser aussi vite que possible avant d'en être enfin soulagée, son hoquet presque disparu. Elle lui prit les mains.

« J'ai tellement faim » furent les premiers mots qu'elle prononça quand elle eut repris son souffle.

Wyatt acquiesça. Lui aussi, mais sa faim commençait déjà à s'émousser et il savait qu'elle finirait bientôt par passer, comme l'avaient fait les précédentes et comme le feraient celles à venir.

« J'ai tellement faim ! » Elle retira d'un cran ses mains des siennes et serra les poings.

« Moi ça va. Je m'y fais. »

Elle secoua la tête, et ils restèrent allongés un moment en silence. La lumière était éteinte, mais les papillons de nuit, sentant encore la chaleur de la maison, venaient se cogner contre la fenêtre, leurs ailes comme deux mains blanches ouvertes.

Elle secoua encore une fois la tête et sortit du lit.

Wyatt se réveilla juste après minuit et se faufila au rez-de-chaussée en sous-vêtements. En entendant la porte du père s'ouvrir il s'assit sur la dernière marche et le père descendit alors jusqu'à la cuisine, se plaça derrière Lucy et lui prit doucement les poignets.

« On ne s'y prend pas comme ça. »

La poule avait le cou brisé, à demi tranché, elle l'avait entaillé sur la planche sans réfléchir et le sang partait de l'évier où il formait une flaque et revenait vers la planche à découper. L'animal déjà à moitié déplumé.

Elle baissa les mains et les essuya sur son pyjama souillé de fiente de poule et de paille.

Le père attrapa le poulet par le cou en lambeaux et d'un signe de tête à Wyatt et Lucy leur indiqua de le suivre. Ils se glissèrent alors dans leurs bottes et enfilèrent leur manteau par-dessus leur pyjama puis le suivirent jusqu'à la grange où il décrocha une pelle du mur.

« On peut pas s'y prendre comme ça si on veut que ça dure. »

Le père était costaud et n'eut pas besoin de plus de deux pelletées, il déposa ensuite le corps de la poule pondeuse dans le sol et la recouvrit de terre, Lucy comprit et alla chercher deux brins de paille dans le poulailler qu'elle déposa en croix sur la tombe. Elle détournait la tête dès que Wyatt s'approchait et l'enfouit finalement dans ses mains, laissant le père la reconduire à l'intérieur.

Lors de leur ronde le lendemain, ils trouvèrent un lapin à queue blanche dans le sixième piège. Ils étaient bien incapables de dire s'il s'agissait du même que la veille ou si le destin avait eu quelque chose à voir avec l'origine de leur dîner. Wyatt l'attrapa en premier et Lucy lui brisa le cou entre les mains de son frère sans dire un mot.

Après ce qui s'était passé, ils traversèrent tous les deux en silence le rayon pharmacie de leur pas de trois, réunis à nouveau en cette symbiose siamoise dégénérée. Elle lui indiquait d'un signe de la tête ce dont elle avait besoin sous la lumière crue des néons, et la noirceur sanguinolente de son t-shirt offrait un étrange contraste avec les étiquettes colorées des boîtes de médicaments.

Le temps d'atteindre le bout du rayon il avait ramassé une demi-douzaine de bandes de gaze, un rouleau de sparadrap, un flacon d'alcool dénaturé et un de Bétadine.

Ils boitèrent jusqu'à la seule caisse ouverte sans se détacher l'un de l'autre. Le caissier était un adolescent blond avec des taches de rousseur, une bosse sous sa lèvre inférieure, le signe qu'il apprenait à chiquer du tabac.

Le garçon cligna des yeux et les dévisagea, remarquant d'abord les traits tirés du visage de la fille, puis son estomac sous un t-shirt pourtant si noir de crasse que le rouge n'y était plus visible. Smith versa le contenu de ses bras sur le tapis roulant.

« Mince alors, il vous est arrivé quoi ?

— T'inquiète pas pour elle. »

Le jeune caissier continuait à la dévisager la bouche ouverte.

« Vraiment. Y'a pas à s'inquiéter. »

La fille trébucha et s'écrasa contre Smith, juste devant le caissier. Ils virent alors son visage changer quand il sentit l'odeur de la blessure et Smith comprit qu'ils venaient de faire une erreur.

« Je crois que je ferais mieux d'appeler la police. »

La fille leva la tête pour que son regard croise celui du garçon et elle plaqua sa main à plat sur le tapis roulant.

« Crois-moi, t'as pas envie de faire ça.

— Et pourquoi ?

— Parce que je connais ton nom… » Elle se pencha en avant, tordant le lecteur de carte bleue sous sa poitrine, et lut son badge, la vue déjà troublée après tout le sang qu'elle avait perdu. Du sable tomba contre le pied du lecteur.

« Paul. C'est ça, Paul. Et crois-moi, tu n'as pas envie que je sois au courant de ton existence, encore moins que je sache ton nom, ni où tu travailles, ou que tu conduis une vieille Ford de 84, la Bronco avec le pare-brise arrière fissuré ou l'autre Honda jaune de merde que j'ai vue sur le parking. »

Le caissier pâlit et écarta ses mains de la caisse enregistreuse comme si c'était ce qui l'avait incriminé.

« Maintenant sois gentil et laisse le monsieur payer ses articles. » À la fin de sa phrase elle serra les dents sous l'effort que lui demandait le simple fait de rester debout.

Le caissier acquiesça vivement, semblant savoir son geste exagéré, mais continua néanmoins en scannant les articles d'une main tremblante, et il acquiesçait encore quand Smith tira son portefeuille pour lui tendre un billet imprimé de la trace rouge de son pouce.

« Si t'étais à ma place tu serais déjà fini, tu piges ? » La voix de la fille presque un soupir.

« Quoi ? dit le caissier.

— Tu serais déjà fini. Souviens-toi de ça. »

Smith attrapa le sac de courses et la fille jeta un dernier regard au caissier, puis ils sortirent. Le caissier resta planté là, bouche ouverte, le tapis roulant qu'il avait oublié d'éteindre tournant lentement dans le vide, faisant remonter toutes les quelques secondes l'empreinte sanglante d'une main d'enfant.

De retour au pickup, Smith ouvrit la portière et la fille s'effondra sur le siège passager. Elle releva son t-shirt et des fibres de muscle se détachèrent avec le vêtement. Elle retira la chair du tissu de son autre main et tira d'un coup sec, elle sembla vouloir retirer entièrement son t-shirt mais fut arrêtée dans son geste par le mouvement douloureux de ses bras écorchés.

Un vrai massacre. La trajectoire de la balle avait déchiré la surface des muscles abdominaux, comme un sillon creusé dans la boue d'un ranch. Son ventre ouvert sur une largeur de trois centimètres.

Elle dévissa le bouchon du flacon d'alcool et le vida. Son estomac se rétracta et elle eut l'air de vouloir prendre une gorgée du flacon avant qu'il lui tende le bidon d'eau. Elle s'adossa contre le siège et il versa de l'alcool puis de la Bétadine sur sa blessure. Elle frissonna et renversa de l'eau. Les lambeaux de peau brulée pendaient des bords de l'entaille, mais l'entaille elle-même était propre. Il sortit la bande de gaze du sac de courses et elle la lui arracha des mains, se l'enroulant d'un geste rageur, mais avec dans le regard une expression comme de la compassion. C'était la première fois qu'il la voyait montrer un semblant de pitié et c'était vers elle-même qu'elle était dirigée. Le rouge imbiba les quatre épaisseurs de bande jusqu'à teinter la couche supérieure, comme un nuage de terreur remontant à la surface.

Il lui tendit la deuxième bande et elle se l'enroula, mais celle-là resta blanche. Elle secoua le sac de courses pour en vider le contenu et amassa les boîtes d'ampicilline entre ses genoux, comme pour y trouver du réconfort, leur carton s'imprégnant du liquide qui imbibait le siège. Elle déchira une boîte et commença à arracher les antibiotiques de leurs plaquettes, les avalant par poignées. Après une demi-douzaine elle se recroquevilla sur le siège et ferma les yeux.

Quelques minutes plus tard elle n'avait toujours pas bougé, Smith ramassa alors le flacon de Bétadine et l'alcool, les coinça entre ses genoux et retira sa chemise. Le sang avait séché sur le lambeau de drap qui lui servait de pansement, mais lorsqu'il le déroula il vit les contours déchiquetés de sa blessure s'étaler en une corolle inflammée. Il pressa aussitôt la main contre son bandage. L'infection se répandit en chauffant le tissu sous sa paume. Il resta comme ça un moment jusqu'à sentir le suintement de sa blessure s'épuiser, il souleva alors le bandage souillé, le retira et le laissa tomber par la fenêtre ouverte. Il rinça ensuite la blessure puis la nettoya, et chaque vacillement de sa conscience ou chaque poussée de fièvre était comme un nouveau coup qu'elle lui portait, comme cette première destruction de chair qui avait tout déclenché. Il versa les désinfectants jusqu'à ne plus sentir que leur picotement, puis banda le tout et remit sa chemise, effaçant le dernier signe visible du pourrissement qui prenait corps en lui, sauf les traînées d'or sur sa main là où la Bétadine avait coulé. Il tendit la main vers la fille un peu moins mourante à présent et détacha des comprimés d'ampicilline de leurs tablettes. Elle n'avait pas bougé quand le revers de sa main l'avait effleurée en attrapant les médicaments, et elle ne bougea pas non plus quand il jeta la boîte sur son siège.

Ils restèrent assis là une heure, peut-être plus, Smith les yeux perdus sur le parking vide derrière le pare-brise, regardant les moineaux picorer des détritus balayés par le vent. Le soleil traçant sa course en haut de la vitre, illuminant la poussière suspendue dans l'habitacle du pickup.

Pendant un long moment il n'y eut aucun bruit, puis il tourna les yeux vers la fille. Cette créature recroquevillée qu'il haïssait. Et l'espace d'un instant il eut peur qu'elle ne respire plus, peur de devoir enterrer ses maigres ossements dans le désert. Puis elle toussa avant de retomber dans le silence. Il attendit, et sentant les vertiges revenir il se demanda s'ils n'allaient pas finir par sécher là, par être réduits en poussière dans la fournaise du pickup. Et puis, d'une voix qu'elle semblait avoir mis un long moment à rassembler :

« Quelque part loin d'ici, on m'a appris à soigner les blessures par balles avec des antibiotiques pour poissons.

— Loin comment ? » Il ne sentait plus ses mains et les regardait, leur vibrato anesthésié pareil aux mouvements de la lumière sur le pare-brise.

« On est où ?

— À mi-chemin vers le sud. Cinq cents bornes de la frontière avec l'Arizona. »

Elle se releva juste assez pour apercevoir la route.

« Prends la 15 vers le sud jusqu'au croisement avec la 70 et continue vers l'ouest. Ce sera le premier chemin de terre après avoir passé la septième grille à bétail.

— C'est quoi ? » Il regardait encore à travers le pare-brise.

Elle s'arrêta et prit une courte inspiration hésitante sous ses bandages avant de répondre.

« C'est le dernier type à moto qui m'a lâché l'itinéraire. Ça faisait un moment que je cherchais cet endroit.

— Celui à qui t'as éclaté les genoux ? »

Elle acquiesça sans paraître en rien gênée par ses actes et prit une autre inspiration, surveillant la réaction de son diaphragme.

« Ils seront en manque d'hommes après la chute du cartel de Cordova. Ils essayeront peut-être de te faire fuir mais si tu les en empêches et que t'es aussi désespéré que t'en as l'air, tu pourras tout récupérer en un jour de boulot avec eux. C'est tout ce que je peux t'offrir.

— C'est quoi ?

— Hein ?

— C'est quoi comme boulot, putain.

— T'es pas en position de faire la fine bouche. »

Il garda les yeux longuement fixés sur ses mains puis les leva et regarda la route plus longtemps encore. Enfin, il acquiesça et lança le moteur.

Durant les quatre heures qui suivirent ils ne prononcèrent pas un mot. Il avait l'esprit vide et voyait la peau claire qui entourait les yeux froids de sa sœur dans les nappes de sable au fil de la route, et il savait que les pensées de la fille étaient pleines de sang, l'entaille sur son ventre se répétant en surimpression dans les sentiers anarchiques des falaises au loin. Il connaissait bien le regard du gibier blessé observant ses plaies et pouvait voir que c'était pour elle sa première blessure sérieuse, sa première blessure mortelle.

Il avait répété l'itinéraire dans sa tête jusqu'à le mémoriser et suivait les points de repère. La fille se tortillait de temps à autre sur son siège, futiles tentatives pour rendre sa blessure plus supportable, mais sans jamais perdre la route des yeux, sans jamais laisser son esprit divaguer alors que les ombres acérées des formations de roches rouges venaient hanter son visage.

Il n'avait pas remarqué que la radio avait été allumée mais il l'entendait à présent. Il tendit la main pour l'éteindre et se rendit compte qu'il était déjà trop tard pour le faire, que cela sonnerait comme un signal, alors que ni lui ni elle n'avaient envie de parler, il était au moins sûr de ça. Il laissa le pickup rebondir et filer sur la route, la voix de Conway Twitty revenant à la radio, pleine de cette frêle humanité propre aux chansons sur les pays arides où rien ne résonne. Un « Hello Darlin' » entrecoupé de grésillements s'échappait des enceintes et la fille continuait son exorcisme au ralenti sur le siège passager.

Loin sur la route 70 ils passèrent la septième grille à bétail. Le paysage n'avait pas changé de tout le trajet et il aurait pu croire qu'ils avaient tourné en rond si la route n'était pas restée si obstinément droite. Des amas de buissons morts s'agglutinaient au soleil, décolorés sous le ciel, et des buttes rocheuses venaient fendre le sable comme des tumeurs, rien d'autre sur ces plaines stériles hormis quelques bœufs longhorns qui paissaient esseulés, balançant à chaque pas le fardeau de leurs tempes et traversant cette étendue désertique comme autant d'hommes chargés en partance pour la guerre ou revenant du front.

Le pickup s'engagea sur des chemins de terre, soulevant derrière lui un nuage de poussière comme un plumage. Après cinq heures de route, la douleur s'échappa de son bras pour venir brouiller son œil d'une blancheur larvaire. Il prit le bidon d'eau sur le siège de la fille et versa ce qu'il contenait encore dans le côté droit de sa bouche sans jamais quitter le chemin des yeux.

Trente kilomètres désormais qu'ils avaient dépassé les planches de contreplaqué du dernier étal de fruits abandonné et plus de cent cinquante qu'ils n'avaient pas vu un être vivant.

La douleur lui brouilla à nouveau la vue et son front heurta la portière. Quand sa tête rebondit et le réveilla le pickup était en train de dériver.

Smith sortit et la fille ouvrit grand sa porte sans se lever de son siège. Le pickup tel un scarabée rouge perdu au milieu d'un bol de sable.

« Plus d'essence ? »

Il acquiesça.

Elle montra une arête devant eux, courbée comme le dos d'un cheval et noircie de guano de chauve-souris dont les coulures traçaient ses côtes dans l'ombre.

« C'est juste derrière. »

Il grimpa à l'arrière et monta sur le plateau pour regarder. Il la vit alors émerger en contrebas, une ligne brune et sombre comme un bout d'écorce sur le sol. Un camp formé d'une demi-douzaine de bâtiments à toits plats.

Il était à deux kilomètres environ et le pickup allait devoir rester au milieu de ce qui était encore ici une route, une chose de plus abandonnée venant s'ajouter aux millénaires déjà compactés sous leurs pieds. Il descendit du pickup et le laissa là.

Sans même lui demander si elle pouvait marcher, il mit son fusil à pompe contre son épaule et se lança, chancelant. Elle attendit un moment avant de fourrer des plaquettes d'ampicilline dans son sac et de se glisser hors du véhicule comme une créature invertébrée. Elle s'avança ensuite d'un pas lourd, les deux bras collés contre son abdomen.

Trois pas dans le sable et elle était à terre. Elle le regarda, abritée sous l'ombre de son bras qui lui protégeait la tête, ses yeux désormais ceux d'un gibier, leur habituel brun doré entièrement avalé par le noir. Il hésita.

« T'as pas intérêt. » Elle prit une autre inspiration qui se coinça dans sa gorge et se bava sur la main.

Il baissa les yeux vers son bras. Les bandages, lourds de plus d'une substance, pesaient contre sa peau. La douleur lui remontait le long des nerfs comme des vers blancs.

Elle leva à nouveau la tête.

« Ils vont te descendre.

— Ferme-la. » Il se détourna et commença à écarter les buissons de sa botte, des globes de cactus brisés s'y accrochèrent comme de minuscules galaxies. Du talon il piocha une tranchée dans le sable, puis se baissa et creusa de sa main droite.

« Ils vont te descendre putain ! »

Il posa le fusil à pompe dans cette tombe de fortune, le recouvrit et marqua l'endroit de deux pierres posées l'une contre l'autre. La fille s'était à nouveau roulée en boule et il la souleva alors tant bien que mal. Comme une tête de bétail fraîchement abattue mais trop lourde pour être mise à l'épaule. Et le tueur nouveau-né porta l'enfant démon aux yeux noirs à travers le désert, ses longs cheveux séchant en grappes contre ses joues et le pus de son bras à lui suintant le long de son flanc.

7

SCALP

Le camp vacillait sous la chaleur comme une ombre sans corps sur le désert de sable, et alors que Smith s'approchait le bâtiment principal commença à se détacher, fait de bois brut visiblement taillé à la main et non pas déposé ici par camions comme il était souvent d'usage dans ces régions désertiques. Un ensemble de cabanes aux toits plats irréguliers se tenait sur sa droite et à gauche un grand bâtiment de verre dont la voûte reflétait la lumière éblouissante dans une explosion de soleil.

Sous l'auvent du bâtiment, un homme étendu sur une chaise longue en plastique jaune lâcha son cigarillo et tira un pistolet de l'arrière de son jean à leur approche. Ses six dents de devant étaient blanches mais brisées, leur bord saillant évoquant des dents d'enfant, de chien, de bête. Ses cheveux emmêlés en dreadlocks émaciées lui pendaient devant les yeux et un des crânes brodés sur ses bottes de cow-boy était noirci de taches. Il avança, pistolet tendu à la main, puis l'abaissa quand la fille releva la tête.

« Toi… »

La fille tomba des bras de Smith et atterrit à genoux.

« Salut Guillermo. »

Il laissa entrevoir une expression incertaine qui dévoila le noir derrière ses dents, et il courut la prendre par les épaules, pistolet toujours en main. Elle leva un bras pour le repousser et écarta les lambeaux de son t-shirt pour lui montrer ses pansements. Son flanc avait commencé à virer au rouge.

« Merde, gamine… »

Elle bascula vers le sol, alors il plongea, et la rattrapa.

« Putain c'est quoi ? Tu t'es pris une balle ? »

Elle ne répondit rien. Guillermo jeta un rapide regard à Smith qui avait appuyé son bras valide en travers de ses jambes, hors d'haleine, puis hissa la fille sur ses épaules et courut à l'intérieur du premier bâtiment. Smith se releva et le suivit.

La porte n'avait pas de seuil et la poussière du désert se déversait dans la pièce pour s'y tasser en un sol de terre compacte. À l'intérieur, les vitres jaunies étaient maculées de crottes de mouches. Les murs étaient couverts de paniers tressés empilés jusqu'au plafond bas, et des bouts de rubans ternis pendaient accrochés sur le mur du fond. Un comptoir en formica décoloré par le soleil était marbré de taches brunes comme les mains d'un vieux. Sur la gauche le sol était noirci et creusé par des empreintes de pieds boueux menant sous une bâche en plastique qui servait de porte, c'est là que Guillermo tourna.

« Awan ! » cria-t-il en se mettant de biais pour écarter les bandes de plastique avec les pieds de la fille.

Smith le suivit et, dès qu'il eut traversé le rideau, de la vapeur vint lui coller au visage, ses yeux rendus presque aveugles par le sable étaient désormais submergés de vert. D'énormes pétales bleus, veinés et craquelés comme les parois des falaises d'un désert halluciné, étaient empilés sur des tables au milieu d'un amas de feuilles grandes comme des cornes de longhorns. La lumière blanche du soleil entrait à travers le toit, aussitôt dispersée par le verre brumeux, inondant alors la pièce d'une lueur aqueuse. Contre les murs, des orchidées aux feuilles pourries se recourbaient, chargées de fleurs qu'il n'avait encore jamais vues, elles pendaient arrogantes, étalant leur magenta le long des étagères et s'abîmant, violettes, sur les tables détrempées.

Guillermo courut le long des travées et atteignit le fond du bâtiment où une couverture navajo était posée sur le plan de travail, il la lança au sol et déposa la fille dessus.

Avant même que la fille ne touche le sol il avait la main serrée sur la gorge de Smith, pistolet sur la tempe.

« Qu'est-ce tu lui as fait ? »

Les bottes de Guillermo s'enfoncèrent dans la boue et Smith fut plaqué contre le mur de verre. Il avait du sang dans la bouche, et la main rugueuse et calleuse de Guillermo était couverte d'une sueur qui sentait la fumée.

« J'ai rien fait du tout.

— Alors tes gars…

— C'était pas mes gars. Elle m'en doit une. Je l'ai amenée ici pour qu'on me paye. »

Guillermo était plus petit que Smith, avec deux yeux sauvages capables de se plisser ou de tressaillir sans jamais lâcher sa proie du regard, des yeux qui en avaient déjà bien assez vu pour ne plus s'inquiéter de ce qu'ils pouvaient encore voir.

« Une rançon tu veux dire ?

— Un échange.

— Qu'est-ce qui te fait croire qu'elle a de la valeur pour nous ? »

Smith remonta violemment le tranchant de sa main gauche et atteignit Guillermo au larynx en poussant un cri de douleur, il attrapa le flingue de son autre main et alors que l'homme toussait, plié en deux, Smith enjamba la fille et pointa le pistolet contre sa tête.

« Elle a de la valeur ? »

Guillermo toussait encore en le regardant de ses yeux rouges emplis de larmes, tenant sa gorge douloureuse. La fille leva un instant les yeux vers Smith puis tourna la tête.

« Réponds maintenant ou je la bute. » Il pouvait sentir son orbite tendue contre son œil de verre alors qu'il tentait de garder un visage impassible.

« Je… » L'homme hésitait.

« Maintenant.

— Bien, bien. » Une voix qui venait de la travée centrale envahie par les plantes.

Guillermo se recula contre le mur et retira ses mains de sa gorge aussi rapidement qu'il les avait levées.

L'homme s'approcha d'eux en boitant, une main tendue en avant comme pour prendre appui sur une canne inexistante. Un visage buriné, par le climat plus que par le temps, bien qu'il fût visiblement vieux. Vêtu d'une salopette en jean sans rien en dessous, les ourlets à demi enfoncés dans des bottes de cow-boy marron et bleu. Les oreilles percées de ficelles et les cheveux lui effleurant les épaules, les bras chargés de turquoises navajo couvrant de grossiers tatouages faits à l'aiguille. Il lui manquait deux doigts à la main droite. Il traversa doucement le sol boueux et s'agenouilla pour inspecter la fille de ses yeux noirs que l'âge et le soleil avaient commencé à cercler de bleu.

« Qu'est-ce qu'elle te doit ? »

Smith ne bougeait pas, respirant lentement, l'arme toujours pointée sur elle.

« Quatre mille six cents dollars. Pour du bétail tué.

— Je ne peux pas te donner ça. On a un chargement qui arrive ce soir et il faut le payer. Guillermo, aide-la. »

Guillermo se mit à genoux et découpa les bandages de la fille, les roula en boule et les tamponna contre le sang qui s'écoulait. Smith gardait le pistolet braqué.

« On a une cargaison qui part dans deux jours. Reste ici aujourd'hui et on discutera de tes conditions ce soir. »

Awan se baissa au chevet de la fille et leva une nouvelle fois la tête vers Smith.

« Baisse ton flingue, gamin. »

Smith scruta le vieil homme en prenant sa décision, puis rangea l'arme dans sa poche arrière.

« Qu'est-ce qu'il lui est arrivée ?

— Un gang lui a tiré dessus. Du neuf millimètres. Juste effleurée, la balle est pas rentrée, les organes sont pas touchés. Y'a trente-six heures de ça. »

Awan se pencha un peu plus et tourna le menton de la fille d'une main.

« Petite. »

Guillermo laissa les bandages sur l'estomac de la fille, comme le rembourrage s'échappant d'une grossière poupée, et alla se placer d'un air menaçant derrière l'homme, comme une ombre dans cette pièce faite de lumière.

« Comment tu nous as trouvés ? »

Elle cligna des yeux et ajusta son regard sur lui mais ne répondit rien. Il l'évalua puis se tourna vers Smith.

« Quand est-ce qu'elle a mangé pour la dernière fois ? Elle a eu de l'eau ?

— De l'eau. Rien à manger.

— Elle doit être en hypo, dit Guillermo par-dessus l'épaule de l'homme.

— Va chercher un morceau de canne à sucre dans la réserve. »

Guillermo lança un dernier regard en biais et sortit.

Awan souleva l'amas de pansements désormais détrempés. La blessure fendait sa peau d'une bouche noire et obscène et continuait à s'écouler lentement.

« Je vais devoir te recoudre, petite. »

Elle remua et tourna la tête.

« Non. On s'en est déjà occupé.

— C'est propre mais ça continue à saigner.

— On s'en est occupé.

— Ça n'arrangera rien de la refermer entièrement mais je dois au moins faire quelques points pour arrêter le saignement. »

Elle tourna le visage vers les étagères sur le mur et ne bougea pas quand il sortit, ni quand Guillermo revint avec un morceau de canne à sucre, et comme elle semblait ne pas vouloir le prendre il le lui plaça entre les dents. Et puis le vieil homme revint, armé d'une aiguille tordue et d'un fil de nylon, et il se mit au travail.

Smith le regarda refermer la fente et comprit enfin le marché qu'il venait de passer.

Une fois le dernier point fini il resta derrière les deux hommes jusqu'à ce qu'Awan revienne le chercher, et ils sortirent ensemble. Il était presque certain que s'il se retournait après avoir passé la porte, elle aurait disparu et resterait à jamais introuvable, ou alors ce serait lui.

Il hésitait encore quand Awan s'adressa à lui.

« Je sais. Malgré tout ce qu'elle fait, il semble quand même plus sûr de l'avoir dans son champ de vision. » Il passa devant Smith. « On va bientôt manger. Viens. »

Smith le suivit à travers le bâtiment principal jusqu'à une cabane collée à l'arrière, sombre et sans lumière, et en la traversant il s'éloigna d'Awan pour jeter un œil dans la pièce.

C'était un abri pour chevaux dont l'ouverture avait été placée contre le bâtiment principal et équipée d'une porte coulissante. Assez grand pour y faire tenir une demi-douzaine de bêtes s'il avait été utilisé correctement. La porte extérieure de l'abri, la seule ouverture du bâtiment dotée d'une vraie porte en bois avec un verrou, avait été découpée dans l'alignement de celle du bâtiment principal. Awan la poussa et sortit, s'avançant dans la lumière. Sur la gauche dans l'ombre étaient entreposés des sacs de pesticides, des fûts de produits chimiques et deux étagères métalliques qui s'élevaient jusqu'au plafond bas et où étaient rangés des bacs d'une poudre verte étalée sur des plaques de cuisson elles-mêmes soigneusement glissées sur les rayonnages. À côté se trouvait une paillasse où s'alignaient quatre machines, des outils surmontés d'entonnoirs métalliques, avec une manivelle, et un petit bac de sortie posé devant. Un cylindre de métal de la taille d'un crayon avec un petit arbre découpé en relief sur la base était posé à côté, Smith s'approcha, s'en saisit et le retourna dans sa main avant de le reposer. C'était bien ce qu'il croyait.

Dehors, le terrain plat rendait les distances étranges mais à quelques mètres de là se dressait un énorme feu entouré d'une douzaine de souches sèches formant un cercle ponctué de quelques chaises en plastique tourmentées. Au-delà s'étendait un corral avec quatre poneys mustangs ensablés, deux gris et deux pie.

Smith ne s'était pas rendu compte du nombre d'hommes qui travaillaient ici. Certains étaient assoupis sur des chaises, d'autres allaient et venaient autour du brasier sur des jambes fatiguées, un autre tirait un tuyau entre des plantes vivaces poussant dans des parpaings. Tous avaient le désert gravé sur le visage, les traits comme creusés dans une matière qui n'était pas faite pour se mouvoir. Et pourtant ils bougeaient, des gestes empreints d'une telle lassitude que leur labeur semblait ne connaître ni urgence ni pause, une lassitude non pas infligée par le climat du lieu mais par leur propre absence de fatigue, comme alimentée par leurs cœurs indomptables.

Certains discutaient par intermittence mais leurs frêles paroles finissaient par être emportées par le vent.

Un homme blond solitaire se tenait debout devant le feu et y lança une bûche. Les cheveux coupés court, une coupe militaire, un t-shirt sale comme la plupart, la peau bronzée comme tous, mais quelque chose dans son expression laissait penser qu'il ne s'agissait pas de la brûlure du soleil et des années. Ses yeux étaient marron foncé et son visage nerveux et lucide. Il ne semblait nullement affecté par son environnement, un étranger, simplement greffé là. Il ne devait pas avoir plus de trente ans.

Dans la chaleur de la journée le feu avait quelque chose de superflu. Ou peut-être d'un défi. Tout autour les hommes suaient sans s'en éloigner, comme pour s'assurer que cette température, la lente brûlure du désert sur leur corps, ne les effrayaient en rien.

Une vieille femme en robe et poncho tressé passait de l'un à l'autre autour du feu en portant une demi-douzaine de gamelles en fer blanc coincées entre le creux de son bras et le paysage accidenté de sa poitrine. Ses cheveux blancs, comme des toiles d'araignées translucides, formaient un brouillard autour de son visage et se terminaient en une natte d'acier dont les mèches s'entrecroisaient avec la régularité méthodique d'une carapace d'insecte.

Awan était assis sur une souche juste devant, le visage tourné vers le feu, et Smith s'accroupit sur ses talons à sa droite. Du pied, le vieil homme poussa vers Smith un vieux bidon de lait poussiéreux rempli d'eau.

« Je sais pas qui t'es, ni d'où tu viens, mais t'es visiblement pas d'ici. »

Smith retira sa bouche du bidon.

« Je suis pas… »

Le vieil homme leva la main, un mouvement courtois mais incontestable.

« J'ai aucune intention de te demander qui tu es, et je ne crois pas qu'il serait juste de te forcer à me le dire. »

Smith acquiesça.

La femme s'approcha d'eux les mains vides et Awan lui parla dans une langue que Smith ne connaissait pas, puis elle s'éloigna.

Autour du feu un homme clouait une nouvelle semelle à sa chaussure. Quand il eut fini il enfila sa botte et plaça le talon sur une pierre léchée par les flammes puis se pencha en avant pour découper au couteau de chasse l'excédent de cuir tout autour qui tombait en craquelant et en se tordant dans la fournaise.

Smith avait bu la moitié du bidon et se vidait le reste sur la tête quand Awan parla à nouveau.

« Elle ne te fait pas peur, pas vrai ? »

Il ne dit rien.

« Je te respecte pour ça. »

Smith abaissa le bidon et se tourna pour le regarder. L'homme était sincère.

« J'ai pas peur, juste les nerfs.

— Tu sais pas à quoi tu as affaire, pas vrai ? dit Awan en le regardant sous ses sourcils parsemés de blanc, la première fois que je l'ai vue elle avait dix ans et portait un manteau volé en vison couvert de boue. Elle avait essayé de se maquiller pour faire plus vieille, de violentes traînées de rouge et de mascara, les cheveux en bataille et emmêlés quand elle est sortie de la brume matinale du désert, le scalp d'un homme à la main. »

Il se leva et lissa les plis de sa salopette, fermement, comme s'il voulait aplanir des canyons d'un bleu délavé, puis il se rassit à côté de Smith.

La femme leur apporta deux gamelles de nourriture non identifiable et les posa dans le sable, le vieil homme avala plusieurs bouchées et, tout en mâchant, laissa son regard se perdre dans l'immensité de terre, le feu éclipsant la vision de ce qu'il voyait au loin. Smith ne prit pas l'autre gamelle. Il regarda l'homme manger, les mains chauffées par la faim et la gorge froide.

« On bossait dans le Sud, près de Grand Staircase-Escalante, par là-bas. Tu connais ? »

Smith acquiesça. Entendu parler. Des colonnes de grès battues par les vents, et pas le moindre brin d'herbe ni signe de vie.

« Ça faisait dix, quinze ans qu'on avait installé notre labo au Nord mais on venait de quitter les Territoires et on bossait avec un groupe d'Albuquerque pour la distribution. On a envoyé un de nos hommes filer un demi-kilo à un revendeur mais il est tombé sur une bande de trois gars défoncés, au crack ou à la meth on n'en sait rien, incontrôlables, déchaînés, et quand ils ont vu que notre gars était navajo ils ont décidé de le voler et de le scalper.

« On était plusieurs à attendre en haut de la route qui menait au canyon où il était descendu et trois heures plus tard on a senti que quelque chose clochait, alors on est partis en hors-piste avec nos pickups sur une quinzaine de kilomètres, là on s'est arrêtés et deux gars ont continué plus loin pour le retrouver et quand ils sont revenus ils le traînaient par les épaules pour le maintenir debout, il avait pris une balle dans le dos et ça pissait le sang mais c'était surtout sa tête qui dégoulinait comme un masque rouge. Tu connais ça, les blessures à la tête. »

Il fit une pause et jeta un regard en coin à son œil de verre avant de continuer.

« Il était scalpé jusqu'au front, du sable s'était glissé dans sa blessure et il perdait conscience. Les deux éclaireurs l'ont laissé tomber au sol entre nous, s'attendant à ce que je leur ordonne de le laisser pour mort. L'homme scalpé était roulé en boule, là dans le sable, les doigts agrippés aux bords de sa peau arrachée mais trop effrayé pour toucher son propre crâne, et je crois qu'un de nos gars est même allé chercher une pelle à l'arrière d'un des pickups.

« Avec toute notre attention portée sur l'homme en train de mourir personne n'a vu la fille approcher, maintenant y'en a qui disent qu'ils l'avaient vue mais moi je m'en souviens pas. Guillermo, qui était encore adolescent à l'époque, dit qu'elle est sortie de nulle part, de la poussière et de la brume, ou de derrière je ne sais quelle mesa, qu'elle s'est plantée là et qu'elle a regardé notre gars et dit “d'accord”, avant de partir en courant. Juste un mot, “d'accord”, et elle a filé. Moi je n'ai rien vu ni entendu. Mais vingt minutes plus tard on l'a vue revenir dans la brume grise qui nous montait jusqu'à la taille ce matin-là après la première pluie depuis quarante-deux jours, et dans la main elle tenait un scalp.

« Alors bien sûr on a cru que c'était celui de notre gars. On l'a ramené jusqu'à la caravane où on vivait à l'époque sur les plaines de sable en bordure de la réserve, et en chemin tous nos hommes avaient offert leur chemise pour ralentir le sang qui lui coulait dans le dos, maintenant qu'on pensait qu'il pourrait survivre, puis une fois à la caravane on a refermé sa blessure par balle et rattaché le scalp. Notre oncle était encore avec nous à l'époque, il avait été guérisseur pour la tribu, c'est lui qui l'a recousu et il a fait de son mieux et l'homme a survécu, mais il a gardé le sommet du crâne un peu de travers. Il a bossé pour nous pendant encore trois ans, un type doué et agressif dans son boulot, parce qu'il avait retrouvé son âme qu'il avait momentanément perdue, si on en croit sa culture. Et puis une nuit, il a fait un rêve. »

L'homme blond s'approcha et se posta à côté d'Awan et Awan lui fit signe de partir.

« Plus tard Matthew. »

Smith le regarda s'éloigner.

« Il a rêvé que le scalp qui avait été cousu sur sa tête n'était pas le sien. Que la fille était revenue avec un scalp, mais qu'elle n'avait jamais dit à qui il appartenait.

« Et c'est vrai qu'on n'a jamais pu être sûr. Ses attaquants avaient aussi les cheveux noirs, et qui pourrait reconnaître l'arrière de sa propre tête. Mais peu importe, elle avait prouvé qu'elle était bel et bien une créature venue d'ailleurs, et que tout homme respectant la sauvagerie de la nature devait se tenir à l'écart de son chemin. »

Il racla son assiette avec une tortilla.

« Après ça on l'a vue tout le temps, on nouait des liens avec le cartel et peu après ils nous l'ont envoyée pour qu'elle voyage avec nous. Elle est restée presque un an pendant qu'on installait les avant-postes dans les nouveaux territoires. Mais aujourd'hui encore, personne ne sait pourquoi elle était là le jour où c'est arrivé. »

Smith ne dit rien. L'obscurité envahissait le ciel comme une gangrène et le feu menaçait de renverser le soleil comme source de lumière dominante.

Il y eut le bruit d'un moteur diesel en approche et Guillermo arriva en trottinant depuis l'aile gauche des bâtiments.

« Chanel N°5 en approche ! »

Guillermo soutint Awan par le bras et ils s'éloignèrent tous les deux en boitant vers l'entrée.

Quand ils furent partis, Smith déboutonna le haut de sa chemise et passa la main dans sa manche pour vérifier encore une fois son bras. Il n'avait pas changé et il savait que si la fièvre ne descendait pas bientôt elle lui ôterait toute capacité à se tenir debout. Il reboutonnait sa chemise quand des voix repassèrent par la porte.

Le chauffeur aux joues rougies par le vent bavardait alors que les hommes passaient devant lui en faisant rouler les fûts métalliques.

« Je peux vous en filer que quatre, je peux pas faire plus sans qu'ils le remarquent. »

L'homme s'apprêtait à continuer son explication mais Awan l'arrêta, adressant un signe à Guillermo qui retourna à l'intérieur et rapporta une enveloppe ouverte pleine de billets.

« Quatre barils, c'est ce que nous avions convenu. »

Les hommes roulèrent les barils sur la tranche et les alignèrent au fond de l'abri.

Le chauffeur finit de compter son argent et vérifia une dernière fois les numéros de série sur les barils puis se tourna pour ressortir du bâtiment. Mais il s'arrêta à l'entrée.

« Dites, vous me feriez pas un petit paquet pour la route ? »

Awan fronça les sourcils puis acquiesça et Guillermo passa devant le chauffeur vers la pièce de derrière d'où il revint avec quelques pilules vertes, il les enfonça dans la paume ouverte de l'homme qui acquiesça alors en se fendant d'un sourire plus mielleux que nécessaire et s'en alla, laissant Guillermo debout à côté du dernier baril, tapotant des doigts sur le couvercle. Voyant que Smith le regardait il esquissa un sourire accompagné d'un signe du menton vers la rangée de fûts.

« Du safrole. C'est pour une production de parfum, mais il nous en garde un petit peu. Ça allait finir en Chanel N°5, putain. »

Awan revint vers eux.

« Vous regardez pas à la dépense à ce que je vois, pas vrai boss ?

— En effet. Je regarde pas. Allez, bouge. »

L'arrivée du safrole bouscula le déroulement d'une soirée déjà déroutée par l'arrivée de la fille, et tous les hommes accoururent vers l'abri, mains gantées, installant sur des grilles des baignoires de poudre et d'huile côte à côte au-dessus du feu.

L'odeur était âcre mais les hommes semblaient s'en accommoder, sauf Guillermo qui se noua un bandana gris sur le nez et la bouche.

Smith les regarda un moment se passer du matériel entre le feu et l'abri, Matthew le blond était toujours en charge du brasier et Smith comprenait à présent pourquoi il avait été maintenu à chaleur constante.

Un cri et un juron teinté d'espagnol s'échappèrent de la serre alors qu'accroupi, immobile, Awan donnait ses ordres aux hommes à côté du feu avec l'âge et la patience d'un arbre dominant la forêt.

Smith se leva et le suivit vers la pièce humide et suante remplie de fleurs criardes. Guillermo et le blond étaient déjà accroupis à ses pieds repliés. Elle avait le visage lucide, réveillé.

« Comment tu nous as trouvés ? demanda le vieil homme. Washakie n'existe plus. »

Washakie, dans le comté de Box Elder. Au nord de la maison.

« Je sais, j'ai commencé par là-bas. » Elle respira et l'air entra et sortit du corps immobile comme mû par une volonté propre. « J'ai demandé mon chemin. »

Le vieil homme prit un air inquiet.

« Combien savent encore ?

— Aucun de ceux que j'ai trouvés. J'ai fait le ménage. » Elle aurait pu secouer la tête mais elle était plaquée par la douleur contre la couverture navajo noire et blanche ; alors elle poursuivit, de sa tête immobile et fantomatique. Ses cheveux s'étalaient en une auréole informe autour d'elle et la seule chose qui venait contraster dans ce tableau monochrome était la glaise pâle de son visage.

Awan acquiesça. Elle avait bien fait.

Le blond retira une torsade de cheveux qui s'était glissée dans la bouche de la fille.

« Tu vas te reposer un peu ? » demanda Awan.

Elle ferma fort les yeux, un mouvement lent pour réajuster ses pensées, puis répondit.

« Oui… mais vous produisez toujours ? »

Awan ouvrit la bouche sans réussir à dissimuler un moment d'appréhension avant de répondre.

« Oui. On peut faire bien plus de choses ici qu'à Washakie. Et quand tu auras repris des forces tu ne manqueras pas de travail, si c'est ce que tu es venue chercher. »

La fille n'acquiesça ni ne confirma, laissa plutôt ses yeux se refermer et sa bouche retomber en une ligne implacable.

Ils étaient cinq désormais, cinq hommes désemparés maintenant que la force à leurs pieds s'était retirée dans le sommeil. Cinq dans cette pièce au plafond voûté transformée en lieu de culte pour l'humidité qui s'accrochait en gouttelettes le long de ses murs. Avec ses tiges végétales s'élevant plus haut que le bras, c'était un endroit de dissimulation, une forêt regorgeant de possibles créatures arc-boutées dans son obscurité, et au moment venu de les affronter leur présence ne laisserait plus aucun doute et ne demanderait qu'une main ferme et un sol ferme, bien loin d'un désert où le sable et la lumière se fondent en un lieu dénué de tout recoin, un lieu d'hallucinations et de mouvements aveugles nous forçant à entrer en guerre autant contre notre propre cécité que contre la créature qui nous dévore la poitrine.

Ils s'éloignèrent un par un vers des lieux plus secs. Awan retrouva Smith à la sortie, le boitement prudent du vieil homme se calant sur le rythme fiévreux des pas de l'autre.

« Elle va se remettre, tu sais », dit-il.

Autant un avertissement qu'une prière.

En hiver ils entretenaient un feu constant dans le poêle au centre de la maison en bois de pin pendant des semaines. Ils n'étaient que des enfants et se pelotonnaient devant le feu comme des chats sur des vieux tapis tressés, lisant la Bible familiale. Car le père était un homme de peu de mots qui appréciait le silence, et lorsque ses histoires finissaient par s'essouffler la maison n'offrait que peu de livres vers lesquels se tourner, et aucun autant de péripéties que celui-ci. Le moment venu le père leur avait appris à lire, et désormais Wyatt s'asseyait et lisait à voix haute, le dos droit et le doigt sur la page. Certains soirs ils chevauchaient des branches en courant sur le plancher comme les chevaux de bataille des rois du Vieux Testament, ou se plongeaient dans des passages plus anciens après avoir lu comme ces rois avaient tous couru à leur perte, leurs chagrins et leurs échecs collés par des taches de doigts gras. Une nuit Lucy demanda si Caïn et Abel avaient été jumeaux et il lui répondit que non, qu'ils n'avaient pas pu l'être, que deux moitiés d'un même tout ne se seraient jamais divisées ainsi. Une âme ne se brise pas de la sorte. Et elle avait fait oui de la tête et serré sa main plus fort.

Mais ils finirent un jour par tomber sur Jacob et Ésaü, de véritables jumeaux. Alors ils étaient allés voir le père pour savoir lequel des deux avait le droit d'aînesse, même s'ils n'étaient pas certains qu'une mère ait jamais vraiment existé, et comme le père ne leur en parlait jamais ils n'obtinrent aucune réponse. Alors ils espérèrent avoir vu juste et qu'ils ne faisaient qu'un.

Pendant des heures ils tracèrent les versets du bout des doigts, dissimulant le livre dans la chambre de Wyatt après avoir été envoyés au lit, et une fois les dernières lumières de la maison éteintes et le père endormi, sachant Wyatt encore éveillé, elle trouva les mots et demanda : « Lequel de nous deux est Jacob et lequel est Ésaü ? » et il lui dit : « Nous sommes nous, et aucun de nous n'est l'un ou l'autre, nous le sommes tous les deux. » Elle lui répondit alors que jamais elle ne lui prendrait quoi que ce soit, ni ne le laisserait quitter la maison, et il lui dit la même chose. Ils s'endormirent alors les mains posées sur la Bible, terrifiés à l'idée d'avoir tort, écrasant le papier comme en rébellion contre ce destin, ou pour plaider leur cause, ou simplement allongés dans un sommeil docile, leurs jambes entremêlées pour se tenir chaud.

Il se réveilla avant l'aube et rangea le livre sous le lit, sa sœur se leva sur un coude pour le regarder, ses yeux bleus encore noirs dans l'obscurité. Derrière les murs enduits de goudron, le monde était noir lui aussi, gelé et violent de toute cette attente. Le livre n'était pas pour eux. Car ils n'étaient pas jumeaux, ils n'étaient pas deux, ils étaient le feu. Une chose sans contours.

Le froid était tombé avec la nuit et ils approchèrent leurs chaises du feu, mais toujours à bonne distance. À trois mètres la chaleur était assez forte pour leur roussir les phalanges s'ils tendaient la main. La vieille dame revint à nouveau avec des assiettes. Deux enfants au visage poussiéreux jouaient dans la terre contre le mur d'un des bâtiments, pieds nus, vêtus de t-shirts déchirés et de shorts de sport délavés bien trop grands pour eux, ils s'éclipsèrent sur son passage.

La femme se pencha pour donner une assiette à Smith qui l'arrêta d'une main tremblante de fatigue et de faim.

« Je ne veux pas vous devoir quelque chose.

— S'il te plaît. » Le vieil homme prononça ces mots avec l'intonation froide d'un hôte.

« Non, monsieur.

— Ce n'est pas de la charité. J'ai besoin d'hommes. »

Smith acquiesça et prit l'assiette.

« Je t'avais dit que nous discuterions des conditions de sa dette envers toi. Dans deux jours aura lieu notre plus gros deal de la saison. Trois cent mille pilules, au prix de gros de trois millions de dollars, puisqu'elles n'ont pas de frontière à traverser avant leur distribution. »

Smith l'écouta en silence.

« On vend à un type de Vegas, Medina. Avant, pour la sécurité, j'embauchais du renfort au cartel de Cordova. Il m'aurait fallu au moins douze hommes de plus que ce que j'ai là pour un deal de cette taille. Les Cordova se sont désintégrés. Ceux qui restent sont occupés à grappiller les quelques propriétés et opérations encore debout, fournisseurs compris, et il y en a pas un à qui je peux faire confiance. Encore moins maintenant, avec elle ici. Impossible d'être un agent libre dans ce monde, impossible de vraiment rester neutre, peu importe comment t'as commencé. Et moi je suis à court d'hommes. J'offre quatre-vingt mille dollars cash, soit plus de deux et demi pour cent de la somme, pour chaque homme prêt à se tenir derrière moi avec un flingue.

« La fille a déjà signé. Tu peux attendre ici qu'on ait fini et tenter de récupérer ton dû auprès d'elle. Elle qui n'a ni honneur ni sens du devoir. Ou bien tu peux prendre une des places toi aussi. »

Le vieil homme regarda Smith et Smith regarda une palette en bois s'embraser et les clous s'enfoncer à la verticale dans la terre alors que le bois qui les tenait s'effritait comme du papier sous la chaleur.

« Tu traques cette fille pour une bonne raison, si c'est celle que tu nous as donnée, alors peut-être que cet argent pourra t'aider à récupérer ce que tu estimes être ton dû. »

Smith remua.

« J'ai jamais commis de crime de ma vie.

— La fille m'a pourtant dit que tu avais tué un homme.

— On pensait que c'était un élan. » Il n'avait pas pu arrêter les mots.

« Je croyais que c'était arrivé il y a moins de deux jours. »

Smith se mordit le poing puis l'abaissa aussitôt.

« C'était de la légitime défense.

— La légitime défense, dans une situation vouée à devenir violente et dans laquelle on se trouve volontairement, n'est pas exactement de la légitime défense. »

Le vieil homme continua.

« C'est comme la chasse à l'ours, le grizzly se retourne contre toi et tu l'abats en clamant la légitime défense, alors que c'est toi qui es allé le chercher dans les bois.

— Je comprends. Alors j'ai tué. »

Le parricide. Le fils, le père. Son fils, sa fille. Plus de père. Plus de fils au père.

Il espérait que le vieil homme allait dire quelque chose mais il n'en fit rien. Ils patientèrent un long moment en silence. Un chiot au poil tigré marchait au milieu des hommes, reniflant leurs assiettes, ignorant toutes ces autres choses qui, ensemble, composaient le monde.

« C'est bien un huit suivi de quatre zéros, monsieur ?

— Oui. Ton salaire, en échange de ton aide contre toute tentative de braquage et pour que tu protèges nos hommes et nos marchandises s'il venait à se passer quoi que ce soit. Tu pourras ensuite retourner dans le coin de pays d'où tu t'es enfui. »

— Je ne me suis pas enfui. »

Awan restait silencieux.

« Il me faut un peu de temps pour y réfléchir. Au moins la nuit.

— Comme tu voudras. »

Une ombre remua sur le seuil du bâtiment. Plusieurs hommes se figèrent, puis Guillermo se précipita.

« Tu vas déchirer tes points, idiote. » Il se mit sur un genou pour passer un des bras de la fille sur ses épaules et ensemble ils se traînèrent jusqu'au feu.

« J'avais froid. »

Les hommes sans visage autour du brasier jetèrent des regards et s'écartèrent à l'approche de la fille, et quand Guillermo la déposa elle se replia sur le sol constellé de cendres, à côté des pierres qui entouraient le feu. Les mains posées à plat sur l'une d'elles pour en aspirer la chaleur.

Smith les regarda, immobile, se sentant étranger mais bien conscient qu'il venait de confesser à leur chef qu'il était l'un d'eux. Un tueur. Il regarda ces hommes auxquels il avait peur de ressembler ou auxquels il ressemblait peut-être déjà. Il sentit à nouveau la douleur lui irradier le bras. Il frissonna.

Awan fit un signe du menton vers l'endroit où les bandages tiraient sur les plis de la veste de Smith.

« C'est de là que vient ta fièvre ? »

Smith tressaillit en entendant ces mots, mais il posa une main sur sa manche.

« Ça se voit ?

— C'est salement infecté.

— Je sais.

— On peut préparer un cataplasme pour te soigner ça...

— Non », Smith secoua la tête, « j'ai des antibiotiques. »

Il s'avança vers la fille. Il y avait autre chose désormais dans le fait de s'avancer ainsi vers elle, moins de force entre ses mains maintenant qu'elle n'était plus une chose mourante mais en éveil. Les autres le virent quand il les dépassa. Il s'accroupit dans l'espace laissé vide autour d'elle.

« Qu'est-ce que tu veux ? dit-elle sans bouger.

— Les médocs.

— Non, qu'est-ce que tu veux ? » Elle roula sur le côté, sortit une plaquette de son sac et la lui jeta. Il en avala trois et empocha le reste.

« Tu le sais déjà.

— Peut-être pas en fait. » Elle ouvrit les yeux. « Ce type que t'as tué là-bas… ils te coffreront jamais pour ça, tu sais.

— Je sais. Mais ça ne change pas pour autant ce qui est arrivé. »

Il s'assit un peu en retrait dans le sable et retira sa veste puis sa chemise. Mieux, mais pas encore guéri. Il défit les pansements souillés et les jeta en bordure du feu où ils noircirent en se recroquevillant avant de se réduire en cendres. Il rinça la blessure avec un des bidons d'eau laissés là, jusqu'à ce qu'elle le brûle.

Matthew apparut à ses côtés, un chiffon à la main. Smith le prit et l'homme s'assit avec lui.

« Je me suis dit que t'en aurais besoin si tu veux nous servir à quelque chose plus tard. C'est les mêmes que la gamine qui t'ont amoché ? »

Il se l'enroula autour du bras, le chiffon était râpeux mais restait plus proche que ses derniers rouleaux de pansements qu'il avait laissés dans un pickup vide et sombre à deux kilomètres de désert de là. Il remit sa chemise, la boutonna et posa sa veste sur ses épaules.

« Nan c'est pas eux. »

Matthew tourna la tête vers lui et sortit une boîte de tabac à chiquer sans détourner le regard. Un peu à l'écart, la fille s'était retournée et dénouait le sac en plastique accroché à sa ceinture. Elle l'ouvrit et tendit une main vers Guillermo qui lui donna en retour le couteau qu'il portait à la sienne, un vieux cran d'arrêt.

Quand la fille fit sortir la lame, Matthew vit un frisson passer sur le visage de Smith.

« Ah, merde. » Matthew ouvrit la boîte de tabac et la lui passa.

« Tu nous as toujours pas dit c'était quoi ton nom. » Il parlait avec le côté de la bouche, les lèvres gercées, comme brûlées.

« Et faut croire qu'on va en rester à ça, dit Smith.

— Alors tu viens d'où ?

— Du comté de Box Elder.

— Connais pas.

— Tu connais les box elder ?

— Non.

— C'est un genre d'érable, de l'extérieur ils ressemblent aux autres. Mais si tu l'abîmes, si tu le stresses ou si tu l'exposes à certaines moisissures, personne ne sait vraiment pourquoi mais au moment de l'abattre, le bois à l'intérieur sera taché comme du sang. »

Les chevaux s'étaient regroupés en bordure du corral pour voir le feu, leurs yeux brillant dans le noir, les ondulations des flammes qui parcouraient la courbe de leurs iris faisaient comme les fines lamelles des champignons qui poussent en grappes sur l'écorce des arbres. Il vit que la fille l'observait.

« Des taches rouge sang, comme de la chair. Et quand tu coupes du bois pour ton feu tu sais jamais si tu vas tomber sur un arbre normal ou sur quelque chose qui s'ouvrira comme de la viande. La seule chose dont tu peux être certain, c'est qu'il y a forcément de ces arbres qui saignent dans tes bois. »

Matthew ne répondit rien, il examinait les paumes de ses mains sous la lumière des flammes.

Puis la fille parla.

« Avec les hommes c'est l'inverse.

— Quoi ?

— Y'en a qui saignent pas vraiment. »

La fille se remit à sortir des pierres de son sac. Elle en retira au moins quarante, chacune assez petite pour tenir dans sa main, et elle les disposa en quatre lignes bien droites. La plupart étaient grossièrement numérotées, des gravures effacées, d'autres plus récentes ou couvertes de terre. Et avec le couteau de Guillermo elle s'attaqua à celles encore vierges.

Il y avait toutes sortes de pierres, du grès, du basalte, du schiste, même un morceau de turquoise et un trilobite, et au milieu, la mâchoire du lapin. Sa cordelette en cuir avait été arrachée. Il la regarda, si loin de la maison, et sut qu'il n'était pas encore l'heure de la rapporter chez lui.

La lune s'était levée, occultant les étoiles agglutinées autour d'elle alors que les autres rampaient lentement le long de l'horizon, poussées par la rotation de la Terre et la progression de la nuit. Des hommes continuaient à s'agiter autour du feu, se passant des bouteilles remplies de whisky.

La fille continua ses gravures. Allongée, le dos appuyé contre une souche, observant les pierres une à une, les roulant dans ses mains et les levant vers son nez, non pas pour étudier leur composition mais pour y chercher ses souvenirs, avant de gratter de la lame du couteau un chiffre à la surface, d'un geste lent mais précis.

Au bout d'un moment, un des hommes les plus jeunes, un adolescent aux cheveux longs et à l'oreille déformée, se pencha vers la fille.

« C'est pour quoi tout ça ? »

Elle s'arrêta et posa le trilobite.

« Les pierres ? » Comme si le garçon avait aussi bien pu lui demander ce qu'elle faisait dans cet endroit, dans ce pays, ou sur cette terre.

« Ouais. »

Elle planta le couteau dans la poussière.

« C'est pour marquer mon passage ici.

— Ça veut dire quoi ?

— Pour ceux nés sans savoir faire bouger les montagnes, quel autre moyen de marquer leur passage sur terre qu'en faisant au moins bouger les plus petites pierres ?

— Mais ça sert à rien ton truc.

— D'après qui ?

— Tout le monde. »

Elle ramassa le trilobite et le lui envoya, il le réceptionna contre sa poitrine. Autour de lui les hommes se penchèrent pour le regarder.

« Cette pierre voyage depuis trois cents millions d'années. Et les seules choses à avoir pu la faire bouger avant que je vienne la détacher de son rocher c'est les plaques tectoniques. »

Il la leva dans la lumière pour l'observer, puis la lui renvoya. Une des faces était gravée d'un 724.

Elle l'attrapa d'une main et la retourna entre des paumes tellement couvertes de poussière et de sang qu'elles en étaient devenues lisses et douces, comme des gants lie-de-vin en peau d'enfant.

« Ces pierres ont voyagé pendant des milliers voire des millions d'années avant de finir entre tes mains, et toi tu voudrais jeter ce destin ? Jamais aucun homme n'aura autant le pouvoir d'influencer le cours des choses, dit-elle.

— Mais y'a aussi des os dans ton sac. »

Elle attrapa alors la mâchoire de lapin. Pas encore numérotée.

Smith savait que Matthew avait à nouveau tourné les yeux vers lui.

« Tu crois que ça compte moins ? demanda la fille.

— Nan. Pas si c'est toi qui l'as mis dans cet état.

— Tu places sur le même plan le fait de prendre une vie et celui de changer le cours d'une chose vieille de plus d'un millier d'années. »

Elle réfléchit un moment puis reprit.

« C'est une idée intéressante, laisser sa marque sanglante sur cette terre sous la forme d'une traînée d'ossements. Une traînée qui n'aurait jamais pu exister sans toi. »

L'adolescent acquiesça.

Elle ramassa le couteau et continua.

« Mais qui ferait une chose pareille. Tu ferais ça toi ?

— Peut-être. Si j'ai une bonne raison de le faire.

— Mais si tu avais déjà prévu de le faire alors ça n'a aucun sens. La vraie violence s'exerce sans raison, tuer de manière justifiée est une conséquence de la vie. Comme abandonner derrière nous nos déchets ou la carcasse d'un poulet qu'on aurait mangé. Ce n'est en rien différent de n'importe quel homme passé avant toi ou après toi et ce jusqu'à ce que nous ayons tous disparu.

— C'est un lapin ça, pas vrai ?

— Oui, mais celui-là a une autre signification. »

Elle retira le couteau de la terre et s'attaqua à une autre pierre. Matthew prit la parole.

« Alors tu veux dire que pour toi ce que fait un homme ça compte pour rien, sauf si ça dépasse sa simple survie ?

— Pas exactement. Toutes nos actions sont, d'une manière ou d'une autre, une question de survie. Mais il y a une différence entre, d'un côté, tuer un oiseau pour ne pas mourir de faim ou tuer un homme qui nous tient un couteau sous la gorge, et de l'autre, tuer un veau qui va pouvoir nous nourrir pendant une semaine ou tuer un homme qui serait sûrement revenu nous trouver, fusil à la main, quelques semaines plus tard. L'homme qui nous met son couteau à la gorge a traîné ses os jusqu'ici, bien conscient qu'il risquait de les y laisser à jamais. Mais l'homme qui se prépare peu à peu à nous tirer une balle ne nous verra pas venir si on s'en charge avant qu'il pense à le faire lui-même. Tout n'est qu'une question de survie, certains ont simplement une telle prescience de survie qu'ils sont alors capables de faire bouger les ossements et par là de changer le cours de choses. »

Presque tous les hommes s'étaient mis à l'écouter. Sa façon de parler leur était étrangère, dans ses mots et la manière qu'elle avait de les agencer, une étrangeté qui, comme le fossé entre son apparence et cette voix inexplicablement mystique, lui conférait un caractère incontestable.

L'adolescent à l'oreille déformée répondit que merde, les seuls ossements qu'il se verrait bien bouger étaient ceux de ces putains de chevaux qu'arrêtaient pas de s'enfuir dans le désert, et Guillermo acquiesça à ce que la fille venait de dire d'une manière qui fit comprendre aux autres qu'il ne savait pas mais qu'il avait néanmoins compris. Matthew se leva et remit une bûche sur le feu avant de se retirer aussi silencieusement que possible derrière une avalanche d'étincelles et la fille se remit à graver ses chiffres. Au bout d'un moment Guillermo se leva et alla s'accroupir à côté d'elle, et ils échangèrent à voix basse.

Les deux enfants qui avaient passé la soirée à asticoter les chevaux étaient maintenant assis en bordure du feu, s'amusant avec un petit chaton tricolore qui se tortillait entre leurs mains. Le plus jeune, pas plus de cinq ans, plongea un bâton dans le feu et commença à lui brûler les moustaches jusqu'à ce que l'animal réussisse à fuir.

La fille s'arrêta de parler un instant et, toujours assise, déplia les jambes en tendant le pied pour cueillir le chaton au passage et l'envoyer doucement voler en l'air avant de le rendre aux deux garçons.

Les enfants empoignèrent l'animal et s'éloignèrent en courant. Quand le chaton réapparut enfin en trébuchant devant les flammes, ses moustaches avaient disparu et sa queue, désormais coupée à la base, était cautérisée de sang noirci.

Awan était retourné à l'intérieur du bâtiment, et Guillermo avait entendu ce qu'il voulait de la fille ou bien en avait écouté autant qu'il pouvait en supporter avant d'aller s'asseoir sur ses talons près de la pile de bois. Alors qu'elle se reposait, ses yeux ouverts se teintèrent de noir sous le reflet bleu des braises et, lorsqu'elle les ferma enfin, ses pupilles semblèrent continuer à se noircir derrière ses paupières.

Les hommes finirent par s'éloigner un à un du feu, puis collectivement, en groupes ou en grappes, et Smith n'avait pas la moindre idée d'où ils s'en allaient dormir, si c'était dans quelque recoin sombre de la boutique ou bien d'autres endroits connus d'eux seuls, creusés à même la couche de sable. La femme revint à nouveau et dans l'obscurité emporta les enfants vers les bâtiments extérieurs, ils la suivirent à contrecœur, les mains noires, collantes de crasse, de sable et de touffes de poils, l'un d'eux suçant son pouce.

Quand le dernier homme fut parti, Smith sortit la plaquette d'antibiotiques de sa poche, en craqua deux de plus, et la tendit à la fille, une offrande à celle qui était encore assise les jambes croisées l'une par-dessus l'autre, une sainte martyre du désert. Elle ouvrit les yeux et la lui prit.

« Tu dis que certains hommes ne saignent pas.

— Est-ce qu'il a saigné ? » Elle l'avait dit doucement.

« Pas sur moi. »

Elle le regarda pendant longtemps puis se retourna vers le feu et ferma les yeux.

Il se réveilla avant l'aube, à côté du brasier mourant qui étalait sa fumée dans le ciel au jour naissant. La fille avait disparu. Il trouva Awan sur son lit de palettes derrière le comptoir du bâtiment principal et s'avança pour lui toucher le bras mais ses yeux étaient déjà ouverts.

« C'est d'accord. »

Elle était retournée dans sa propre chambre après son départ, mais elle avait eu trop froid pendant la nuit. Lucy dévala l'escalier, pieds nus après avoir dormi pour la première fois seule dans son lit à lui. Mais il n'y avait toujours personne dans la cuisine, alors elle remonta à l'étage et se recoucha. Ne posant toujours la tête que sur le seul coin d'oreiller qu'il n'utilisait pas.

« Qu'est-ce qu'on va faire, Wyatt ? »

Et puis pour combler le silence de celui qui n'était pas là à ses côtés, elle poursuivit.

« On pourrait rester comme ça pour toujours, pas vrai, Wyatt ? »

Alors elle sourit et enfonça son visage plus profond dans l'oreiller, mouillant de ses cils le tissu de coton, car elle savait que dans le lit derrière elle, il n'y avait personne.

Une heure plus tard elle descendit à nouveau en courant et attrapa le pistolet sur la table de nuit, elle sauta le petit déjeuner car elle craignait d'ouvrir le placard et de se souvenir qu'il y avait désormais une tasse en moins, puis elle laça ses bottes et courut voir le bétail, alors que derrière elle, à l'étage, les peaux haletantes avalaient le sel du cinquième jour.

Elle resta au milieu des bêtes dans le champ et un bruit résonna dans les bois, mais Wyatt n'était pas là et elle pointa le pistolet vers la verdure sans visage et remarqua alors qu'elle avait gardé l'habitude du fusil à pompe. Elle tenait le pistolet dans la main droite et avait plié le coude tout en étendant son bras gauche pour porter le poids d'un canon qui n'existait pas. Une chouette passa en piqué, dépliant ses ailes comme des voiles dans l'air au-dessus du pâturage, un oiseau de nuit chassant bien trop tard le lever du soleil. Elle abaissa le pistolet, s'assit dans l'herbe et plongea les yeux dans le feuillage vert comme en prière, ou en soumission, un sentiment de défaite d'avoir ainsi gardé le tir au fusil à pompe si parfaitement ancré dans la mémoire des muscles de ses bras.

TROISIÈME PARTIE

8

TROP DE DÉMONS DANS LE DÉSERT

On lui donna un bidon d'essence de la réserve et il commença sa marche jusqu'au pickup. Le soleil n'avait pas encore passé les mesas rampant à l'horizon mais la lumière était déjà assez forte pour y voir. En passant la crête qui ressemblait à un dos de cheval il se tourna pour regarder le camp. Dans l'air mat de cette matinée sans soleil, la serre évoquait un prisme de verdure posé sur une étendue de terre sans couleur. Comme une poche ou un étui rempli des seules choses encore vivantes dans ce désert. Il se demanda si son seul but était de pouvoir y survivre. Si les hommes y étaient arrivés déjà vides et prêts à mourir, ou si c'était le désert qui les avait vidés ainsi. Il ne voyait personne. Il se retourna vers les falaises sans visage.

Trente secondes plus tard il s'arrêta à nouveau et fit volte-face. Guillermo était derrière lui, marchant d'un pas lourd, armé d'une pelle et d'une brassée de câbles noirs. Smith attendit que l'homme le rattrape.

« Si j'avais été un coyote je t'aurais déjà bouffé la moitié de la jambe avant que tu me remarques. »

Smith ramassa une des boîtes noires tombées à terre et reprit sa marche.

« Dans les bois j'aurais pu t'entendre à cent mètres. Je sais pas trop pourquoi c'est différent ici.

— Ça c'est parce que quand tu chasses dans les bois t'entends cent bruits en même temps et faut trouver celui que tu cherches là-dedans. Alors qu'ici faut réussir à calmer le bruit de tes pensées assez longtemps pour en entendre un seul. »

Le pickup était en vue, intact. Ils continuèrent sans se presser et Guillermo alluma une cigarette en essayant de contourner le sujet.

« Alors, t'as déjà trouvé un petit nom à mon flingue ? »

Smith sortit le pistolet de sa ceinture et ouvrit le barillet avant de le tendre par la crosse à Guillermo.

« Fais-toi plaisir. »

Ils atteignirent le pickup et Smith commença à faire le plein, cherchant du regard là où le fusil à pompe était enterré, marquant l'endroit dans sa mémoire.

Guillermo déroula les câbles et en démêla quelques-uns en l'attendant.

« Détecteurs de mouvements, expliqua-t-il. On les met sous les grilles à bétail sur la route. Ça envoie un signal au camp. La pluie les a emportés y'a deux jours, sinon vous auriez jamais réussi à vous approcher comme ça tous les deux. »

Il alluma une autre cigarette et commença à les dérouler alors que Smith refermait le bouchon du réservoir. Quand Smith s'avança vers la portière l'homme fit claquer sa paume sur le hayon du coffre.

« Je t'ai suivi quand je t'ai vu ici pour te parler d'un truc. T'es pas en train d'en profiter pour filer, dis ?

— Je suis pas en train de filer.

— Alors faut que je te dise un truc. Tu dois le savoir.

— Un truc », répéta Smith.

Guillermo échangea la cigarette éteinte entre ses dents pour une allumette neuve.

« À partir de maintenant t'es jetable. Peu importe l'utilité que cette fille te trouvait jusque-là, elle a eu ce qu'elle voulait. Elle est en sécurité ici, et elle a du boulot. Alors si elle se retrouve à avoir besoin, ou même envie, de te buter, plus rien n'assure ta survie. Et crois-moi, ces situations finissent toujours par arriver. Awan n'en est pas à l'abri et moi non plus, si elle se trouve n'avoir plus d'utilité pour notre organisation. On a vu les méthodes qu'elle a employées pour prendre du galon au sein des Cordova. »

La main de Smith se serra sur la poignée du pickup.

« C'est un des risques de notre métier, mais pas du tien. Là on a besoin d'elle, et c'est toujours mieux de l'avoir avec nous que contre nous. Mais toi t'es encore libre, garde bien ça en tête. Si j'étais toi je me tirerais tant que c'est encore possible. »

Smith sauta dans le pickup et Guillermo se dirigea vers la grille à bétail. Il démarra mais, après un moment, le héla par la vitre ouverte.

« Pourquoi une serre ? »

Guillermo se retourna.

« Faut qu'on ait une activité viable comme couverture si on veut pouvoir cacher l'autre. C'est ce que dit Awan. C'est pour ça qu'on a tout ce bordel pour que le camp sente bon.

— Tout ce boulot juste pour ça ?

— Nan. » Le jour se réchauffait et des gouttes de sueur sales dessinaient de fins barreaux sur le visage de Guillermo, laissant des bandes de peau plus claire derrière elles.

« Ces salopes sont pas simples à faire pousser ici. On pense tous que deux trois plantes vivaces auraient largement fait l'affaire pour éloigner la police. Mais Awan veut celles-là. Ça apporte de l'authenticité, qu'il dit. Mais on sait tous pourquoi il le fait vraiment, et il sait qu'on sait.

— Pourquoi il le fait ?

— Parce qu'il en est capable. Parce que ça lui permet de faire des choses que le sable et le désert ne voudraient pas qu'il fasse. »

Guillermo haussa les épaules et se remit en marche.

« Au bout du compte, Awan a eu ses fleurs et dieu merci il nous a aussi préparé un ecstasy parfait.

— Ah ouais ?

— Ouais. Il fait ça mieux que personne. »

Smith appuya longuement son front contre le volant après que la silhouette de Guillermo eut disparu dans la lumière blanche de la plaine. Un vide s'étirait sans limites dans toutes les directions, sauf celle où se dressaient les ombres artérielles du feu et des bâtiments que la fille traversait à présent comme un caillot. Il releva la tête et baissa les mains, lançant le pickup sur la route qui n'en était pas vraiment une, habité pour la première fois par une croyance aveugle dans le sang.

Adolescents, ils avaient depuis longtemps appris à tuer le bétail et à chasser le gros gibier, et le printemps de leurs quatorze ans un veau mâle était né, avec comme un problème. Ils l'avaient regardé une semaine entière, observé sa démarche pour savoir si sa patte arrière droite cagneuse était bel et bien une difformité. Savoir si elle allait finir par lui paralyser la hanche. À la fin de la semaine le père leur avait annoncé que oui, la chose devait être faite, et leur avait demandé de s'en occuper. Ce n'était en rien une tâche inhabituelle pour eux et souvent il n'aurait même demandé qu'à un seul des deux de s'en charger, lors d'une chasse ou dans la porcherie, mais c'était un veau cette fois, et bien trop lourd pour s'en occuper seul.

Lucy l'avait encordé et mené par le museau jusqu'à la grange. Elle s'était couvert les yeux quand il l'avait abattu, bien qu'elle l'eût déjà vu faire, et fait elle-même de nombreuses fois, mais elle évitait d'avoir à s'en charger quand elle le pouvait. Elle fut sur la bête aussi vite que lui une fois le coup parti et le veau à terre, et ils passèrent la corde autour des poutres et derrière ses tendons d'Achille avant de le hisser.

La nuit la grange était chaude, les murs du rez-de-chaussée creusés à même la pente du champ, le plafond pliant sous le poids des bottes de paille et de l'équipement à l'étage, le foin entassé dans les coins donnait plus à la pièce l'atmosphère d'un nid que d'un endroit doté de bords. Alors il accrocha la lanterne sur la poutre d'un box et ils se mirent au travail.

C'est elle qui fit la première incision car elle était plus rapide et précise que ses mains d'adolescent maladroit, puis elle contourna la bête pour commencer son travail sur la peau du dos, laissant Wyatt s'attaquer au bas-ventre.

Il se pencha sur le côté du veau pendu pour parler à sa sœur.

« Ça te fout jamais les jetons de faire ce genre de trucs ? Quand ils font comme ça pile la même taille qu'un homme ? »

Sans retirer ses mains de la bête, elle lui jeta un regard, ses yeux avaient viré au vert d'algue sous la flamme de la lampe.

« Ça te fout pas plus les jetons quand c'est un lapin ? Une si petite chose qu'a jamais eu la moindre chance.

— Je disais ça comme ça. »

Il retourna à son travail et leurs voix se rejoignirent en l'air, par-dessus la peau à nu du veau aux hanches écartées.

« C'est toujours pire quand ils sont petits. »

Il ne répondit pas et continua à faire descendre son couteau depuis le pelvis, et elle poursuivit.

« Et puis c'est pas réel de toute façon. Y'en a toujours des nouveaux à découper, y'en aura tant qu'on vivra. J'arriverais jamais à supporter tout ce découpage si je me disais que c'était réel, si je voyais ça comme du sang et des boyaux et pas simplement comme des couleurs et des odeurs.

— Pas réel ? »

Des deux mains elle tira d'un coup sec sur la peau sous les épaules, mais elle maîtrisait ses mouvements et la peau ne se déchira pas.

« T'as fini de vider ce truc ou quoi ?

— Presque. Attends. »

Il se pencha à nouveau pour regarder sa sœur derrière la carcasse, une mèche de cheveux lui était tombée sur le visage et sans même y penser elle la repoussa de la main, laissant une traînée de sang de veau sur sa joue. Il poussa le couteau un peu plus bas encore, une main glissée sous la peau, l'autre par-dessus, serrant le manche du couteau. Et la lame rencontra un doigt.

« Merde ! »

Il se recula et le sac d'entrailles tomba en s'éclatant sur le ciment, puis il leva rapidement son doigt vers sa bouche, le couteau toujours dans la main droite.

Elle fut contre lui avant qu'il ait eu le temps de lever les yeux et il pouvait sentir la paille dans ses cheveux comme la fourrure d'un chat de campagne, il sentit la vague odeur d'érable sur sa peau et sa chaleur enveloppant tout, son visage collé au sien. Et tout ça c'était lui, c'était aussi lui, et il comprit qu'il était deux personnes à la fois, et qu'occuper deux corps en même temps était en réalité le contraire de la solitude. Elle prit le doigt coupé dans sa bouche et en aspira le sang, mais comme ce sang était déjà le sien elle ne faisait qu'empêcher qu'ils ne le répandent tous les deux, ses cheveux dans le visage de Wyatt qui lui frottaient le front, comme à vif, et ses mains à elles, douces et prudentes à présent. Au bout d'un moment elle écarta le doigt et appuya son pouce contre la coupure juste au bord de l'empreinte digitale de Wyatt. Le saignement avait presque cessé et les dernières gouttes se glissèrent sous le pouce de Lucy.

« Je croyais que t'avais dit que c'était pas réel.

— Ça, c'est réel. »

Au volant du pickup il regarda attentivement la serre, la verdure à l'intérieur sembla croître à son approche avant que le soleil la cristallise et que tout soit recouvert de blanc.

Derrière les bâtiments, les hommes s'étaient remis à s'affairer autour du brasier et l'odeur de graisse de cuisson se mélangeait à la brûlure nasale des produits chimiques. Matthew était à nouveau en charge du feu et Awan donnait ses instructions, accroupi à l'ombre du tas de bois. La fille, elle, marchait.

Elle progressait lentement, avec la démarche d'une grue, avançant d'abord un pied et venant ensuite placer son poids dessus, mais elle était debout, marchant en cercles dans la cour, comme si ses blessures de la veille n'avaient été que des visions surréalistes provoquées par le paysage. Elle portait un nouveau t-shirt, noir également, sans déchirures ni impacts de balles mais bien le petit frère usé du premier.

L'adolescent à l'oreille déformée, bouteille de whisky et cutter à la main, émergea des bâtiments et se dirigea droit vers la fille.

Le reste des hommes, à présent dans la cour, s'attelaient de nouveau à la synthèse commencée la veille. Des caisses en plastique avaient été apportées et remplies de poudre puis alignées le long du mur pour sécher, simplement parce qu'il n'y avait nulle part à l'intérieur où les entreposer. Et même à l'extérieur ils n'avaient fait aucun effort pour les dissimuler.

Matthew s'approcha et s'assit à côté de Smith, lui tendant une gamelle en guise de petit déjeuner.

« Je lui ai proposé de le faire, mais elle m'a pas laissé. »

Le garçon tatoué déboucha la bouteille de whisky et s'assit à côté de la fille. Elle se pencha en arrière et il tendit le cutter vers les flammes, faisant sortir la lame, et c'est avec ce geste que Smith comprit le sérieux de la situation.

« Elle doit couper tout ce qui est nécrosé. Un tir de surface comme ça, ça fait des dégâts. T'es pas le seul à pourrir par ici. »

Smith la regarda par-dessus son assiette.

« D'où elle sort ? » Sentant pour la première fois que cette question méritait d'être posée.

« Son père était un des chefs du cartel de Cordova. Il avait voulu un fils, bien sûr, mais quand elle s'est pointée il a fait avec et il l'a élevée comme un garçon. Alors elle a appris tout ce que leurs fils apprenaient. Avant ses huit ans il l'emmenait déjà avec lui sur ses deals. Si c'était pour la protéger de ce qui pouvait lui arriver si elle restait seule au camp ou simplement pour profiter de la sécurité qu'elle pouvait apporter à ses trafics, ça j'en sais rien. Même les gars des cartels sont moins enclins à tricher ou à tuer en présence d'un petit enfant.

« Mais naturellement certains de leurs deals ont quand même merdé et la fille en a trop vu trop tôt, même s'il l'a toujours protégée. Elle a appris à se battre, à manier les armes et à savoir comment se comportaient les hommes sous l'influence du désespoir ou de la peur. Et quand elle a eu l'occasion de mettre ce savoir en action, elle s'est révélée un vrai prodige. Après quoi on l'a encouragée, et cette jeune fille qui aurait normalement dû être condamnée à devenir une simple mule est devenue une tueuse à gages, la destructrice que t'as déjà sûrement vue à l'œuvre. »

Une fois son histoire terminée, Matthew s'esclaffa.

« Bien sûr, c'est juste ce qu'on m'a raconté. Ici n'importe quel type qui l'a déjà croisée croit dur comme fer à toutes les histoires sur ses exploits sans pour autant croire un mot sur ses origines. Y'a trop de démons dans le désert pour que celle-là n'en fasse pas partie. »

La fille avait soulevé son t-shirt et défaisait ses bandages. Les points de suture grossiers étaient couverts de croûtes comme des traces de seringues noircies disséminées arbitrairement le long de sa blessure. La peau morte sur les bords de la cicatrice était devenue noire, tirant sur le vert, son odeur provoqua un mouvement de recul chez le garçon, mais Smith était assis trop loin pour la sentir.

La fille tira son t-shirt un peu plus haut pour mieux voir. Elle passa un doigt sur la peau déchirée le long des bords de la blessure. Puis elle s'y attaqua par la gauche, enfonçant la lame coupante juste sous la surface du ventre, excisant tout ce qui s'était déjà nécrosé sous la chaleur ou la puissance du coup de feu.

Smith posa son assiette et la repoussa de la semelle sur le côté.

« Ils sont où maintenant ?
— Qui ?
— Son cartel.
— Disparus. »

Le garçon s'accroupit et, de son regard cerclé de noir, l'observa avec respect.

« C'étaient les Cordova qui géraient presque tout le territoire par ici… Ils avaient un pied à Phoenix, un à Albuquerque. Un quart de Vegas. En deux ans elle avait grimpé les échelons pour devenir un de leurs plus gros trafiquants, c'est elle qui s'occupait des contrats spéciaux. Rien que sur sa réputation ils ont gagné quelques contrats qui sinon seraient tombés à l'eau. Mais ils avaient trop de pouvoir, ou peut-être un trop grand territoire. Les chefs se sont mis à se prendre pour des dieux parce qu'ils pouvaient se permettre de défier les règles de la société, et de le faire avec plus de facilité que n'importe quel autre fugitif autour d'eux. C'était devenu un réseau bien trop vaste, qui reposait seulement sur quelques têtes pensantes occupées à saborder leurs propres décisions à coups d'ego.

« Elle n'était pas de ceux-là bien sûr. Elle n'a aucun ego, elle n'est qu'action. Mais leur culture du contrôle avait instauré une organisation du pouvoir presque féodale. Ils ne la laissaient prendre aucune décision et l'envoyaient seulement quand ils avaient besoin que quelque chose se passe. Quand elle a compris que le seul moyen pour remplacer ses supérieurs était la violence – parce que personne n'est viré ni ne démissionne dans ce métier, on est seulement *écarté* – elle a vu là un moyen de monter en grade.

« Elle est douée, mais ce qu'elle fait n'est pas mû par la raison, et elle est allée trop loin. Il y a six semaines elle a tué quatre chefs des Cordova dans leur propre résidence, et tous ceux qui se trouvaient avec eux. Puis elle a rasé leur route d'approvisionnement en méthamphétamine. Le cartel qu'elle avait voulu diriger était à genoux. Dans les semaines qui ont suivi, pendant que les petits chefs se lançaient dans une course effrénée au pouvoir, elle a visité tous les bastions des Cordova dont elle avait connaissance dans le désert et les banlieues pour tenter de les reprendre. Mais tous n'étaient pas de son côté, et ça n'a pas toujours marché. Les cartels rivaux ont senti l'odeur de sang et se sont mis les petits dealers de ville dans la poche en laissant les autres – ceux encore loyaux aux Cordova – mourir, ou aux mains de la police, ce qui est pire. Le cartel entier s'est effondré. »

Le garçon bondit en arrière quand la fille poussa un juron de douleur, à l'exception d'un souffle entre ses dents serrées elle n'avait pas émis un bruit jusque-là. Il revint vers elle un instant plus tard et lui versa une lampée de whisky dans la bouche.

« Alors c'est un électron libre maintenant ?

— Elle est en cavale. »

Smith acquiesça.

« Certains des anciens chefs ne sont pas morts. Quelqu'un les a avertis depuis la résidence alors qu'ils étaient partis en réunion. L'un d'eux est son père. C'est lui qui a lancé la chasse à l'homme contre elle. »

Le garçon s'avança de nouveau avec le whisky et elle lui fit signe de s'écarter.

« C'est pas qu'elle a peur d'eux ni qu'elle entretient je ne sais quel lien indéfectible avec les Cordova, en dehors de son propre sang, et même ça elle n'a vraiment pas l'air d'y croire. Je dirais qu'elle nous a retrouvés non pas pour qu'on la protège mais pour qu'on lui trouve du boulot. Elle veut survivre par elle-même. Sauf que par ici, et d'après ses méthodes, ça veut dire travailler pour un autre cartel, et donc par définition pour un ennemi des Cordova. Ce qu'elle ferait s'ils voulaient bien d'elle, mais rien n'est moins sûr. Ses compétences sont précieuses, plus que ça même, mais les types des cartels sont aussi violents que vengeurs, et ils l'ont vue tuer autant des leurs sur les champs de bataille du désert qu'en attirer au fond d'un lit pour les y laisser avec le cou brisé.

— Elle sait faire ça ?

— Elle sait tout faire.

— Elle a pas su me tuer.

— Et pourquoi ça à ton avis ? » Matthew esquissa un sourire dépourvu de toute douceur.

« Parce qu'elle a essayé et qu'elle a pas pu.

— Alors c'est qu'elle a pas essayé. » Il poussa le bout de sa botte vers le feu jusqu'à ce que le caoutchouc se mette à fumer légèrement. « Elle croit que l'immortalité se gagne en s'emparant de celle des autres, quand ils viennent jouer leur vie contre la sienne. Son immortalité elle l'a déjà gagnée… N'être ni traumatisée ni abusée à son âge, c'est être immortelle, surtout comparé à ce que subissent toutes les autres gamines à la peau brune qui naissent dans le genre de cabane abandonnée ou de coin de forêt d'où elle a dû émerger. »

Quand la fille eut fini, les contours de sa blessure saignaient doucement, de simples lignes roses et propres autour des traces noires des points de suture. Elle commença à remettre ses vieux bandages mais le garçon partit en chercher des propres à l'intérieur. Se penchant en avant, elle lança la peau amputée dans les flammes, trois bandes irrégulières d'un bronzage sanglant et grisâtre.

Une fois le garçon revenu avec des langes propres, elle jeta ses vieux pansements dans le feu comme elle l'avait fait pour ses morceaux de chair, puis elle s'enveloppa à nouveau et resta assise un moment sans la moindre intention de se lever.

Il la regarda inspirer et expirer d'un air patient, sans douleur. Smith sentait son propre corps comme un pourrissement, une indéniable béance, alors que cette fille au corps bien plus abîmé par les balles était toujours vivante. Tellement vivante qu'elle pouvait guérir. Regarder ce corps, modelé par sa seule volonté et les produits chimiques, revenir ainsi à la vie comme en antithèse de la calcification du désert. Ce corps contre qui sa guerre se terminera le lendemain à cette heure-là et qui disparaîtra dans un nuage de poussière, dans la vitre arrière de son pickup s'en retournant chez lui. Il rampa jusqu'à l'ombre derrière la pile de bois et, se sentant enfin en sécurité, ou se fichant assez de la mort, il finit par s'endormir.

La journée s'était presque écoulée quand il se réveilla et il ouvrit les yeux au bruit des adolescents en train de se disputer, occupés à épandre du fumier dans le corral.

« Et puis pourquoi on a des chevaux dans un endroit pareil en plus ? Y'a nulle part où aller sauf une route et c'est celle pour fuir d'ici. La seule raison d'avoir des chevaux dans l'Ouest c'est pour tomber dessus quand on est en cavale.

— Ça c'est parce que tu montes comme une brêle.

— Toi c'est pas parce que tu sais monter que t'as quelque part où aller. »

Smith se leva en chancelant et les garçons l'ignorèrent. Il retourna vers le feu.

Guillermo était en train de rire à ce que la fille venait de dire et le feu renvoyait des odeurs d'essence et d'alcool. Le matériel et les grilles avaient été rangés. Le feu perpétuel, une lumière inutile dans un lieu où les hommes ignoraient si la sueur qui leur coulait du front était due à la combustion ou à la chaleur du désert, et ils continuaient pourtant à nourrir les flammes. La vieille femme circulait encore, distribuant des assiettes, Smith en prit une au passage et alla s'asseoir à côté d'Awan.

Guillermo et la fille se tenaient de l'autre côté du feu, ils n'échangeaient que de rares mots en espagnol et parlaient surtout la langue des Navajo, et les mots de la fille pesaient toujours, même inaudibles, provoquant des hochements de tête solennels de Guillermo dont les mouvements du visage révélaient ses dents d'animal brisées.

Smith engagea la conversation avec Awan.

« Qu'est-ce qu'elle raconte ?

— Des histoires de son enfance. »

Les autres hommes s'étaient regroupés près du brasier, accroupis dans l'ombre telle une meute de loups sans meneur. Leurs yeux perdus dans des orbites fatiguées, comme creusées par l'épuisement qui leur déformait le visage, brillaient d'une lueur proche de l'excitation ou de l'espoir.

« Quelque chose t'a fait tiquer quand je lui ai demandé comment elle nous avait retrouvés. Qu'est-ce que c'était ? »

Smith se redressa au-dessus de son assiette et regarda le feu se refléter dans le blanc des yeux du vieil homme.

« Je connais Washakie.

— Alors tu viens du Nord. Dis-moi, le désert est-il une découverte pour toi ?

— Non. C'est quelque chose que j'ai toujours connu. Même au Nord on ressent sa présence. » Il le connaissait, l'avait senti, l'avait vu affleurer en bordure de ses terres alors même qu'il était encore trop jeune pour en avoir déjà hérité, ou même pour comprendre combien elles allaient peser sur son destin.

« Les hommes pensent tout savoir du désert comme ils pensent tout savoir de la violence. Mais ils ont tort, pour les deux. »

Il faisait noir, et dans les falaises au loin quelque chose grogna, un son raclant contre des molaires déjà froides, une voix usée et minérale comme si elle venait de pierres reposant au fond d'estomacs restés trop longtemps affamés. Les deux adolescents étaient assis avec la bouteille de whisky et essayaient de l'imiter, de le faire résonner à nouveau.

Awan et Smith regardèrent la fille en bordure du feu, les étincelles mourant dans l'air au-dessus de ses cheveux et sa respiration si calme qu'elle lui donnait l'air d'avoir plus en commun avec la terre qu'avec les hommes. Son visage nu sous la lumière ressemblait à une chose en gestation et Smith se rendit compte qu'il lui semblait plus familier lorsqu'il était peint. Il pensa alors à la cicatrice grossièrement recousue qui se soulevait sous le t-shirt noir à chaque inspiration, presque certain que s'il relevait le t-shirt elle aurait disparu.

Au bout d'un moment Awan se leva et la fille vint s'asseoir tout près de lui, ils discutèrent alors en secret, elle écoutant comme une élève. Et enfin autour du feu les hommes vidés se retirèrent peu à peu vers les bâtiments et le sommeil.

Tout devint calme. Les étoiles au loin entrechoquaient leurs halos lumineux, irisant le ciel en une plaque de verre brisée dont la Terre, dans sa rotation, s'éloignait comme un poing qui s'arrêterait puis reviendrait frapper contre l'atmosphère pour y recréer les constellations le soir suivant. Des moments comme autant de battements entre les violences, à la fois annonciateurs de celles à venir et marqués par celles passées, au cours desquels ceux qui les commettaient venaient s'asseoir pour raconter les histoires de ce qu'ils avaient vu mais jamais de ce qu'ils avaient fait, avant de bientôt s'en aller pour s'acquitter de nouvelles tâches dont ils ne parleraient pas non plus.

La fille s'était recroquevillée sur son coin de terre près du feu et Smith retourna à son pickup. Il ferma les vitres et s'allongea sur la banquette, sa veste glissée sous le cou. Lucy était si loin. Si loin de ces nuits où, ne la sentant plus dans la chambre à côté de lui, il s'habillait et descendait à l'étage pour la trouver sur le sol du salon où la lune, traversant la fenêtre, colorait le tapis de violet et de bleu sombre. Elle était là, les genoux contre la poitrine de l'autre côté de la flaque de lumière, ses doigts en sang tendus devant elle, levant les yeux vers lui pour lui dire : « C'était comme s'il était là, Wyatt. Il est entré ici et j'ai essayé de lui montrer mes mains pour qu'il sache… » Il s'agenouillait alors face à elle et elle plongeait ses bras dans l'espace sous la fenêtre, laissant la lumière les envelopper de la couleur de ces fleurs assassines pour ceux qui les mangent. Alors il tendait une main vers elle, et elle s'approchait de lui, parfois en rampant et parfois non, avant d'aller ensuite s'asseoir avec lui contre le mur sous le rebord de la fenêtre, baignés par les couleurs d'aquarelle.

Il se réveilla une demi-douzaine de fois dans la nuit, habité par la sensation fiévreuse que la fille s'était éclipsée pour toujours, sans vraiment savoir pourquoi il lui importait qu'elle soit partie ou non. Deux fois il sut qu'elle était là. Trois fois il se leva et la trouva recroquevillée près du feu, sans pouvoir dire si son œil visible, celui qu'elle n'avait pas pressé contre le sable, était ouvert ou simplement peint en noir par l'obscurité qui lui enveloppait tout le côté du visage. Chaque fois il était resté trop longtemps et l'avait observée. Et une fois, avant l'aube, entre les moments où il n'avait pu dire si elle avait feint le sommeil ou dormi réellement, il ne la trouva plus. Puis les nuages s'écartèrent et il l'aperçut assise sur un des chevaux pie, silhouette noire aux yeux luisants de tigre, guidant l'ombre d'un géant sous la lune.

À l'intérieur de la cabane, des hommes au visage noir travaillaient sans relâche devant de larges cuves de poudre verte pendant que d'autres déchiraient des sacs en carton de produits chimiques et les vidaient comme des vessies dans les barils prévus pour le mélange. Ceux qui avaient les plus petites mains tournaient les bagues du pressoir à pilules jusqu'à user entièrement la corne sur leurs doigts, mais l'obscurité leur cachait la vue du sang lorsqu'ils essuyaient leurs mains humides contre leur chemise.

9

FUYONS

Il était prévu qu'ils partent à l'aube et un grondement s'éleva entre les bâtiments tandis qu'ils s'affairaient. Ils avaient enfin laissé le feu s'éteindre. La cabane avait été vidée et il ne restait plus qu'un demi-baril de safrole. Les hommes avaient posé une planche de contreplaqué pour fermer la porte de la boutique et la protéger des vents saturés de sable, et pour la première fois ils étaient loquaces, bavassant et criant des ordres tandis que quatre d'entre eux, équipés de balances et de gants, comptaient les pilules et les pesaient pour vérifier les quantités avant de les envoyer le long des tables alignées, sorties de la serre, au bout desquelles d'autres hommes les mettaient en sac.

Ils prirent quatre voitures au total, deux pickups et deux jeeps, laissant celle de Smith qui n'avait pas de fausse plaque. Ils étaient seize, dont Smith et la fille. La vieille et les deux enfants furent les seuls à rester derrière.

Ils prirent la route au lever du soleil, et la vieille femme ne se posta pas à l'entrée du campement pour les regarder partir. Leurs véhicules s'éloignèrent sur le chemin de terre, le chien tigré faisant les cent pas, traçant une ligne dans la poussière de l'appentis.

Smith était avec Guillermo à l'arrière d'une des jeeps, il tenait le TEC-9 huilé qu'on lui avait fourré entre les mains, un chargeur supplémentaire enfoncé à l'arrière de la ceinture.

Ils se dirigeaient au nord des terres qui entouraient Monument Valley, un endroit juste assez au sud pour y trouver des mesas qui marqueraient leur route, mais pas encore assez pour risquer d'y croiser un randonneur égaré. Awan et ses suiveurs avaient peut-être quitté la nation navajo mais ils ne l'avaient pas abandonnée, lui avait dit Matthew, Awan se chargeait de les protéger des cartels, en échange de quoi ils le laissaient utiliser des terres où aucun touriste ni flic ne risquait d'être présent aux jours demandés. Ils auraient à leur disposition un endroit où de titanesques tombeaux de grès s'élèveraient pour dissimuler leur transaction, une roche si haute qu'elle saurait intimider les hommes, même si chacune des deux équipes arriverait armée pour massacrer l'autre.

La file ralentit quand ils passèrent la grille à bétail marquant l'entrée du chemin de terre qui menait à la serre.

« T'as remarqué qu'Awan a pas de bétail, j'imagine. »

Guillermo fit tomber sa cigarette sur le sol quand la jeep rebondit sur les grilles, il la ramassa puis se ravisa et la lança dans la poussière à l'extérieur de la jeep.

« Ouais.

— Il est devenu parano quand notre dernier campement a coulé, il voulait couvrir ses arrières. Il a même acheté un cheptel entier juste parce qu'il s'est dit que ça ferait plus vrai s'il en avait un. »

Il remonta le col de sa chemise et s'essuya la bouche avec avant de le rabaisser.

« Donc Awan a acheté son cheptel, ou ce qu'il a cru suffisant pour en constituer un, plutôt, dix génisses longhorns et un jeune taureau. Mais au bout de quelques mois on a vu que son histoire de plantes ça marchait bien et que le bétail c'était quand même du boulot, alors il les a refoutus dans la nature. »

L'homme sur le siège passager fit passer un sachet de graines de tournesol, ils prirent tous quelques poignées et laissèrent les coquilles brisées s'envoler dans le vent comme du papier froissé ou des ailes minuscules.

« Donc quelque part dans le coin y'a un troupeau de longhorns sauvages qui se baladent sans marquage, les sabots déformés, obligées de se débrouiller seules. On se dit tous qu'un jour elles vont revenir et qu'elles seront devenues super évoluées d'avoir eu à affronter seules les coyotes tout ce temps, peut-être même qu'elles seront devenues des vrais prédatrices, ou alors tout le troupeau sera consanguin comme c'est pas permis vu comme y'avait qu'un seul taureau, et on les verra se pointer avec des yeux là où elles devraient pas en avoir ou je sais pas quoi. »

Après avoir roulé pendant deux heures ils s'arrêtèrent sur le bord de la route, certains ne se donnant même pas la peine de se garer sur le côté, sachant qu'aucune voiture ne passerait tant qu'ils seraient là.

Les hommes s'éloignèrent chacun de leur côté, s'arrêtant devant la clôture barbelée qui longeait la route à cinq ou dix mètres, et pissèrent dans le sable. Smith s'assit sur ses talons et regarda l'air se mouvoir sous la chaleur de la route. Un lézard solitaire était tapi en face ; visiblement interrompu dans son bain de soleil par leur approche, il revenait désormais d'un pas méfiant. Une crête jaune autour du cou le faisait ressembler à une des orchidées d'Awan restée trop longtemps exposée au soleil.

La fille vint s'asseoir près de lui, étendant les jambes sur le goudron, et il fit de même. Il prit soudain conscience que même ses bottes n'étaient pas d'ici. Qu'elles venaient d'un ailleurs humide, loin au nord, et que leur bout arrondi n'avait rien du mordant des têtes de mort que Guillermo traînait dans le sable.

Elle avait à nouveau peint son front de cendres noires et s'était attaché les cheveux en arrière avec un bout du fil de nylon qui avait servi à lui recoudre le ventre.

Ils restèrent ainsi un moment, les talons contre le goudron, sentant le désert aspirer l'humidité sur leur peau, puis la fille sortit une boîte d'antibiotiques de sa poche.

« T'as fait exprès de me rater quand tu m'as tiré dessus sous le pickup, pas vrai ? » Elle s'en envoya quelques-uns dans la bouche comme des chewing-gums et tendit le paquet à Smith.

Il acquiesça.

« Comment est-ce que tu tires aussi bien avec un seul œil ? »

Il prit des pilules et lui rendit la plaquette.

« On m'a réappris à estimer les distances après l'accident. Sur des cibles en papier, j'apprenais les tailles des nuages de chevrotine au centimètre près pour chaque distance de tir. Et puis je me suis entraîné à la chasse jusqu'à être à nouveau sûr de moi. »

Elle acquiesça dans l'air immobile. Derrière eux les pas des hommes résonnaient lourdement contre les mesas qui se dressaient là comme d'imposants fantômes.

Finalement, Awan donna l'ordre de continuer et la fille grimpa à l'arrière d'un des pickups en tête de file.

Ils reprirent leur décompte des grilles à bétail pour suivre l'itinéraire et environ cent cinquante kilomètres plus loin arrivèrent à destination. Un homme sauta du premier véhicule pour ouvrir la clôture et laissa passer les voitures avant de la refermer derrière lui. Ils continuèrent alors dans une atmosphère chargée de poussière et de sable. Leurs pneus avançant sans un bruit, refermant sous leur poids les galeries creusées par les tarentules, les lézards et autres papillons de nuit qui y vivaient enfouis.

Une fois sortis de la route le chemin devint accidenté, et le pickup de tête dut freiner à de nombreuses reprises, ses pneus effleurant les berges sableuses d'un arroyo creusé par les crues subites, ou reculant pour prendre un chemin plus long et éviter une arche rocheuse trop basse pour s'y aventurer. Au bout de plusieurs kilomètres, une des jeeps racla une falaise et perdit un rétroviseur, un des hommes sauta à terre, lança le rétroviseur à l'intérieur de la voiture et dut courir pour rattraper le convoi qui n'avait pas ralenti.

Ils longeaient la ligne de démarcation du parc national quand ils passèrent une cabane solitaire, et ils prirent de la vitesse sur le sol de sable pierreux noirci çà et là de quelques broussailles atrophiées.

Une demi-heure plus tard ils arrivèrent devant la butte qui, d'après Awan et les acheteurs, ressemblait à une main esquintée dans une baston, les doigts fendus se dressant à la verticale, le pouce disloqué.

Cinq heures qu'ils étaient partis quand Awan leur annonça qu'ils étaient arrivés. Ils passèrent une arche imposante vers l'autre côté de la butte et placèrent les voitures en arc de cercle, l'une derrière l'autre, deux roues à demi enfoncées dans le sable et les deux autres reposant sur les pierres saillantes au pied des formations rocheuses derrière eux.

Les hommes sortirent des véhicules, armes aux poings et au repos, Smith les imita, le groupe était armé d'un mélange de TEC-9 et d'AK-47 récupérés, ainsi que de quelques pistolets certainement texans, du genre de ceux que certaines familles se passent de génération en génération. Aucun bruit en provenance du sud où les monuments ondulaient dans la chaleur de la mi-journée, et quelques hommes se tournèrent vers le nord pour s'assurer que les autres n'allaient pas arriver par la même arche qu'eux, puis enfin ils aperçurent des nuages de poussière au sud et, cachés derrière, les radiateurs gris des 4×4 des acheteurs.

Ils s'arrêtèrent à cinq mètres et, une fois la poussière retombée, placèrent leurs six véhicules dans la même formation en arc de cercle, comme des chariots de colons.

Le premier homme descendit d'un des 4×4 du milieu, vêtu de noir, une veste en cuir peinte d'une tête de mort, un scorpion rouge lui sortant des orbites. Mexicain. Le crâne rasé et les mains vides. Une cicatrice blanchie lui courait sur l'arête du nez avant de se diviser en trois le long de son sourcil droit. Les autres hommes sortirent des véhicules et se postèrent sur ses flancs. Tous vêtus de jeans noirs renforcés aux genoux, une sorte d'uniforme, un mélange de chemises et de t-shirts noirs, une demi-douzaine d'entre eux portaient des vestes en toile malgré la chaleur et ne semblaient pas en souffrir. Deux hommes en chemise de cow-boy noire vinrent se placer de part et d'autre de lui, semi-automatique au poing.

Awan s'avança, accompagné de deux hommes lui aussi. Les moteurs cliquetèrent et finirent par se taire, comme un signal pour parler.

« Trois cent mille pilules, pour un prix convenu de trois millions de dollars. »

L'homme à la veste en cuir peinte fit un signe de tête à droite et à gauche et des hommes s'éloignèrent vers les 4×4 avant de revenir chargés de cinq cartons qu'ils posèrent dans le sable. Ils étaient une vingtaine.

« Six cent mille en cash dans chaque boîte. »

Awan fit un signe de tête à ses hommes et ils revinrent avec les quinze sacs de pilules qu'ils disposèrent en une ligne de plastique noir derrière lui.

« D'abord on va compter l'argent, après on vous laisse les pilules. »

Awan fit signe à l'un des hommes debout à ses côtés qui s'avança alors vers une des boîtes, l'ouvrit et s'agenouilla pour compter. Tous l'observèrent tandis qu'il disposait les billets en piles sur le sol à côté de lui.

« Tu peux dire à Medina que, comme d'habitude, c'est un plaisir de faire affaire avec lui », dit Awan.

Celui à la veste en cuir s'esclaffa et se tourna vers l'homme à sa droite, le reste de son équipe resta impassible, le regard fixé droit devant eux.

« Je préfère mieux pas. »

À côté de Smith un homme ouvrit la bouche.

« Oh *merde*, c'est... »

Mais le coup était déjà parti et le type occupé à compter les billets roula en arrière, une balle dans la tête.

L'équipe d'Awan répliqua aussitôt, plongeant à couvert derrière leurs pickups au moment où dix hommes supplémentaires émergeaient des véhicules de l'acheteur, se mettant à tirer.

Smith s'abrita derrière la cabine du pickup. Il tira dans les vitres relevées puis continua à faire feu. Un des hommes en face se retrouva projeté contre le 4×4 par une balle dans la poitrine, mais il se releva en riant et tituba en avant, sa veste lui glissant des épaules, révélant en dessous un gilet pare-balles. Un autre coup de feu partit du côté d'Awan et toucha l'homme en pleine tête, marbrant de rouge la vitre du 4×4 derrière lui.

Les trois quarts des hommes d'Awan avaient eu le temps de se jeter derrière les véhicules dès les premiers tirs, les trois autres gisaient en sang sur le sable entre les deux lignes de voitures. Très vite, tous les conducteurs qui n'avaient pas eu l'idée de baisser leurs vitres les virent exploser, puis les hommes posèrent leurs fusils contre les plateaux des pickups avant d'arroser le métal face à eux d'une ligne de trous à hauteur de poitrine. Alors ils s'installèrent, accroupis, les bras dressés en l'air pour faire feu sans passer la tête et sans rien y voir, tirant aveuglément sur les véhicules en face.

L'homme à côté de Smith commença à se relever pour viser avant de replonger dès qu'une balle le frôlait d'un peu trop près, puis de plus en plus excité il se pencha en avant et jura : « Ces putains de Cordova je vais tous les buter ces connards, je leur boufferai les tripes au petit déj' », et d'un bruit qui résonna comme un coup de poing il s'effondra d'une balle dans le front, Smith s'écarta brusquement du crâne éclaté, se jetant alors en pleine ligne de tir, la fille apparut aussitôt à ses côtés, le plaquant au sol d'une main tendue.

Elle s'accroupit derrière la roue avant, armée d'un AK-47 et, pendant qu'elle se déportait de sa planque pour tirer, il rampa jusqu'à la roue arrière pour faire de même et posa son fusil contre le plateau du pickup. Une bouteille avec un torchon enflammé vola dans leur direction et incendia une des jeeps, mais les hommes qui avaient trouvé refuge derrière étaient déjà à terre, des entrailles sortant de leurs blessures.

Smith tenta un regard par-dessus le plateau et vit des hommes de Cordova accroupis autour des cartons, essayant de les traîner jusqu'à leurs voitures. Smith tira et en envoya un sur le dos, le tuant probablement avant d'ouvrir à nouveau le feu sur un autre qui venait droit sur eux en titubant, blessé à la tête mais l'arme toujours levée, et le type s'effondra.

Un des hommes d'Awan s'élança vers un carton de billets et, lorsqu'il s'accroupit pour le soulever, fut touché à l'épaule avant de s'affaler dessus, le bas-ventre reposant contre le carton plein d'argent. Il respirait encore, frissonnant un peu. Un des Cordova brava alors la fusillade et réussit à s'approcher de lui pour l'attraper par les cheveux et l'abattre d'une balle. Le Cordova repoussa le corps, laissant une flaque rouge sur le carton qui imprégnerait le papier couche après couche avant que ce qui n'aurait pas été bu par les liasses de billets atteigne le sable et s'y dissolve.

Smith avait oublié que le pickup en tête de file brûlait encore et que les flammes se propageaient, puis un homme en feu passa, hurlant et titubant devant eux avant de s'écrouler, un tir de Matthew l'avait cloué au sol, Matthew qui fit alors volte-face et se remit à tirer sur les autres sans ôter un instant son doigt de la gâchette.

Ceux d'en face étaient tombés en nombre mais les balles absorbées par les véhicules continuaient à ralentir le massacre et Awan courait derrière les neuf hommes encore avec lui, leur ordonnant de tirer et de se cacher derrière les châssis et les blocs-moteurs et de ne pas prendre le risque de rapporter un des cartons de billets car les boîtes étaient certainement à double-fond.

Ils n'avaient qu'une petite allée entre leur barricade et le mur de pierre derrière eux, un espace jonché de cartouches et de verre brisé, la paroi rocheuse devenue une toile pour le sang et les organes qui s'y retrouvaient projetés, et un homme, presque entier, y était adossé.

Smith se releva, aperçut au moins une douzaine de Cordova encore debout et se rabaissa aussitôt pour recharger, quand il se redressa à nouveau une balle arracha une pièce métallique du toit du pickup qui vint le frapper en plein sternum et le projeta en arrière.

Il resta pantelant un moment, le visage collé contre la mesa où le choc l'avait envoyé, se passant la langue sur le sang qui lui coulait dans la bouche comme un sirop. Il tourna les yeux sans bouger, remarquant dans la paroi de grès un fossile trilobite que l'impact d'une balle avait fendu en deux à quelques centimètres de son visage. Une chose qui avait voyagé trois cent millions d'années et autant de kilomètres dans la poussière, sous les mers et sur la terre pour terminer brisée par la balle perdue de l'homme de main d'un cartel. Quelle façon merdique de mourir, même pour un insecte préhistorique. L'espace d'un instant son audition se troubla avant de redevenir limpide lorsqu'une voix sortit de l'obscurité.

« Relève-toi putain. »

Guillermo l'attrapa par la chemise et l'envoya à l'abri derrière le pickup.

Un autre de leurs gars avait tenté une percée vers l'argent et se retrouva entre deux membres des Cordova qui le saisirent et seul l'un d'eux avait encore une arme, alors l'homme envoya son coude en arrière, brisant un nez, et d'un coup de poing tenta de faire tomber l'arme de l'autre mais les deux hommes réussirent à l'envoyer au sol et en un tourbillon de poussière tout fut fini.

Leurs rangs s'étaient clairsemés, ils avaient des types postés derrière chaque véhicule à l'exception de celui en feu, ce qui faisait sept hommes pour trois pickups. La fille sortit en courant de derrière le pneu où elle s'était cachée et traversa l'espace à découvert entre deux pare-chocs pour arriver jusqu'à Awan.

« C'est quoi ton plan ! » hurla-t-elle, clairement audible de tous même si rien ne pouvait dominer le vacarme de la fusillade.

« Les repousser ! » C'était le bruit douloureux d'un homme qui n'avait jamais encore levé la voix sur l'un d'entre eux.

Les pneus arrière du pickup derrière lequel ils s'étaient accroupis furent touchés et le véhicule s'affaissa de vingt centimètres dans un soupir confus. Elle était appuyée sur un genou, le fusil posé sur l'autre, en train de recharger.

« Ils sont trop nombreux ! C'est impossible !

— Pas le choix ! C'est notre seule chance ! »

Smith, toujours accroupi, les regarda et elle tourna la tête pour scruter les véhicules, ils en avaient trois qui ne brûlaient pas encore mais aucun de leurs moteurs n'avait été épargné par les balles.

« T'y arriveras jamais, Awan ! Faut s'enfuir… »

Ses mots furent stoppés net par une balle qui fila entre leurs têtes et ils plongèrent tous les deux à couvert avant de se redresser.

« Je ne fuirai pas. »

Le vieil homme l'avait dit entre deux souffles mais ils l'entendirent tous, et à ces mots Matthew cria et se dressa au-dessus du plateau du pickup, ouvrant le feu sur les hommes qui s'avançaient pour récupérer les sacs de pilules. Il en abattit trois avant de se jeter à nouveau à couvert alors que des balles venaient perforer la cabine de son pickup. Ils jouaient désormais presque à égalité, même si Awan et ses hommes étaient arrivés moins nombreux.

Un des gars avait laissé sa jambe à découvert et poussa un cri quand une balle le toucha à la cheville. Un Cordova s'était allongé sur le ventre et tirait maintenant entre les roues.

La fille l'aperçut, se retourna, et fit ce qu'aucun d'entre eux n'aurait osé faire. Elle attrapa Awan par les épaules.

« Tu pourras pas les battre ! Faut s'enfuir ! »

Impossible de savoir si par ce geste elle avait voulu le forcer ou le supplier. Mais Awan fit voler son bras et la frappa au visage.

Guillermo et Matthew s'étaient figés à leurs postes, les yeux rivés sur la fille plutôt que sur la fusillade.

Elle avait le regard fixe, refusant de lever une main vers sa joue désormais brûlante, et ils virent sa peau prendre une teinte cramoisie dans l'air poussiéreux. Awan parla avant qu'elle en ait le temps.

« Je… ne… fuirai… pas. »

Ses mains retombèrent sur son fusil et elle se pencha par-dessus lui pour faire feu sur le Cordova qui ciblait leur planque, puis elle s'accroupit à nouveau et le regarda dans les yeux.

Smith vit le visage de la fille se déformer sous une fureur absolue, une folie abandonnant toute raison pour n'embrasser que la haine, et puis elle s'élança en courant le long de leur barricade, tête baissée sous la fusillade, et elle s'enfuit sous l'arche rocheuse par laquelle ils étaient arrivés, disparaissant dans le vacarme des balles qui pénétraient la pierre et les craquements des moteurs en feu.

« Tu m'aimes ? »

Des mèches de cheveux blonds lui balayaient les yeux dans le champ, et il lui tendit une hache.

« Et toi, tu m'aimes ? » répondit-il.

Elle rit.

« C'est quelque chose que je n'ai encore jamais dit à personne. Mais si t'es moi et que je suis toi, c'est pas un peu pareil ? »

C'était le printemps mais elle ne portait pas de manteau, lui avait encore ses deux yeux.

« Et puis pourquoi on fait ça ? dit-elle. Un feu en plein milieu de la journée, sans raison.

— C'est dimanche. »

Le vieux tas de bûches grises reposait contre l'énorme souche plate du chêne qui les avait produites. Wyatt en fit rouler une du haut de la pile et la débita à la hache jusqu'à la réduire en miettes.

« Y'a pas de jour du Seigneur pour les fermiers », dit-elle en se levant.

Du talon il creusa un cercle d'herbe à la surface de la terre. Puis il ramassa les morceaux de bois brisé, en fit un tipi et bourra à l'intérieur l'herbe qu'il venait d'arracher. Il l'alluma, elle s'agenouilla alors de l'autre côté et souffla dessus jusqu'à ce que les flammes prennent.

« J'avais du bois en trop à brûler », dit-il.

Il fit rouler deux autres bûches du haut de la pile et en envoya une vers elle.

« Du bois en trop, alors on doit le brûler. J'aime bien. »

La lumière des flammes s'étalait sur son front comme peinte par le vent.

Ils brandirent leurs haches à l'unisson. Cognèrent, fendirent, poussèrent sur le côté. Puis il fit rouler de nouvelles bûches de la pile.

« Pourquoi ? » demanda-t-il.

Cogner, fendre, pousser sur le côté.

« Tu peux pas me demander ça, Wyatt. Ça voudrait dire qu'on partage pas les mêmes pensées et que tu le sais pas déjà. »

Elle cogna et sa hache resta coincée. Puis elle réussit à l'arracher de l'écorce et cogna à nouveau avec succès cette fois, mais elle avait déjà pris du retard. Wyatt s'arrêta un instant pour lancer quelques morceaux de bûches dans les flammes grandissantes.

« Tu te demandes jamais *pourquoi* à propos de rien ? » dit-il.

Il continua à cogner. Elle prenait du retard, ça ne lui était encore jamais arrivé. La deuxième fois qu'il s'arrêta pour nourrir le feu il leva les yeux vers elle.

Elle tenait mollement sa hache, les yeux tournés vers la surface du ciel noyé de nuages, ses cheveux flottant autour de son visage comme sous l'eau. Elle se plia de nouveau et leva sa hache.

Le foyer n'était pas délimité mais, du bout de sa botte, il creusa une tranchée étroite tout autour alors que le feu grandissait. La brise froide venait claquer contre les flammes.

« Si, bien sûr. Tu te dis jamais que… »

Elle cogna encore une fois sans réussir à fendre sa bûche.

« J'y arrive pas… je sais pas pourquoi, j'y arrive pas. » Ils avaient quinze ans et portaient encore les mêmes vêtements. Elle regarda ses bras puis ceux de Wyatt, serrés sous le tissu de sa chemise, et dans ses yeux il vit alors qu'elle comprenait enfin que jamais les siens ne ressembleraient à cela.

« Arrête », ordonna-t-il.

Elle secoua la tête.

« Dis-moi ce que tu veux », dit-il.

Il tendit la main vers elle et elle leva encore une fois sa hache, toujours sans réussir à fendre sa bûche. Alors, dans un soupir qui se transforma en grognement, elle l'envoya rouler d'un coup de pied dans le feu. La bûche atterrit en équilibre sur le petit bois, étouffant les flammes.

« Un feu sans raison en pleine journée et par temps froid », dit-elle.

Elle se tourna vers la fumée et s'assit sur la bûche, du noir s'élevait dans l'air devant son visage. L'odeur de la fumée masquait grossièrement la sienne et c'est comme si tout à coup elle n'était plus là. Il tira une autre bûche et s'assit dans cette absence d'odeur, disparaissant en elle. Et, les flammes désormais mortes, ils envoyèrent des coups de pied dans les braises agonisantes.

Smith lança un dernier regard à Guillermo et Matthew qui continuaient à faire feu à ses côtés. Lui ne pouvait plus. Plus la force. Alors il se retourna et s'élança à son tour vers l'arche rocheuse et l'un d'eux lui cria quelque chose, mais il ne l'entendit pas. Il fut accueilli de l'autre côté de l'arche par le canon du fusil de la fille, il leva les mains en l'air et une fois qu'elle l'eut reconnu elle le tira contre la paroi de la mesa qui flanquait l'arche.

Il lui restait encore un chargeur presque plein et elle coinça son fusil contre sa hanche pour vérifier celui de Wyatt. Quatre cartouches. Elle lui fourra à nouveau l'arme entre les mains en disant : « Cette merde te servira à rien. »

Ils étaient plaqués contre la paroi de la mesa quand un homme des Cordova passa sous l'arche, elle ouvrit le feu de là où elle se tenait et il s'affala, six balles dans la poitrine.

Un autre homme le suivit et passa sous l'arche par le flanc, la fille ne l'avait pas vu venir mais Smith se jeta en avant et l'expédia à terre de deux balles dans la tête, s'émerveillant un instant de la stabilité de sa main pendant le tir. Ce dernier affrontement les avait désormais rapprochés de l'arche et de la fusillade et sans même reprendre sa respiration elle continua à crier un torrent de mots.

« Ces idiots vont se faire tuer, ils sont coincés avec ce mur juste derrière eux et si les autres viennent les prendre en étau ils n'auront plus qu'à tirer sur nos gars et là on pourra dire adieu à toute cette bande d'incapables, j'ai essayé de lui dire putain j'ai essayé de lui dire ! »

Elle s'éloigna de la fusillade en courant, Smith s'élança derrière elle et face à eux l'horizon s'étalait jaune et lourd au nord. Elle bondit par-dessus les broussailles et les pierres, une main en boule appuyée contre le ventre, l'autre tenant le fusil, sans même s'arrêter quand elle frôla un cactus, continuant sa course, son mollet nu criblé d'épines.

Plusieurs minutes et un kilomètre plus tard elle s'arrêta et laissa tomber son fusil à ses pieds, elle appuya ses mains sur ses cuisses et cria : « Merde ! »

Smith crut qu'il s'agissait des épines de cactus mais elle les arracha avant de se retourner, d'attraper son fusil et de repartir en courant vers la fusillade.

Il la suivit, et réussit à la rattraper, et alors qu'ils atteignaient l'arche il s'arrêta net.

C'était Awan. Il s'avançait en titubant sous la formation rocheuse, le bras levé, un trou saignant dans la cuisse, son pistolet dans une main et la bouche ouverte s'apprêtant à crier quelque chose. De l'autre côté de l'arche un bras apparut et lui plongea une hache en travers du crâne. Il tomba à genoux puis s'effondra, visage contre terre, et son sang se répandit, translucide sur la lame d'acier.

La fille passa devant Smith et s'élança vers le vieil homme, elle se passa le fusil en bandoulière et bondit par-dessus un rocher avant de s'accroupir, elle lui souleva alors la tête et la posa sur son genou, et l'espace d'un court instant son geste sembla comme empreint d'affection, avant qu'elle appuie son coude contre la tempe d'Awan et arrache la hache de son crâne, saisissant au passage le pistolet dans sa main. Elle se jeta en arrière contre le pilier opposé de l'arche et tira sur l'homme caché derrière. Il s'affala sur le corps d'Awan, une balle dans la joue, ses dents blanches brisées en motifs symétriques autour de la blessure comme les ailes d'un papillon.

Elle lança le pistolet dans la poussière et le poussa du pied en direction de Smith qui s'en saisit, le TEC-9 toujours dans l'autre main. Un ruisseau de sang s'écoulait de la botte d'Awan quand il passa devant le vieil homme.

Le feu de la première jeep s'était éteint mais pas avant de se propager à l'un des pickups, un autre perdait de l'essence en continu comme un filet d'urine putride. Quinze hommes étaient encore debout à se tirer dessus derrière des véhicules qui n'étaient plus que des coques perforées. En face, un Cordova se jeta sur le ventre, fusil à la main, et abattit un homme tapi sous le 4×4 le plus proche de la fille.

L'équipe d'Awan était toujours coincée entre les voitures et la paroi rocheuse de la mesa que l'un d'eux décida d'escalader sur plus de trois mètres, tel un singe couvert de sang et de sable. Agrippé à une prise, il se retourna, son TEC-9 dans une main, et vida un chargeur sur la tête de ceux allongés en face derrière les pickups, avant d'être abattu, tombant à terre en se recroquevillant dans sa chute.

Deux Cordova avaient tenté de s'échapper l'un après l'autre au volant de leurs 4×4, mais, rattrapés dans leur fuite, ils avaient vu leurs pare-brise se teindre de grands éclats couleur d'hibiscus, le verre brisé rendu violet et iridescent par le soleil cuisant.

La fille courut se mettre à l'abri derrière un moteur et s'y accroupit, deux balles frôlèrent Smith à l'épaule et il s'élança à son tour à demi courbé derrière le pickup.

Matthew était appuyé contre le capot, son AK-47 bloqué dans la rainure du pare-brise, se baissant entre chaque tir, les yeux fous, le visage couvert de sang, de crasse et de terre sombre comme un masque sur la peau brûlée autour de ses yeux. Sa bouche un vide ouvert et infini, hurlant à la face de tout et de rien, d'une voix qui aurait pu être celle des fossiles sous leurs pieds.

Accroupi derrière lui, Guillermo l'alimentait en chargeurs qu'il sortait d'une boîte à outils. Il leva les yeux quand Smith et la fille les rejoignirent et hurla par-dessus le vacarme :

« Où est Awan !

— Mort ! répondit la fille.

— Merde ! »

Les hommes du cartel avaient commencé à les encercler en passant devant l'arche, refermant ainsi l'espace qui séparait leurs deux lignes de front. Les gars d'Awan n'étaient plus qu'une demi-douzaine et les deux adolescents se faisaient désormais arroser de balles. Celui à l'oreille déformée, allongé au sol, attrapa la fille par les chevilles en pleurant : « C'est toi qu'as fait ça, tu savais depuis le début qu'ils viendraient te chercher… »

Un des Cordova s'approcha d'eux et Smith leva le TEC-9 et lui tira deux balles dans la poitrine, puis, à court de munitions, il jeta l'arme au sol et se saisit de celle prise à Awan. La fille dégagea de ses chevilles l'adolescent désormais mort et s'élança après le coup de feu, plongeant le tomahawk dans le front d'un autre homme, le martelant du poing pour l'enfoncer plus profond tandis que l'homme s'effondrait au sol. Et pour la seconde fois elle l'arracha d'un crâne, envoyant des giclées florales de souillure rose sur ses genoux et dans le sable.

Elle se jeta ensuite en arrière contre la portière ouverte du second pickup et souffla en s'ébrouant comme un chien pour se débarrasser du sang avant de plonger à l'intérieur. Elle ressortit avec un sac-poubelle sous le bras. Matthew hurlait toujours.

Elle lança le sac à Smith qui le serra contre sa poitrine.

« Prends-le et pars ! »

Guillermo était étendu dans la poussière, un œil retourné en arrière pour les regarder à travers le trou béant dans son crâne.

Smith se blottit contre la cabine du pickup, et elle lui cria à nouveau :

« Fuyons !

— Quoi !

— Fuyons ! Fonce ! »

Elle baissa la tête et s'élança droit sur la ligne d'hommes en approche, enfonçant au passage sa hache dans un cou, l'abandonnant là en détalant sous l'arche, Smith collé à ses talons. Elle sauta par-dessus un Awan mort et un Cordova mort et continua sa course pendant un temps incalculable, une demi-heure, une heure, peut-être deux, jusqu'à s'effondrer dans une crevasse derrière un rocher, le souffle court et nauséeux. Ils n'entendaient plus la fusillade et le silence du désert fourmillait à nouveau, leurs halètements écœurés résonnant désormais assez fort pour leur écorcher les oreilles.

Dix kilomètres en arrière, le dernier filet de sang s'échappait maintenant de la botte, miroitant comme du mercure dans l'ombre du torse de l'homme effondré sur Awan.

Le sang rouge, désormais violet et tirant vers le noir après être passé par le filtre de sa chaussette en laine et s'être mélangé à la sueur du cuir de sa chaussure, coulait en noircissant une fleur brodée sur le côté de sa botte de cow-boy. Une goutte s'y accrochait et le reste s'écoulait, coulant et coulant et formant une flaque dans le désert comme de l'encre fraîche jetée sur le sable. En se répandant et s'imprégnant ainsi, il ramollissait un sable qui n'avait pas vu d'eau depuis six mois, excitant les larves de créatures microscopiques restées jusque-là endormies dans l'attente de son retour. Ce liquide chaud, plus frais pourtant que le désert lui-même, s'infiltra en formant des pétales ou des cicatrices dans les profondeurs du sable, jusqu'à atteindre les nids remplis d'œufs de papillons de nuit et de puces de sable sous la surface, les faisant alors éclore collectivement et absorber cette eau avant qu'elle s'évapore de nouveau, aussi vite qu'elle était arrivée, les papillons mourant avant de disparaître à leur tour, un instant seulement après avoir été créés par le sang et la sueur échappés de la botte d'un vieil homme.

Un vautour grogna au-dessus d'eux, comme pour crier son manque de sa gorge sans voix. La tache sombre marquait le sable comme une brûlure, était une brûlure, car au fil du temps cette strate se retrouverait marquée par les incendies et la poudre des fusils, et une fois ces corps recouverts par le grès comme les trilobites avant eux, c'est cette odeur qu'ils dégageraient s'ils étaient un jour exhumés. Le rapace volait en cercles. Se préparant au festin.

Smith et la fille se penchèrent de part et d'autre du rocher, encore à bout de souffle, Smith les yeux toujours rivés vers le sud où l'affrontement avait eu lieu. Il n'avait jamais vu d'hommes tomber ainsi. Comme vidés en un instant de toute vitalité. Un cerf abattu poursuivait sa course sur quelques pas avant de tomber mais ces hommes s'étaient simplement affalés ; il s'était senti prendre leurs vies en appuyant sur la gâchette. Et peut-être seraient-ils morts malgré tout s'il n'avait pas été là. Car cet affrontement aurait quand même eu lieu. Et tant de balles avaient volé que peut-être les siennes n'avaient pas… mais il savait que si. Son estomac se tordit et il lâcha le sac, se pliant en deux, les mains couvrant sa bouche. La fille fut sur lui en quelques secondes, lui repoussant les épaules contre la roche.

« Ne vomis pas. Démerde-toi mais ne vomis pas. »

Il acquiesça, déglutit, inspira, et glissa au sol, dos au rocher.

« Si tu perds de l'eau ici t'es mort. Invente-toi tous les mensonges que tu veux pour que ça n'arrive pas. »

Des mensonges. Tu n'es pas un tueur et ils ne sont pas morts. Tu n'es pas un tueur. Tu n'as pas noirci ton âme tout comme tu n'as pas noirci celle de Lucy.

« Pourquoi t'y es retournée ? » Il avait du sable dans la gorge.

« Je devais d'abord en tuer d'autres. Sinon ils nous auraient traqués sans problème.

— C'est tout ? »

Elle toussa.

« Pour me débarrasser de leurs 4×4 aussi. »

Elle se retourna tout à coup. Elle venait d'apercevoir une silhouette solitaire à l'horizon, arrivant en courant par le sud, et elle se jeta contre la mesa, fusil en joue. Smith s'accroupit derrière le rocher, le sac dans une main, son pistolet armé dans l'autre, jusqu'à ce qu'ils comprennent qu'il s'agissait de Matthew.

En les voyant il prit peur et se figea un instant, les yeux écarquillés et les mains levées, il lui fallut longtemps pour comprendre qui était en face de lui, et il se laissa alors tomber dans le sable. Le sang coulait d'une entaille quelque part, lui couvrant le front de rouge, ses cheveux blonds étaient lustrés d'un mélange de rouge cardinal et de graisse noire de fusil, comme le pelage putride d'un animal mécanique.

Elle se plaça à côté de lui et le retourna sur le dos.

« Matthew. Matthew écarte-toi du soleil. T'es trop lourd pour que je te tire. »

Elle s'écarta et Smith traîna Matthew par les épaules jusqu'à ce que l'ombre du rocher lui couvre le visage, puis Smith et la fille s'installèrent dans l'ombre, tremblant comme des soldats gelés auprès d'un feu.

Matthew ne bougeait pas et elle finit par lui cracher au visage, ce qui lui fit lever la tête et ouvrir les yeux, il se passa une main sur la joue et elle revint maculée d'un mélange de sang et de salive qu'il lécha, la soif commençant déjà à se faire sentir. Puis il referma les yeux.

« Est-ce que t'étais le dernier debout ? »

Il grogna et se tourna sur le côté.

« Qu'est-ce que tu crois.

— Alors ?

— Je suis le dernier des nôtres encore debout. Ils étaient encore au moins trois, en face. »

Elle se rassit sur ses talons, il faisait trop chaud pour se mettre debout et quitter l'ombre.

« D'accord. Qu'est-ce qu'on a. Encore trois balles dans l'AK et moi j'ai un couteau et une boîte d'antibiotiques.

— Quatre balles dans le pistolet et un couteau.

— Garde ta veste sur toi, elle te servira quand la température de l'air aura dépassé celle de ton corps. J'ai pas l'impression que Matthew ait quoi que ce soit. »

Matthew marmonna sous la chaleur.

« J… un briquet et un paquet d… cigarettes. »

La fille souffla.

« Du feu, donc. »

Ils restèrent silencieux quelques instants.

Matthew se tourna pour parler, les yeux toujours fermés.

« Ils ont pris les pilules.

— Évidemment, dit-elle.

— Y'a de l'eau dans les pickups.

— Pas question d'y retourner, dit la fille.

— C'est pas ce que je dis. Juste qu'il y en a.

— Merde, dit Smith.

— Tu l'as dit, merde », dit Matthew les yeux toujours fermés, toussant, écrasant le bout de sa botte contre les rochers.

« Et la police ?

— Y'a pas de police par ici », lui répondit Matthew.

Une tourterelle triste roucoula entre les pierres au-dessus d'eux et le bruit sembla ajouter de la chaleur dans l'air.

Matthew se tourna contre la paroi et sentit sa fraîcheur, puis se hissa, les mains posées contre la pierre, et une fois redressé il ouvrit les yeux et les planta dans ceux de la fille.

« Toi ! T'as *couru* ! » Il se lança sur elle et la cogna avec force contre la roche, le fusil se déchargea dans leurs oreilles et quand le bruit les fit bondir en arrière elle jeta un genou en l'air et le frappa d'un coup à l'estomac, il tomba alors au sol et en moins d'une seconde elle tenait le canon de son fusil contre sa tête.

« J'ai couru. Et on est les seuls encore en vie. T'en conclus quoi. »

Matthew cracha du sang au sol et retroussa la lèvre.

« Si t'étais restée pour te battre…

— Morts ! Ils sont tous morts ! Accepte ta chance ou va les rejoindre. »

Il planta ses poings dans le sol et toussa encore du sang à quatre pattes, lui lançant un regard pour lui montrer qu'il considérait la deuxième option. La fille le comprit et s'accroupit devant lui, fusil en travers des genoux.

« Laisse-les donc dormir. On a du pain sur la planche maintenant. »

Devant eux le désert de l'Utah se profilait au nord, trois cents kilomètres de sable implacable et un soleil qui les piquait de ses rayons desséchants comme les queues des scorpions enfouis juste sous la surface de sa peau sableuse.

10

PAS DE LOUPS DANS L'UTAH

Ils étaient tous les trois assis à l'ombre du rocher, Smith avec une joue balafrée dont le sang se mélangeait à sa barbe, Matthew au front peint en rouge jusqu'aux sourcils, et sur le visage de la fille l'hématome qui virait maintenant au noir, se teintant au passage d'une myriade de couleurs comme pour sans cesse épouser de nouvelles significations.

Un autre vautour vola en cercles au-dessus d'eux puis renifla quelque chose ailleurs et s'éloigna.

Ils avaient tous les trois le regard fixé vers ce nord insurmontable alors que le soleil continuait sa course en rétrécissant chaque fois un peu plus leur bande d'ombre. La fille fut la première à se redresser, sortant son couteau et découpant une de ses manches pour s'en couvrir la bouche et le nez. « Pour conserver l'humidité. » Elle tendit le couteau à Smith et il fit de même avec la manche droite de sa chemise en flanelle, puis il passa le couteau à Matthew.

« J'imagine que vous savez ce qu'il nous reste à faire. » Elle prononça ces mots les yeux toujours fixés vers le nord.

Matthew acquiesça, coupa le bas de son t-shirt blanc et se noua le morceau de tissu sur le visage.

Smith retira le plastique noir du sac. Dessous se trouvait une couche de cellophane marquée d'une empreinte de main ensanglantée. Et à l'intérieur, des dizaines de milliers de pilules vert clair.

« C'est deux cent mille dollars si on arrive à sortir d'ici vivants », dit la fille.

Smith regarda les pilules un moment, cette multitude de cylindres verts comme les fragments de ce qu'avait été la serre, une respiration tremblante et fiévreuse au milieu du désert, puis il les recouvrit à nouveau du plastique noir.

Le soleil avait bougé et la falaise à côté d'eux ne renvoyait désormais plus aucune ombre, s'étendant au nord sur encore deux kilomètres, et aucune chance d'en trouver d'ici là. La fille déglutit, le son guttural d'une gorge sèche, et Matthew avait déjà assez sué sous le tissu noué sur son visage pour que l'humidité traverse le coton taché.

Elle se leva et ils la suivirent, commençant ainsi leur traversée vacillante sous le soleil de midi, l'adrénaline de la fusillade s'estompant déjà pour devenir un poids mort.

Elle portait le fusil en bandoulière et Smith tenait le sac, son pistolet à la main appuyé contre le plastique noir. Une arme arrachée aux doigts d'un Awan mort qui l'avait embauché pour le protéger, et avec laquelle il avait encore tué, mais non tu n'étais pas un tueur mais si bien sûr que tu en es un désormais, et la seule raison pour laquelle le sang n'est pas sur tes mains ne serait-elle pas qu'il est en train de couler sur celles de Lucy ? Elle qui se tenait là-bas dans le champ du bétail, ses cheveux blonds tombant sur ses épaules auxquelles les tiennes avaient un jour ressemblé, elle qui se tenait là et qui regardait ses mains en se demandant pourquoi et en se demandant comment car tu n'en es pas un, tu n'en es pas un…

La fille marcha devant eux et Matthew emboîta le pas à Smith.

« Tu sais où on est bordel ?
— Nan putain. Tu sais où on est toi ?
— Nan. »

Dans ces bois habitaient des créatures bien plus grandes qu'un élan et qu'il fallait deux hommes pour chasser. À dix-sept ans son père voyait déjà en Wyatt un homme en mesure de l'accompagner. Il s'était entraîné toute la semaine sur des cibles arrimées à des bottes de paille, vidant le fusil à pompe puis passant au couteau pour le combat rapproché. Et quand arriva enfin le jour de leur départ, ils sellèrent quatre chevaux, deux pour eux et deux pour le matériel.

Ce matin-là les arbres étaient bleus et lourds sous des nuages chargés d'une neige invisible, ils prévoyaient d'atteindre le pied des montagnes au coucher du soleil. Lucy les accompagna jusqu'à la lisière du champ où Wyatt était certain qu'elle dirait alors « au diable le bétail » et se joindrait à eux, au lieu de quoi elle fit demi-tour à l'orée des bois, les sabots de son cheval foulant à peine le tapis de feuilles mortes, faisant craquer la couche de givre dans un bruit de porcelaine brisée, et elle murmura au père une phrase rassurante à propos des bêtes avant de mener son animal vers le chemin par lequel ils étaient arrivés. Elle l'arrêta quelques mètres après les bois, alors qu'ils s'avançaient entre les arbres avec leurs montures et leurs bêtes de charge. Wyatt la regarda jusqu'à ce qu'elle disparaisse, le souffle de son cheval dans le ciel froid formant une colonne de fumée qui s'élevait en obscurcissant son visage.

Ils ne pouvaient pas espérer faire plus de quinze kilomètres ce jour-là, à travers les broussailles marécageuses, et puis moins encore lorsque la neige se mit à tomber. Quelque part dans les bois s'étendait la ligne invisible qui délimitait le ranch. Aucun marquage physique, mais cela importait peu car il n'y avait au-delà que la nature sauvage sur des kilomètres et des kilomètres encore jamais parcourus par l'homme. Mais Wyatt avait toujours cette sensation de traversée, de passer de cette terre qui était la leur à une autre, une terre nouvelle, et savoir qu'il était le premier à poser les yeux sur elle lui donnait l'impression qu'ils avaient quitté la surface du monde et s'avançaient sur sa face cachée, maintenus à l'envers par un étrange jeu de gravité. En chemin il se demanda si cette partie des bois lui était encore familière et par moments elle le lui sembla, mais à certains tournants ou lorsque certaines branches humides et couvertes de neige lui glissaient sur le visage il n'en était plus aussi sûr. Et au bout d'une heure, après avoir parcouru cinq kilomètres, bien plus que la propriété elle-même, il fut certain qu'ils avaient enfin mis pied dans l'inconnu.

Les montagnes étiraient déjà leurs ombres au-dessus d'eux quand ils décidèrent de s'arrêter pour monter le camp, tard dans l'après-midi.

La neige tombait plus dru à présent, et le feu protestait et crachait ses cendres quand les flocons se posaient sur lui. Ils n'avaient pas apporté de paille pour les chevaux mais les flammes réchauffaient les feuilles endormies sur le sol, faisant ruisseler le givre qui les recouvraient, et l'espace d'un instant elles semblaient à nouveau vertes et vivantes, comme au printemps, avant d'être enfin consommées par le quatuor d'écumantes bouches équines.

Ils auraient pu tirer une bâche pour couvrir leurs couchages et leurs selles mais le feu l'aurait fait fondre alors ils s'assirent à l'air libre, les jambes croisées, de part et d'autre du feu. Le père découpait des cubes de sucre brun avec son couteau, parce que c'était l'appât qu'on utilisait pour la chasse à l'ours.

« Tu comprends pourquoi c'est différent, Wyatt ? demanda le père une fois qu'il eut découpé et déposé des morceaux de sucre grands comme la paume, assez loin du feu pour qu'ils ne fondent pas mais assez près pour les empêcher de geler.

« Ceux-là, nous ne les tuons pas par nécessité. On mangera la viande mais elle ne sera pas aussi bonne que si nous avions simplement tué un bœuf. Il y a du sport dans ce que nous allons faire.

« Certains hommes trouvent des excuses… comme la menace diffuse qu'ils puissent descendre de la montagne pour tuer leurs chevaux. Mais un homme devrait avoir plus confiance que ça en ses chevaux. »

Le père essuya le sucre de la lame du couteau sur son pantalon et continua.

« Ce n'est pas grave de le faire de temps en temps. Sa mort ne sera pas gâchée. Il faut simplement savoir l'assumer, c'est tout. »

Ils avaient de la viande séchée dans leurs bardages et ils la sortirent, la tenant entre leurs mains gantées devant le feu pour la réchauffer. La neige continuait à tomber et les deux hommes en glissèrent sous leurs couvertures pour s'en faire un coussin, les chevaux baissèrent la tête sous la couche stagnante de fumée, puis hommes et animaux s'endormirent à l'unisson.

Le père s'était levé avant l'aube, il avait pris un seul cheval. Wyatt était en train d'éteindre le feu quand il revint et lança un paquet à son fils. Wyatt l'attrapa et regarda entre ses mains.

Un écureuil, tué au couteau. Le père n'aurait pas utilisé son fusil aussi près de leur cible, mais il était un des rares hommes en ce monde à pouvoir ramener le petit déjeuner sans en avoir besoin.

Wyatt raviva le feu et ils mangèrent avant de plier leur campement pour le protéger des éléments, le laissant là, puis ils poursuivirent leur avancée dans la montagne. Le père était allé poser les blocs de sucre ce matin-là.

Il y a trois façons de chasser l'ours : à l'appât, à l'appeau et au chien. Mais le père ne voulait pas risquer les chiens.

Il avait passé la matinée entière à guetter et avait trouvé des traces, puis des pistes. Ils allaient monter avec les quatre chevaux puis les laisser avant d'atteindre les appâts pour continuer à traquer l'ours à pied.

Ils chevauchaient au milieu des rochers, le sol s'élevant en une pente abrupte vers les cimes. Le temps d'une courte pause ils purent apercevoir le ranch en contrebas, les champs cultivés s'étirant comme des bandes décolorées cousues à même la terre. Ce qui frappa le plus Wyatt furent les filaments de fumée qui s'échappaient de la cheminée de la maison… il n'avait pas encore une seule fois pensé à Lucy. Il n'avait ressenti aucune séparation car elle aurait tout aussi bien pu être là avec eux. Elle était dans le sol sous ses pieds autant qu'elle était dans son corps à elle, alors même que les sentiments entrelacés qui les connectaient l'un à l'autre sous la terre s'étiraient et s'étendaient, comme une amibe, dans chaque nouvel endroit où ils allaient, chaque endroit où ils retournaient, recouvrant tout ce qui les séparait d'une fine couche d'eux-mêmes.

« En le voyant de si haut on se demande comment on peut avoir le moindre contrôle sur tout ça, dit le père en se retournant face à la montagne pour continuer leur ascension.

« L'équilibre est fragile entre les choses qui te sont données et ce que tu arrives à créer avec, dit l'homme qui avait élevé ses enfants seul.

« Ce lieu prélève une taxe sur nos êtres. Lorsque tu l'utilises, il t'utilise en retour. Lentement, morceau par morceau. Il ne faut pas te laisser surprendre. » Le *tu* s'adressait à la fois à Wyatt et à Lucy, le père n'avait aucune raison de les différencier et n'utilisait plus que rarement leur nom à chacun.

Les chevaux glissaient sur les rochers et les deux hommes se levèrent sur leurs selles pour placer le poids de leurs corps en avant de leurs montures.

« Si tu sais prendre soin de ce lieu alors tu ne connaîtras presque jamais le manque, et ne manquer de rien est la plus belle chose qui soit au monde. »

À cinq cents mètres de l'endroit où il avait déposé les appâts, ils attachèrent leurs chevaux avec des nœuds coulissants pour leur permettre de s'enfuir plus facilement, puis le père sortit un instrument en bois. L'appeau à ours. Ils avancèrent alors courbés dans les broussailles, leurs fusils toujours accrochés dans le dos, Wyatt emboîtant le pas à son père.

« T'as déjà appâté des faisans. Là c'est pas pareil... Il faut être plus désespéré, plus constant. C'est le cri d'un lapin mourant.

— C'est toujours un lapin.

— Ils sont nés pour jouer ce rôle. »

Le père s'arrêta derrière un promontoire et ils s'accroupirent, puis il souffla dans l'appeau. C'était un cri perçant, celui des dos brisés, des pattes prises dans les pièges et des volées de chevrotine entre les côtes. Encore et encore, le père continuait à souffler, puis enfin ils entendirent l'ours au loin, le père fit alors redoubler les cris, la plus longue agonie que Wyatt eût jamais entendue. C'étaient les cris des derniers instants. L'ours y répondait, se débattant dans les broussailles à une centaine de mètres.

« Prends-le... »

Le mouvement dans les arbres en face s'était arrêté. Wyatt referma sa main sur l'appeau.

« Il y a une ravine là-bas, il a dû se fourrer dedans... fais-le sortir, vas-y. »

Wyatt souffla une fois dans l'appeau et se recroquevilla au couinement qui en sortit.

« Vas-y ! »

Il chercha l'ours des yeux dans les buissons et souffla de nouveau, se recroquevilla, avança de quelques pas, souffla et se recroquevilla encore. L'ours déboula alors face à lui, et cette fois il n'était plus recroquevillé comme au son de l'appeau mais courait, et tandis que la neige lui cinglait le visage, que les branches nues fouettaient le vide de ses vêtements, qu'il traversait la chaleur organique du sol et le froid anesthésiant de l'air, tandis que le vent déclenchait derrière lui de minuscules orages sans but, ni origine, ni destin, ni aucune autorité pour les envoyer au sol, et le lapin mourant encore et encore et avec un Goliath rugissant dans l'ombre devant lui, il ne courait plus mais volait.

L'ours mourut sans plus d'incidents que n'en augurait sa taille et sans plus de cérémonie que n'en justifiait l'événement. Ils le parèrent sur place et dressèrent le camp pour la nuit, puis au matin ils répartirent son poids entre les quatre chevaux et ils durent monter en avant de leurs selles pour faire de la place.

À leur retour Lucy était dans le fauteuil du salon, elle avait descendu le point de croix que le père faisait d'habitude et s'était piqué les doigts dessus par manque d'habileté, du sang avait coulé. Ensemble ils sortirent le sel du garde-manger et, la peau de l'ours couvrant tout le sol de la cuisine, il leur fallut l'enjamber pendant trois mois, l'arrosant d'une poignée de sel à chaque passage, transformant cette peau de grizzly en un sablier qui marquait les allées et venues quotidiennes de la famille. Et lorsque par une nuit de printemps elle fut enfin prête, et bien qu'il fît déjà trop chaud pour ça, Wyatt et Lucy s'assirent au bord du porche, avec la peau sur la tête pour que la sueur leur coule sur le visage comme la pluie qui tombait du toit devant eux, et il lui raconta comment cela s'était passé.

« De l'ombre. Il nous faut de l'ombre », marmonnait Matthew, presque inintelligible, mais la fille lui répondit.

« Tu m'étonnes. Ferme la bouche avant que ta salive s'évapore. »

Sous le soleil du mois d'août la chaleur avait depuis longtemps dépassé les trente degrés. Aucun bruit hormis leurs pas amplifiés par le silence en un terrible fracas de bottes s'enfonçant dans les grains de sable couleur de blé. Ils scrutaient la moindre faille dans la mesa et après une demi-heure d'une pénible avancée ils aperçurent enfin l'extrémité nord, la fille fit deux pas comme un début de course puis s'arrêta aussitôt et retourna à sa marche lente et accablée pour conserver son énergie. La sueur coulait sur le noir de son front et couvrait de gris le reste de son visage.

Le soleil encore au zénith éradiquait presque toutes les ombres alentour, à l'exception d'un petit affleurement sur la façade nord du plateau, ils se serrèrent alors tous les trois dans le fin cercle d'ombre ainsi créé.

« Attendons ici jusqu'à la nuit », dit la fille.

Ils s'allongèrent ensemble, sans reculer au contact les uns des autres comme ils auraient pu le faire s'ils avaient été tout à fait lucides, et le plateau qui s'élevait au-dessus d'eux, plat et imposant, leur offrit son ombre comme malgré lui.

Smith ramena ses genoux contre sa poitrine et il eut trop chaud, il étira alors ses jambes et la lumière vint les frapper comme une brûlure, le forçant à les replier de nouveau. Ainsi écrasés par ce ciel de plomb, il lui sembla que les choses ne pouvaient que s'apaiser à présent, mais savait au fond qu'il n'en serait rien car, sans eau, ses pensées revenaient sans cesse à ce désert dans lequel ils étaient perdus. Et puis dans son esprit ses mains s'étaient posées sur ses épaules et sa jumelle était alors avec lui et, en inspirant profondément sous son morceau de chemise déchirée, il inspira toute son insouciance.

La nuit tomba de longues heures plus tard. Il croyait avoir dormi puis lui revinrent les souvenirs de réveils, les yeux délavés de blanc par le soleil, et de s'être retourné dans le sable pour chercher le sommeil, et il ne savait plus s'il avait réellement dormi.

Leur petit groupe de trois avait bougé centimètre par centimètre pour rester dans l'ombre et ils attendirent la fin du crépuscule pour se relever. Soit pour éviter même le moindre rayon de lumière, soit parce qu'il leur fallut tout ce temps pour se débarrasser de la torpeur de la journée.

Une fois les étoiles visibles ils se remirent à marcher.

« Où est la route ? demanda Matthew.

— Tout droit à l'ouest mais ce n'est qu'un simple chemin de terre sur encore trente kilomètres. Pas sûr qu'on puisse retomber dessus, et si on la dépasse on est bon pour huit cents kilomètres de désert.

— Et la serre ?

— Plein nord. C'est là où on va. »

Trois silhouettes fantomatiques en file indienne, noires dans l'obscurité mais la peau encore rougie là où le soleil les avait brûlés. Ils continuèrent dans la vallée et poussèrent leurs bottes à travers buissons et cactus, Smith portant le sac, Matthew le pistolet, qu'il tenait prêt contre sa poitrine, par simple habitude, ou parce qu'il aurait préféré jouer sa survie contre un homme plutôt que dans ce face-à-face perdu d'avance avec la nature.

Ils marchaient depuis une heure déjà quand la fille s'adressa à Smith.

« T'es en train de compter, pas vrai ?

— Quoi ?

— T'es en train de compter les hommes que t'as tués. »

Ils avançaient par automatisme, comme sur le dos de créatures invisibles. Des cow-boys revenant de guerre sur des montures trébuchantes qui n'étaient rien que leurs propres cuisses.

« Ouais. Pour voir l'effet que me fait le chiffre.

— Combien ?

— Trois sûr, peut-être un quatrième. Je sais pas.

— Trois c'est assez pour un jour. Laisse le quatrième où il est. »

Il ne répondit rien.

« Tu sais, le premier est le seul qui ne s'efface jamais. Comme le premier animal que tu as tué. Mais les autres disparaissent. Je parie que les visages de ceux que tu as tués aujourd'hui se sont déjà effacés. »

Le premier animal, le merle noir qu'il avait tué d'une cartouche de Ruger là-bas avec Lucy, et le trou dans sa poitrine qui s'était reflété dans l'œil de l'homme cloué au sol par la moto, lorsqu'il avait fallu appuyer sur la gâchette. Et puis le père, quand avait-il été tué et qui des deux l'avait tué, il ne s'en souvenait déjà plus. Et enfin les visages de ceux d'aujourd'hui : celui qui avait levé le bras pour se protéger la tête en tombant à genoux et révélé un visage couvert de sang quand il l'avait rabaissé, et un autre qui avait hurlé face au ciel, sa bouche grande ouverte comme un sourire. Ceux-là finiraient un jour par être oubliés. Il ne savait pas s'il avait oublié le visage du père ou bien s'il reconnaissait déjà ses traits dans chacun des hommes qu'il avait tués.

Il serra le sac de drogue contre sa poitrine et continua sa marche.

« Ils risquent pas d'essayer de nous rattraper ? Ils ont dû entendre le coup de feu.

— Aucun risque, répondit la fille. Ils savent que nous serons morts avant le prochain coucher du soleil. »

Matthew craqua et hurla « putain ! » dans ses poings mais le mot se perdit dans le vent sans produire aucun écho.

Ils regardèrent le ciel s'assombrir et les étoiles s'allumer dans les airs comme si une main avait remué une eau chargée d'algues luminescentes, formant des vagues de lumière dans un océan qu'aucun des trois n'avait jamais vu.

Minuit approchait mais ils ne s'étaient pas encore arrêtés pour se reposer et leur chemin s'étirait face à eux, ne déviant leurs traces que lorsque des mesas bloquaient leur avancée, et la seule direction encore gravée dans leurs cerveaux n'était même pas *au nord* mais *loin.* La fille avait toujours pour démarche cet étrange mouvement qui partait des pieds avant que le poids du corps ne suive, et si l'ombre des hommes progressait à un rythme constant, la sienne semblait plutôt rôder comme une bête à l'estomac entaillé d'une bouche lubrique.

Un troupeau de nuages s'approcha bientôt et le sol se couvrit de taches d'un noir toujours plus sombre, certaines larges comme des montagnes. Encore une heure vers le nord et Matthew s'arrêta.

« J'ai entendu un truc.

— C'est rien du tout, t'as les oreilles qui hallucinent.

— Non, j'ai entendu un truc. »

La fille s'était arrêtée, elle penchait la tête et l'obscurité qui lui couvrait le visage ne laissait plus voir que ses yeux, deux insectes dorés traversant des débris d'ardoise charbonneuse et de tôles abîmées, une bâche luisante et souillée.

Ils entendirent quelque chose trotter à l'ouest, puis le bruit s'arrêta à son tour.

« Merde… »

La fille se retourna aussitôt, plaquant son dos contre eux, ils chancelèrent puis comprirent, et se placèrent alors en triangle, épaule contre épaule.

« Des loups, dit Matthew.

— Y'a pas de loups dans l'Utah, dit Smith.

— Des coyotes, répondit la fille.

— Ils chassent le jour.

— Pas quand les proies sont aussi faciles que ça. »

Plus besoin de rester silencieux si les créatures les savaient déjà là. Les nuages étaient épais et les empêchaient de voir.

Les trottements reprirent puis semblèrent redoubler, ils comprirent alors qu'il y en avait trois.

« Ne brûlez pas vos cartouches, dit-elle.

— Mais…

— Ne brûlez pas vos cartouches. »

Ils attendirent un long moment, leurs épaules se touchant à chaque inspiration commune. Et puis rien. Sans un mot la fille s'écarta de leur formation et ils continuèrent.

Ils progressèrent vite, marchant en file, une seule série de pas. Passant et sortant de sous les nuages, suivis par un convoi d'ombres qui s'éclipsaient parfois dans le noir pour réapparaître en les suivant sous le ciel du désert percé d'étoiles.

Smith marchait au milieu, un lézard traversa devant son pied et les suivit sur quelques mètres, traçant une ligne avec sa queue dans le sable, des petites empreintes de part et d'autre, comme une ancienne cicatrice là où le monde avait autrefois été recousu. Ils traversèrent une autre zone sombre et il s'enfuit dans la nuit pour marquer de ses pas l'immensité de la plaine. Et puis, à l'avant, la fille hurla.

Ce n'était pas un bruit de peur ou de surprise mais de colère, et en quelques secondes ils furent à ses côtés mais le bruit fut suivi d'un grognement et les deux résonnèrent sans que Smith pût dire lequel venait de la fille et lequel de la bête, car le temps qu'ils arrivent elle était déjà tombée au sol. Elle avait un genou sur la gorge de l'animal, l'autre passé derrière, martelant la crosse de son fusil contre son crâne jusqu'à ce qu'il cesse de bouger. Elle se laissa alors retomber en arrière dans le sable, les jambes toujours enroulées autour de la tête du coyote, tenant son bras contre sa poitrine, tremblante. Ils la regardèrent et elle secoua la tête.

« Il y en a sûrement d'autres. Laissez-moi une minute et montez la garde. »

Elle garda le bras serré et frissonna deux fois encore avant de s'arrêter et de lever son regard vers le ciel, laissant la faible lumière plonger dans ses yeux jusqu'à leur redonner leur couleur. Un demi-cercle net lui trouait l'avant-bras, deux trous plus sombres que les autres là où les canines avaient percé, et il savait que la blessure était reproduite à l'identique à l'intérieur de son bras. Elle le tenait collé contre sa poitrine. Enfin elle se redressa et suça le sang qui lui coulait sur la peau, puis fit de même de l'autre côté et roula finalement son bras dans le sable. Elle se leva en s'appuyant sur sa main valide pour garder l'équilibre et se passa le fusil dans le dos avant de s'accroupir encore une fois pour basculer le coyote autour de son cou.

Une chose affamée, sa fourrure de la couleur du paysage, la peau tendue là où ses côtes affleuraient, et les hanches saillantes comme pour imiter les roches du désert. Il ne devait pas peser plus de dix kilos. Il se drapa facilement sur ses épaules, et le sang de son crâne lui coula alors le long de la taille, puis sur ses vêtements, et tout ce que Smith pouvait en apercevoir était le filet qui lui descendait sur le mollet droit.

« Continuez. Il y en a d'autres. »

Et le bruit des trottements résonna comme le grattement de plumes inscrivant leurs péchés sur un papier fait de sable.

« Mais continuer jusqu'à quoi », commença Matthew, conscient d'être celui qui avait perdu le plus de sang et qui en était aussi le plus couvert, avec dans le fond de la voix la culpabilité de les avoir attirés ici avec son odeur. Ils marchaient depuis une demi-heure.

« Jusqu'à ce qu'ils reniflent leur propre sang et s'en aillent. Après on pourra boire.

— Ouais, si sa tête s'est pas vidée d'ici là. »

Elle ne répondit rien et de la main releva le crâne du coyote. Tous savaient que s'il l'avait attaquée elle, c'est parce qu'elle était la plus petite.

Un quart d'heure plus tard les trottinements semblaient avoir ralenti mais ne les avaient pas quittés, ils les suivaient comme empreints d'une vague curiosité, quelque chose de maigre et d'affamé, bien conscients qu'il n'y avait rien pour eux de plus utile à faire. Quand les deux hommes et la fille passèrent une crête de sable au pied de la mesa ils aperçurent les deux coyotes au clair de lune à dix mètres de là, craintifs, ils se tournaient autour en gardant leurs distances du groupe qui s'était arrêté.

« Ils veulent le mort, dit la fille. Pour le manger. »

Quand ils descendirent la colline la fille poussa un cri pour les effrayer. Le bruit discordant jaillit dans le désert et y rebondit avec un désespoir chargé d'agressivité qui semblait autant venir des parois des mesas que de sa voix à elle. Un des coyotes aboya en retour puis la paire s'éloigna un peu, mais continua de les suivre, leurs épaules s'entrechoquant alors qu'ils avançaient en trottinant sur le sable.

Finalement ils arrivèrent à une autre arche de roche rouge et la fille annonça qu'ils s'arrêteraient ici.

Elle se plia en deux et détacha le canidé de son cou, serrant son avant-bras droit contre sa poitrine en s'asseyant au pied d'un des piliers de l'arche, et Smith et Matthew s'assirent en face. Ils n'avaient rien pour faire du feu. La fille sortit son couteau, découpa une longueur en bas de son t-shirt et la noua sur son bras saignant, puis elle tourna le coyote mort sur le dos et lui ouvrit la poitrine de haut en bas pour le vider. Elle laissa le sac d'entrailles tomber sur le côté et ramassa le corps, elle le plia en deux sur son genou et remonta la manche nouée autour de sa bouche, la laissant ainsi en travers de son nez comme un nœud coulant à moitié enfilé. Elle attendit une minute, puis installa la tête du coyote contre ses genoux et plongea son visage à l'intérieur avant de ressortir couverte de sang jusqu'au menton.

Elle passa l'animal plié à Matthew et il but à son tour, relevant un visage couvert de sang lui aussi et plongeant la main à l'intérieur pour en détacher la viande.

« Arrête. »

Il leva les yeux vers la fille, un lambeau de muscle dans son poing fermé.

« La digestion va te déshydrater. On ne mange pas. »

Il haussa les épaules et laissa retomber la viande dans la cavité avant de la passer à Smith.

Smith s'installa avec le coyote sur les genoux et regarda les deux visages sanglants à côté de lui dans le noir. Des créatures devenues presque animales, infernales, sous la couche de viscères crasseuses qui leur couvrait les mâchoires. Il baissa les yeux vers les recoins encore humides de la cavité, puis vers la tête broyée de l'animal. Le coup qui lui avait enfoncé le crâne était reconnaissable dans le contour ellipsoïdal de la crosse du fusil et dans le cerveau qui s'en écoulait. Il appuya la main et arracha un morceau de plaque crânienne qu'il utilisa pour racler ce qui restait de sang. Son visage était resté immaculé à l'exception d'un unique filet qui lui coulait du coin droit de la bouche, et après avoir bu il se recula en transe, les dents enduites de rouge comme de fines céramiques recouvertes de velours.

Il se leva et déposa la carcasse vidée aux pieds de la fille qui s'accroupit et commença à l'écorcher. Les deux compagnons toujours vivants du coyote continuaient à se déplacer sans bruit le long de la frontière invisible qu'ils avaient tracée entre eux et les humains. L'un était bien plus grand que l'autre, la queue brisée, le plus petit lui tournait autour, les épaules roulantes et l'échine creusée.

Ils avaient laissé entre eux l'espace d'un feu, même s'ils n'avaient rien pour en faire. Matthew s'installa puis déglutit, une expression furtive de panique se dessina à nouveau sur son visage et il parla.

« Je suis le seul ici à avoir donné mon nom.

— Et ça te tracasse ? lança la fille avec désinvolture tout en continuant à racler son couteau contre la patte gauche.

— Ouais, c'est ça. J'ai pas envie de mourir avec des anonymes dans le désert. »

Il se tourna vers Smith.

« Tu nous as toujours pas dit ton nom.

— Et y'a pas besoin que tu le saches.

— Tu connais le mien.

— Et elle, tu connais pas le sien.

— Elle en a pas. Toi si. »

La fille arrêta un instant son écorchage et s'assit en fermant les yeux, soufflant en l'air sous le tissu qu'elle s'était noué sur la bouche. Les réverbérations de son souffle contre le coton étaient les seuls mouvements perceptibles chez elle.

« On a fait quinze bornes ce soir ? demanda Matthew.

— À peu près. On essayera trente demain, répondit la fille.

— T'es sûre de toi ? On tiendra jamais une semaine comme ça.

— T'as une meilleure solution ? »

Matthew resta silencieux un moment, feignant d'y réfléchir, conscient qu'il n'y en avait aucune.

« Nan. C'est juste que… fait chier. Je suis pas entré dans ce business pour mourir comme ça.

— Non, mais t'es entré dans ce business pour voir s'il t'était possible de mourir. »

Matthew ne répondit rien. Il essuya du sang sur son menton et regarda sa main.

« Alors, tu commences à croire ça possible ? »

Matthew lui jeta un regard mauvais puis éclata de rire.

« Va au diable », dit-il.

Ses yeux se plissèrent sous la couche de peinture noire et derrière le tissu qui lui cachait la bouche elle sembla esquisser un sourire.

« Me suis déjà retrouvée morte dans le désert, un trou perdu loin au sud. J'ai tenu cinq jours sans eau avant de m'écrouler contre un saguaro, et je me suis relevée toute seule à la première pluie. »

Elle s'adossa à la roche et tira son sac plastique vers elle. Elle en sortit quelques pierres et continua.

« Je compte pas recommencer.

— Ça c'est pas toi qui en décideras, dit Matthew.

— Si. »

Matthew inspira. Le sang et la crasse avaient durci ses cheveux en un casque parcouru de fissures.

« Non. C'est pas normal. On mérite pas d'être ici. Après la mort d'Awan et tous les autres. C'est pas juste. »

Elle lâcha ses pierres.

« Rien n'est juste dans le désert.

— Va te faire foutre avec tes principes.

— T'as eu de l'eau, et le sang est assez épais pour qu'on puisse dire que t'as mangé. Tu risques pas de mourir dans les heures qui viennent. Pour Awan c'est déjà fini. »

Matthew mordait sa lèvre gercée après tant d'années passées dans ce climat. Elle se fendit et envoya une giclée de sang rejoindre celui de l'animal qui lui maculait déjà le menton.

La fille s'était remise à son écorchage et quand elle eut fini et que la fourrure reposa sur le sable, formant de ses quatre membres une silhouette décapitée, elle se leva, ramassa le squelette de viande, regroupa les viscères dans ses bras et s'avança vers les deux coyotes qui frissonnaient encore l'un contre l'autre à la lumière des étoiles.

Smith l'observa, silhouette espiègle portant la moitié de son poids entre ses bras dans la pénombre bleutée. Ils reculèrent en la voyant s'avancer, puis se rapprochèrent à l'odeur alléchante, et lorsqu'elle leur lança le sac de viscères qui éclata au sol à ses pieds ils se jetèrent dessus. Smith la regarda un moment lancer des morceaux de la bête qu'elle avait tuée pour nourrir celles qui avaient essayé de la tuer, leur permettant de survivre en faisant ce à quoi ils ne s'étaient pas résignés.

Au bout d'un moment elle leur jeta le reste de la carcasse et revint s'asseoir sous l'arche. Ses avant-bras étaient striés de sang crasseux autour de son bandage et Smith savait qu'elle ne les laverait pas, protégeant ainsi sa peau du soleil, et il regretta un instant de ne pas s'en être lui-même badigeonné. Et peut-être était-ce là le signe qu'il n'était pas encore prêt à errer dans le désert couvert de sang. Pour l'instant.

Elle revint et s'accroupit sur ses talons, les yeux tournés vers Smith de l'autre côté de l'arche.

« Tu fuis le fantôme de qui ? »

Matthew était usé par les armes lui aussi, fatigué, mais la question ne s'adressait clairement pas à lui.

« Quel fantôme ?

— Celui qui se tient sur ton épaule et qui vit dans l'œil qu'il te reste. On peut le voir. »

Smith déglutit.

« D'un homme. »

De mon père.

Non, de ma sœur. Ma sœur qui sans être morte a vu son propre fantôme apparaître, une ombre qui erre certainement avec elle à cet instant dans la maison, seules ensemble, ou bien allongées dos à dos sur le lit poussiéreux dans la chambre vide, leurs cheveux de platine roulant sur leurs épaules. Et l'une d'entre elles, peut-être les deux, fait ce pèlerinage jusqu'à sa tombe tous les soirs comme pour l'appeler à revenir, et s'il revenait un jour, l'une d'elles devrait alors s'en aller, sans qu'il sache qui, du fantôme ou de la sœur. Tout comme il ne savait pas laquelle des deux traînait ses pas feutrés sous le bleu de la lune dans le couloir, derrière la porte de sa chambre, quand elle n'arrivait pas à dormir.

« Si c'est celui que t'as tué près des genévriers, tu devrais pas.

— C'est pas lui.

— C'est le type à la mâchoire de lapin ? »

Smith secoua la tête et détourna les yeux. Elle l'observa un long moment d'un regard pesant.

Quelques minutes plus tard la fille se glissa vers la peau de l'animal. Elle s'était débarrassée du crâne pulvérisé, laissant la mâchoire inférieure accrochée à la peau, intacte, elle enfila la bouche ainsi déchirée comme un collier, les orbites vides appuyant contre sa gorge et les crocs enserrant son sternum. Elle découpa le reste de la peau en lanières et frotta leurs faces humides dans le sable pour les sécher autant qu'elle le pouvait, puis les laissa ainsi. Les bandes de cuir créant un flou de lignes sur le sol de sable dur qui s'étendait sous l'arche, que le poids d'un seul pied viendrait enfoncer, révélant des passages souterrains, et peut-être aussi la lumière qui brillait à l'intérieur. Parce que le désert s'accroche trop fermement aux souvenirs de ses brûlures quotidiennes pour que l'emprise de la chaleur et du soleil puisse être interrompue par les rotations de la planète, et que les galeries creusées par les tarentules étaient parcourues d'une lueur bleue, et qu'existait en fait ici quelque chose de vivant et de beau. Puis un bruit de craquement s'échappa de la bouche des coyotes occupés à ronger les tendons le long des vertèbres de leur frère.

La fille sortit une autre plaquette d'ampicillines et en avala quelques-unes avant de la passer à Smith, il en prit deux et elles se transformèrent en une poudre crayeuse dans sa bouche asséchée mais il réussit néanmoins à les avaler et lui rendit sa plaquette. Matthew n'en prit pas ; une entaille au visage ne méritait rien face à des blessures par balle.

« Raconte-nous quelque chose, dit Matthew.

— Quelque chose de quoi ? demanda-t-elle.

— Une idée, ou une histoire. »

La fille acquiesça et retira une de ses bottes pour réajuster le papier journal à l'intérieur, un geste pour s'occuper les mains pendant que sa bouche s'activait.

« Une histoire. Entendue y'a des années, au Texas.

— Raconte.

— J'y viens. »

Elle tourna le tissu sur son poignet, le resserra puis continua.

« À El Paso se trouvait une fille qui avait accouché de jumeaux, elle ne regrettait rien et n'avait pas peur mais elle décida quand même de les faire adopter, certaine que son travail pour le cartel était sa vraie vocation. Elle n'avait tout simplement pas le temps. Alors les jumeaux – c'étaient des garçons – furent envoyés vivre dans d'autres familles. Des familles qui avaient un lien avec le cartel ou qui lui versaient de l'argent pour leur protection, et l'un fut élevé avec équilibre et tempérance et devint ensuite médecin, tandis que l'autre fut élevé avec rage et châtiments et rejoignit le cartel pour devenir un tueur d'hommes.

« Après leur trentième anniversaire la mère n'avait toujours pas essayé de les retrouver. Au cours d'une vie particulièrement longue, surtout pour une femme de cartel, elle avait appris que les hommes se bercent rapidement d'illusions sur leurs destins mal engagés, et elle n'avait aucune envie de les leur retirer maintenant. Alors ils continuèrent ainsi, dans un même coin de pays, l'un sauvant des vies et l'autre les prenant, même si ce n'était jamais les victimes de son frère que l'autre réanimait sur ses lits d'hôpital, parce que le frère était rapide et toujours efficace dans son travail. Et aucun des deux n'avait connaissance de l'existence de l'autre.

« Puis un jour le docteur entra dans la chambre d'un homme qui lui ressemblait trait pour trait. L'homme s'était fait tirer dans le ventre, dans un état critique mais récupérable, et le deuxième jour lorsqu'il se réveilla le docteur était assis sur une chaise à côté de son lit et l'homme lui dit : "Vous êtes mon portrait craché." Et le docteur dit à son tour : "Vous êtes mon portrait craché." Et ils se prirent la main et pleurèrent, puis quand l'homme se rendormit dans le lit d'hôpital, le docteur doubla son dosage de morphine et le tua.

— Il l'a tué en sachant que c'était son frère ? demanda Matthew.

— Non. C'était son père », dit la fille.

Smith tourna les yeux vers la fille et le regretta aussitôt. Elle n'aurait pas pu le savoir. Elle le testait. Matthew l'avait pourtant prévenu qu'elle savait lire les peurs.

« Personne n'a jamais tué quelqu'un parce qu'il lui ressemblait », dit Matthew.

La fille tourna son attention vers sa botte, replaça le papier à l'intérieur, et s'attaqua à l'autre.

« Je ne dirais pas *jamais*. L'homme aujourd'hui a déjà épuisé toutes les raisons qu'il a pu trouver pour tuer. Et puis tu as tort… il y a des hommes qui ont peur de voir leur reflet chez un autre. Une histoire de destin partagé.

— Et alors ? Si tu crois que quelqu'un fait partie de ton destin tu devrais plutôt le protéger, dit Matthew.

— Non. C'est faux. La seule façon d'influencer le destin d'un autre c'est de le détruire. C'est la seule chose assez définitive qui soit en notre pouvoir. Essayer de protéger quelqu'un c'est essayer d'intervenir contre ce que le monde lui réserve, et c'est une chose impossible à affronter seul ou dans son intégralité, car si son destin est de mourir sous les balles, tu ne pourras jamais en prendre qu'une seule pour lui.

« Tu ne saurais même pas ce que tu essayes de protéger, est-ce qu'on peut réellement connaître un autre quand on ne peut vraiment être sûr que de sa propre existence, dont il faut d'ailleurs se méfier ? Peu importe que l'autre ait partagé ta vie depuis le début ou qu'il en ait même été la source. Tu peux bien t'énerver aveuglément contre le fait de ne pas savoir, mais ça ne changera jamais rien. Le fratricide a peut-être été le meurtre originel, mais ça revient à effacer un des côtés de ton visage de la surface de la terre. Les parricides sont une vengeance personnelle contre celui qui t'a créé en te condamnant à errer sur une terre où le désert existe. Voilà ce que le frère-docteur essayait de faire. »

Une mince ligne de lumière s'étirait à leur droite. La fille se leva, posa les lanières de cuir sur la bandoulière de son fusil et se le passa dans le dos.

« On devrait continuer encore un peu avant que le soleil se lève. »

Ils repartirent. Derrière eux, les deux coyotes mâchaient lentement le cartilage de leur camarade tombé, avachis sur leur estomac repu.

La nuit ce soir-là était si profonde que la lueur à l'horizon n'avait aucune chance de percer le mur noir du ciel. En marchant il pouvait ressentir sa sœur, sa blondeur qui lui inondait les épaules quand elle montait la colline dans le brouillard, volant au vent lorsqu'elle s'enfonçait dans les bois comme on plonge une main dans l'eau. Les branches occultaient la lumière en filtrant l'air avant de le noyer dans une obscurité totale, non plus un simple filtre mais une chose bien palpable, remontant des entrailles de la terre, faisant se redresser les brins d'herbe et rendant plus fragile encore la fine dentelle entre les nervures des feuilles mortes. L'obscurité l'atteignit comme un mur de charbon et si quiconque savait faire fléchir un mur c'était elle, elle passa au travers intacte, un pied nu en avant suivi par l'ourlet volant d'une robe blanche.

Des pieds nus qui s'enfonçaient dans le sol de la forêt, mousse humide pour tout tapis et feuilles mortes se creusant en un berceau sous ses pas, enveloppant la plante de ses pieds alors qu'ils se détachaient du sol. S'avançant vers un trou peu profond creusé juste sous la colline, ou plutôt non, désormais au milieu des bois, et les arbustes à l'écorce arrachée par le vent pointaient tous par là, par là, et les cèdres vieux comme les pierres jetaient eux aussi leurs ombres dans cette direction, comme pour renier le clair de lune. Et elle la suivait, les brindilles s'accrochant à ses cheveux comme pour en capturer des mèches, juste une mèche, elle ne sentit rien, mais les pas de velours se transformaient en course et les bavardages des arbres s'élevaient en un murmure, le bruit s'amplifiant, et puis elle continua, jusqu'à ce qu'elle tombe sur une clairière de silence. Là, elle se mit à tournoyer. Tournoyer et tournoyer encore, sans regarder le sol que sa robe volante dissimulait comme une fleur et la lune perçait la canopée pour peindre ses jambes dansantes, et ses yeux se fermaient sous sa lumière et ses bras légers dans l'air et puis quand enfin elle ralentit, et quand la jupe retomba, et quand la fleur disparut, elle posa son regard sur la tombe sans nom. « Ah, père, vous voilà. »

Ils avancèrent collés dans l'ombre des mesas, traversant çà et là quelques passages désertiques dépourvus de parois sous lesquelles s'abriter, et sentirent la chaleur qui imprégnait le sol. Le sang sur leur visage commençait à dégager une odeur, quelque chose de musculaire et de presque froid, puis il finit par sécher et l'odeur disparut.

À l'est l'horizon écumait de pourpre au lever du soleil, créant une mer de couleur plus violente que le sang qui leur avait coulé sur la bouche dans le bleu obscur de la nuit. Mais ainsi exposé à la lumière du jour, le rouge qui leur couvrait le visage se trouva chargé lui aussi d'une violence renouvelée. Comme si en se nourrissant ainsi de la terre ils avaient laissé une marque plus putride et lubrique encore que le massacre dont ils s'étaient rendus coupables.

Smith marcha derrière la fille et l'observa si longtemps qu'il vit les lanières de peau de coyote enroulées autour de la bandoulière du fusil se rétracter doucement sous la chaleur. La sueur commençait à faire glisser ses mains et il serra si fort le sac-poubelle de pilules que le plastique lui rentra sous les ongles. Quand le soleil fut complètement levé ils étaient au milieu d'une plaine, sans aucune ombre pour s'abriter.

La fille pointa au nord où s'élevait une autre mesa, un kilomètre plus loin. Si loin que si Smith levait une main pour la cacher elle disparaissait entièrement à sa vue.

« Il faut continuer. »

Matthew grogna et s'affala au sol, la fille lui tendit alors une lanière de cuir pour y planter les dents.

« Il faut continuer. »

Il se remit debout.

Quand ils arrivèrent à la mesa ils s'effondrèrent à ses pieds. La fille tomba à genoux et se mit à creuser le sable de ses mains, elle aurait voulu s'enterrer mais le sable était déjà plus chaud que l'air. Ils étirèrent les lanières de peau désormais bien sèches et se les passèrent, puis les nouèrent autour de leurs poignets et s'en couvrirent le cou et le front déjà boursouflés par le soleil, et une fois mouillé par la sueur le cuir leur colla à la peau comme des rémoras. Puis, ainsi parés de la peau du désert et maculés du sang de ses enfants, ils s'allongèrent pour dormir.

Ses pensées allèrent vers elle, Lucy courant dans l'ombre des bois, cherchant quelque chose pour se réchauffer, une source de chaleur, qu'elle soit réelle ou simplement perçue. Va vers le froid, Lucy, imprègne-toi de son ombre et de son humidité, car si tu trouves de l'eau alors peut-être arriverai-je à survivre.

« Non, c'est une insolation.

— Non, j'ai tellement froid, tellement froid.

— Matthew, c'est une insolation. Arrête de parler et ferme les yeux. »

Smith se tourna et vit la fille à genoux devant Matthew dont la tête reposait contre la paroi, en plein soleil. Elle était à son chevet, comme une guérisseuse ou une mère, puis elle entendit Smith et son visage à la peinture macabre se tourna dans sa direction.

Matthew ne suait plus et ils savaient que la chaleur avait fait cuire l'humidité sous sa peau.

Le soleil continua sa course brûlante et Smith resta allongé la tête contre une pierre, les yeux fermés. La fille se redressa une fois en hurlant, prête à affronter des coyotes qui ne les avaient pas suivis et qui n'étaient pas là.

Comme une antithèse au matin ils se mirent à remuer quand la lumière déclina au crépuscule. Smith se réveilla avec l'impression de sortir d'un état proche de la mort, sans être certain que ce ne soit pas le cas. Car emportons-nous dans la mort toute la violence que nous avons commise ou bien restait-elle comme une cicatrice sur la terre ? Et si les manifestations physiques de la mort avaient le moindre sens, il savait que s'il survivait, s'il rentrait chez lui et vivait une longue vie, son corps mort finirait par pourrir, envahi par la mousse, puis serait dissous des siècles avant que les os desséchés de ceux qu'il avait tués dans le désert ne commencent même à se décomposer.

Il se mit à genoux et se releva. La fille et Matthew marchaient déjà devant lui, silhouettes noircies par l'arsenic rouge du soleil mourant.

Ils avançaient dans le sable bleuissant et des tarentules émergeaient de leurs galeries souterraines avant d'y replonger à leur passage. Ils étaient épuisés avant même d'avoir commencé à marcher, traînant leurs pieds de plomb, les ombres dessinant un membre supplémentaire à la fille au fusil en bandoulière, un membre en moins à Matthew qui tenait le pistolet serré contre son cœur, et à Smith une paire d'ailes malades et un large tronc alors que, les coudes écartés, il serrait le sac de pilules contre sa poitrine trempée de sueur.

Les étoiles éclairaient leur chemin comme en plein jour, plus clairement encore que le soleil dont les rayons aveuglants blanchissaient tout. La lumière ricochait sur les frontières de pierre de leur monde bleuté. Ils continuaient leur progression, laissant derrière eux des traces d'un bleu sombre dans le sable, les six empreintes groupées aux quatre bottes distinctes de leur horde errante.

Ils atteignirent bientôt une plaine vide qui s'étendait sur des kilomètres et qu'ils traversèrent, comme ces monstres marins grotesques et carnivores qui tirent leurs proies sur les fonds sableux des abysses. Ils tombèrent plusieurs fois de fatigue, tour à tour, mais avançaient trop lentement pour voir leurs chutes ou y réagir, et chacun se relevait alors et reprenait sa marche.

L'amas d'étoiles formait un épais cordage au-dessus de leurs têtes, et puis ils aperçurent une des étoiles posée sur le sol. La fille se jeta alors à terre.

« Baissez-vous, baissez-vous ! »

Ils se recroquevillèrent à côté d'elle et elle s'allongea sur l'estomac en plissant les yeux.

« Y'a quelqu'un. »

Ils comprirent ensemble : c'était la cabane qu'ils avaient passée sur la route du sud.

Smith retira la manche qu'il avait nouée sur son nez et sa bouche, puis inspira. Il pouvait les sentir.

« Des chevaux. »

La fille se mit à rire comme elle l'avait fait en le coinçant sur le plateau de son pickup et il comprit alors qu'ils venaient de frôler la mort.

« Impossible de se mettre à couvert. On va s'approcher en silence jusqu'à voir la maison, ensuite on court. »

Ils avancèrent doucement en déroulant les pieds pour étouffer le moindre bruit. La fille arma l'AK-47.

La cabane était faite de planches de contreplaqué, le tout pouvant tenir dans une seule benne de pickup. La lumière venait de l'intérieur, par une fenêtre découpée dans un des côtés. La cahute était flanquée de tas de métaux et de bouts de ferraille, de vieilles barrières, et d'un bassin de la taille d'une piscine pour collecter l'eau de pluie. Le corral se trouvait sur le côté est. De simples barbelés tirés entre des fers à béton plantés à même le sol. À l'intérieur, cinq chevaux se tenaient debout, plantés comme des souches.

Arrivés à cinquante mètres ils ne pensaient pas pouvoir avancer plus, même si, dans la nuit, celui qui se trouvait à l'intérieur serait aveuglé par la clarté de sa lampe. La fille se prépara à courir.

Les chevaux trépignèrent et une énorme mule noire dressa la tête entre eux. Elle fit bouger ses oreilles de lapin et regarda droit dans leur direction, puis s'ébroua bruyamment dans la nuit. La lumière redoubla quand une main balaya le rideau de la fenêtre.

« Allez allez allez ! »

La fille était plus légère, plus rapide sur le sable, et elle arriva la première à l'entrée de la cabane avant de reculer devant l'homme qui s'avançait pistolet à la main. Elle tenait elle aussi son fusil pointé sur lui, et elle lança un coup d'œil par la fenêtre ouverte tout en reculant vers Smith et Matthew.

L'occupant de la cabane était vieux mais musclé, les tendons de ses bras érodés par la malnutrition. Il n'avait pas de chemise et une barbe grise lui pendait comme un tapis sur le torse. Ses yeux étaient troubles et abîmés par le soleil.

« Qui c'est ? Qui c'est ? » La voix de quelqu'un dont l'anglais n'est pas la première langue ou pour qui le langage est une chose depuis longtemps oubliée.

« Il est seul, dit la fille.

— Il est aveugle, dit Matthew.

— Il voit bien assez.

— Alors il a plus toute sa tête. »

Les chevaux s'étaient tous rassemblés en bordure du corral pour les observer. La barrière leur arrivait tout juste à la poitrine. Des bêtes malingres, affamées par le désert. Le poitrail couvert de cicatrices de s'être trop appuyées contre les barbelés pour atteindre l'abreuvoir.

L'homme respirait fort et chaque souffle raclait ses cordes vocales en laissant échapper un murmure.

« Z'êtes qui ? »

La fille agita sèchement le AK-47 en direction de l'ermite et il recula, son pistolet toujours pointé sur elle. Un Colt à la crosse vermoulue, une antiquité du Vietnam. Il avait les mains entièrement calleuses, comme recouvertes d'une coque marron.

La fille appuya le fusil contre sa hanche et, la main droite toujours sur la gâchette, se serra l'estomac de son autre bras.

« Z'êtes quoi vous là ?

— Commencez à seller, lança la fille à Smith et Matthew.

— Mes chevaux ? » cria l'ermite.

La fille ne répondit pas et appela par-dessus son épaule.

« Y'a de l'eau là-bas ? »

Smith et Matthew s'étaient déjà lancés vers l'abreuvoir et s'arrosaient la tête à pleines mains, la fille les regardait avidement. La poussière de leur corps s'était transformée en boue au sol et leur peau humide et sanglante brillait sous la lumière de la lampe.

L'ermite faisait passer son regard entre la fille et eux, écarquillant les yeux d'étonnement à ces deux visions.

Après quelques minutes les hommes s'éloignèrent de l'abreuvoir. Smith posa le sac contre un tas de ferraille et se mit à fouiller dans le bazar. De vieilles selles au cuir craquelé par la chaleur étaient empilées près de la barrière défoncée du corral. Matthew s'enroula une bride autour du bras et commença à ouvrir la barrière.

L'ermite sursauta et détourna les yeux de la fille pour voir d'où venait le bruit.

« Pas mes chevaux ! »

Matthew ouvrit la barrière.

« C'est moi qui les a sortis du désert ceux-là, alors merde je vais pas les laisser filer maintenant ! » L'ermite braqua son pistolet sur le cheval le plus proche de lui et tira, la balle atteignit l'animal entre les deux yeux. Puis un cri, mais c'était la fille, et elle abattit le canon de son fusil sur le poignet de l'ermite, envoyant voler son pistolet dans le sable avant de le pousser du pied vers les deux hommes. Le cheval oscilla sur place un moment puis s'effondra sur la barrière du corral et le fil de fer résonna d'un bruit chantant.

Smith fut le premier sur le pistolet et ouvrit le barillet.

« Vide. Y'avait qu'une seule balle. »

La dernière balle, celle qu'on garde précieusement dans le désert.

L'ermite était désormais à genoux dans le sable et se tenait la tête en se balançant d'avant en arrière.

« Continuez à les seller. Laissez-moi la mule, dit la fille.

— Non alors là merde pas mes chevaux non. » L'ermite avait baissé les mains et il hurlait désormais d'une voix stridente en les regardant, Smith avait pris la jument pie et Matthew un rouan à la queue coupée.

Le vieux n'arrêtait pas de hurler de sa voix stridente et la fille aboya « ta gueule ! » et poussa son fusil un peu plus près de son visage.

Smith approcha sa jument et récupéra le fusil et l'otage, la fille s'élança alors vers l'abreuvoir et plongea directement dedans sans refaire surface pendant quelques secondes. Quand elle ressortit, les deux chevaux restants s'agitèrent mais sans quitter le corral pourtant ouvert. Elle laissa Matthew tenir les rênes de son hongre et de la mule et alla récupérer le fusil des mains de Smith.

L'ermite se balançait à nouveau d'avant en arrière en pleurant.

« Il a de la bouffe là-dedans ? » demanda Smith.

Les deux chevaux tournaient autour du mort, curieux, regardant la tête penchée l'endroit où la barrière se pliait sous le poids de son échine renversée.

Matthew attacha son cheval et la mule puis s'approcha et posa une main sur le fusil.

« Eh, laisse un peu le vieux tranquille. On a eu ce qu'on voulait. »

Smith observa la fille.

« Y'a de la bouffe là-dedans ? »

La fille acquiesça.

« Juste des conserves, on pourra pas en prendre beaucoup mais ça nous fait déjà un jour d'eau supplémentaire.

— Il est inoffensif, laisse le vieux partir », dit Matthew.

La fille lui répondit violemment.

« Il a rien d'inoffensif. Il a tiré exactement là où il voulait. Il préfère ses chevaux morts plutôt que nous voir dessus.

— Pitié, pitié, pitié. » L'ermite avait plongé la tête dans le sable, ses larmes et sa morve tachant le sol sous lui.

Matthew lâcha le canon du fusil et se passa une main dans les cheveux.

« Il a pas de bagnole, il est coincé ici. On peut lui bousiller sa radio pour qu'il appelle pas. Sérieux, le seul moment où il doit voir du monde c'est quand on lui apporte ses provisions tous les deux ou trois mois. »

La fille secoua la tête.

Matthew se tourna vers Smith.

« Mais toi… toi là, dis quelque chose ! C'est pas obligé de se passer comme ça, c'est dégeulasse. »

Smith se tourna vers la fille qui ne quittait pas des yeux l'homme à terre. Tellement de morts déjà, certains de sa propre main et d'autres non, mais il pensait à Lucy. Il inspira encore une fois et regarda les jambes du cheval qui allait peut-être le ramener chez lui, puis il regarda l'homme recroquevillé et vaincu au sol.

Il fit un signe de tête à la fille et s'éloigna.

L'ermite perçut le changement, il retira ses mains des yeux, se rassit puis se leva et vacilla en arrière, la fille réorienta son fusil pour lui effleurer le bord de la tempe. Elle reposa encore une fois la crosse contre sa hanche, le doigt sur la gâchette, l'autre main libre.

« Pitié, pitié bande de… »

Et au dernier moment elle baissa son fusil, sortit le couteau de sa poche et lui trancha la gorge. Ne pas brûler ses balles.

Les peaux fraîches devaient être salées quotidiennement pendant douze jours et celles-ci seraient donc bientôt prêtes à être pendues, mais Lucy n'était pas assez forte pour les hisser seule.

Elle alluma la lampe puis se plaça au milieu des peaux pour leur offrir leur ration journalière de sel, les pieds toujours nus sous une robe qui lui effleurait les chevilles. Et en tournant, cette fois sous la lumière de la flamme, elle les vit comme des silhouettes presque humaines, des ombres sans visage, et leurs membres disjoints lui donnaient l'impression qu'elles bougeaient, et elles l'encerclèrent alors en ronronnant et en s'étirant, et ces trois, trois silhouettes lui rappelaient trop ce qu'elle avait eu, ce qu'elle avait été, alors elle sortit de la pièce en courant, dévala l'escalier et plongea ses mains dans l'évier.

Derrière elle à l'étage les peaux au sol continuaient à se rétracter en une respiration râpeuse et collective, c'était comme de la neige qui s'étalait sur les peaux et sur le sol et qui lui collait aux mains, mais une neige qui aspirait l'humidité de tout ce qu'elle touchait, qui desséchait les vivants autant que les morts, leur vidant les veines et crevassant la peau autour de ses phalanges. Mais ce n'était pas de la neige et cela n'offrirait pas plus de compassion que tout ce que cette maison ou Box Elder avaient pu leur offrir.

Un bruit contre la vitre de la cuisine la fit sursauter, elle enroula dans sa robe ses mains brûlées par le sel, prit le pistolet dans le buffet et sortit voir.

C'était un merle, resté dehors trop tard. La petite chose était étendue sur le dos, les ailes ouvertes sur le plancher du porche, incapable de bouger. Il fallait l'achever.

Elle leva le pistolet sur l'oiseau mais ses mains étaient faibles.

« Wyatt, j'arrive pas à le tuer. »

Et une fois encore, une mèche blonde lui tomba sur le visage alors qu'elle se penchait au-dessus de la créature chétive en train de s'agiter.

« J'arrive pas à le tuer, Wyatt. »

Et elle écarta le pistolet, les bras pliés, pressant l'arme contre sa poitrine, et puis enfin elle se mordit la lèvre et les yeux tournés vers l'empreinte des ailes contre la vitre elle fit glisser une botte en avant et l'écrasa.

QUATRIÈME PARTIE

11

INSOLATION

L'ermite eut juste le temps de poser la main sur son œsophage ouvert avant de mourir, et trente secondes plus tard il était silencieux. La fille était déjà dans la cabane à fouiller les piles de chiffons et de vieux journaux mités, sortant tout ce qui pouvait lui être utile, soit une seule poignée de conserves de légumes. Elle en attrapa deux, s'assit dans le sable et ouvrit son sac en plastique, Smith tendit alors la main vers les cinq autres mais elle l'arrêta : « Attends », et sortit à nouveau son couteau. Elle perça le couvercle de la première conserve et une odeur de pourriture s'en échappa, elle fit de même avec la deuxième avant de prendre le reste des mains de Smith et de les ouvrir elles aussi, puis de les balancer contre la cabane en poussant un cri déchirant, comme si sa voix avait pu contenir celles de tous ceux tombés ce jour-là.

Matthew se tenait debout à côté du mort quand elle passa devant lui vers l'abreuvoir.

« Espèce d'enflure. »

Smith marchait quelques pas derrière elle. Matthew se tourna et lui attrapa le bras.

« Dans ce monde, quand l'opportunité se présente, certaines personnes doivent être tuées si on veut en épargner cent autres. » La lumière dans la cabane venait d'une lanterne solaire dont la batterie commençait à s'épuiser. Sa lueur passant de blanc à doré en faiblissant, seule parmi les pillards, alors que des légions d'étoiles brillaient le long des crêtes des mesas, comme autant de feux ennemis. « Ne crois pas que tu aies fait preuve de pitié, le moindre de ses actes pèse maintenant sur ta conscience. »

Smith tourna son œil valide et lui repoussa la main, puis il s'éloigna à la recherche de ce qui pouvait lui être utile dans ces tas de ferraille dressés comme des cactus rouillés dans l'obscurité grandissante. Il s'attendait presque à ce que le troupeau de bétail sauvage apparaisse devant lui, que les portières de voiture désossées et les morceaux de tuyauterie abîmée forment une forêt d'aluminium et d'acier d'où sortiraient d'étranges vermines métalliques. Ses mains ne demandaient qu'à saigner comme pour s'assurer qu'elles venaient bien de se battre. Matthew fit le tour des lieux, cherchant sans grand espoir les traces de pneus laissées par leur convoi pour les suivre vers le nord, mais elles avaient déjà été balayées par le vent.

Ils se relayèrent à l'abreuvoir, chacun buvant autant d'eau que leur estomac pouvait en supporter, puis ils mouillèrent leurs vêtements et rirent en regardant la poussière s'en écouler et retourner au sable. Matthew poussa un juron de plaisir face au désert, face à l'est, là où le soleil se lèverait, puis il arrosa d'une gerbe d'eau sa tête encore sanglante. La tache vira au rose en se diluant sur ses tempes, le transformant en un clown de foire à demi lucide, son front bardé d'une entaille et son sourcil brûlé comme pour rappeler l'hystérie et la violence qui brûlaient en lui.

Ils burent tous une dernière fois puis se levèrent l'un après l'autre, et la fille laissa la barrière ouverte pour les chevaux restants.

La mule écarquilla les yeux à son approche. Elle ne lui arrivait pas au garrot, mais elle lui parla, roula sa crinière dans sa main avant de s'y agripper pour l'enfourcher.

Les autres chevaux déambulaient au milieu des épaves, reniflant le sol. La nuit avait refroidi l'atmosphère et les épaules des bêtes étaient parcourues de frissons. Les hommes étaient en train de monter sur leurs chevaux quand ceux laissés libres s'enfuirent soudain au galop. La jument de Smith rua mais il réussit à la maintenir.

« Des coyotes », dit la fille, et elle talonna la mule noire pour la lancer dans l'obscurité.

Les chevaux avançaient en cadence dans le froid, leurs naseaux crachant de la vapeur et leurs yeux d'habitude remplis de blanc étaient d'un noir d'encre en l'absence de lumière.

Une demi-heure plus tard ils ralentirent. La fille fit faire un arc de cercle à sa mule pour venir leur parler. L'animal avait le regard plein de poison, et sa bouche écumante était serrée sur son mors.

« C'est toi le cavalier, Matthew. Qu'est-ce que t'en dis ? »

Matthew, du haut de sa selle, regarda la tête de son rouan. Les motifs de sa robe se perdaient sur son visage, laissant deux cercles blancs bien visibles autour de ses yeux comme un masque.

« Ils feront l'affaire. Ils sont habitués à la distance et au manque d'eau. » Sa voix se brisa dans sa gorge sèche et il dut faire une pause pour reprendre sa respiration.

« On pousse aussi loin qu'on peut cette nuit, tant qu'il fait encore bon, et on les laisse prendre leur rythme une fois le soleil levé. »

Ils talonnèrent leurs chevaux et reprirent la route, côte à côte. La fille se pencha en avant pour s'allonger sur la mule, son échine si imposante qu'elle avait l'air d'une araignée portant ses petits.

Matthew finit par parler à nouveau sous le morceau de manche qui lui couvrait la bouche.

« T'es encore en train de compter, mec ?

— Ce n'est pas très prudent de parler vu ton état, dit la fille.

— Pas prudent non plus de rester silencieux et de laisser mon cerveau s'égarer. Dans le désert y'a deux trucs qui peuvent te tuer, l'un c'est la soif et l'autre c'est d'y penser.

— C'est pas ça que je compte. Je compte combien de jours on vient de gagner », dit Smith.

La fille se mit à chuchoter, le visage à moitié enfoncé dans le crin de la mule.

« On avait un type une fois, chez un de nos revendeurs, qui pouvait te calculer ce genre de choses. Combien de temps on gagne en buvant tant de sang de coyote plus tant d'eau. À la minute près. Comme une mémoire photographique, mais pour les chiffres. Une compréhension religieuse de tout ça. Il était comptable, enfin il nous blanchissait de l'argent si vous préférez. Pour savoir combien on allait toucher il mémorisait les chiffres et les calendriers de livraison et pouvait calculer les prix du marché de n'importe quelle combinaison de produits en une seconde. Un génie.

— Et où est-ce qu'il a fini ? demanda Matthew.

— Un jour après une dispute avec des gens du coin, on s'est retrouvés en manque de gars pour la sécurité, alors il nous a accompagnés sur une livraison. Il a fini avec son flingue pointé sur la tête d'un homme quand on les a accusés de nous arnaquer, et le chef lui a fait réciter les derniers chiffres et les prix de gros de tous nos produits, de l'ecsta à la marijuana, et ce pour chaque qualité de produit, histoire qu'ils puissent ajuster combien ils nous devaient. Ça l'a tellement terrorisé que sa mémoire a dû lâcher, parce qu'après ça il est devenu incapable de se souvenir du moindre chiffre s'il n'avait pas son flingue pointé quelque part. Alors, à chaque réunion, il devait aller se mettre dans un coin de la pièce, et pointer un flingue contre le mur pour réciter les chiffres sans que personne puisse penser qu'il le pointait sur lui. » Elle raconta tout cela sans nostalgie, avec détachement, un fait qui ne lui appartenait pas plus que n'importe quel autre fait de l'histoire, bien qu'elle en eût été le témoin.

La mule se mit à agiter la tête et la fille étendit les bras autour de son cou pour lui couvrir les naseaux.

Matthew se tourna vers Smith.

« C'était ta première fusillade ?

— Ça dépend ce que tu appelles une fusillade. » À l'avant il pouvait voir la fille baisser le menton et l'appuyer contre les canines de la mâchoire du coyote. Son bras le brûlait toujours en silence.

« Disons, devoir tuer des types sans distinction.

— Ouais.

— T'y penses beaucoup ?

— Nan. Y'a un tas d'autres trucs auxquels on peut penser ici.

— Ça, t'as pas tort. »

Matthew le dévisagea et Smith savait qu'il le croyait à présent sans pitié.

« Et toi ? C'était ta première ? »

Il lui fallait du bruit pour étouffer le silence.

« Nan. C'est pas non plus pour ça que j'ai choisi ce boulot mais ça en fait partie.

— T'es pas du coin. Comment t'as fait ?

— Je suis importé, tout droit de ma banlieue pavillonnaire. J'ai commencé à avoir des mauvaises fréquentations, ou des bonnes, selon comment tu vois les choses. Mais très vite j'ai réalisé qu'il n'y avait pas de meilleure vie que celle-là, c'est la seule vie qui soit réelle.

— Et qu'est-ce qui la rend réelle ?

— La nature des hommes.

— Et c'est quoi comme nature ?

— La survie. Se battre pour vivre. L'idée même de "vivre" c'est juste une construction mentale. C'est le seul état qu'on a tous connu, alors on peut le comparer à rien, on n'a jamais rien été d'autre. Donc en soi, ça n'a aucun sens. Mais si tu y ajoutes la menace de la mort, ça crée d'un coup une définition par opposition. Tu peux voir le vivant et le non-vivant juste là devant tes yeux. C'est seulement dans ces courts instants que tu peux être activement conscient d'être en train de vivre. »

Matthew s'essuya le nez sous son morceau de chemise tandis que les animaux continuaient leur marche.

Lucy devait être en train d'étaler le foin au milieu du bétail à l'heure qu'il était. Du fourrage pour ces estomacs bovins qui baladaient leurs os enroulés dans des pièces de viande et poussaient des grondements gutturaux au crépuscule, comme si c'étaient les montagnes elles-mêmes qui s'animaient au loin. Elle n'avait jamais rien su étaler, qu'il s'agisse de sel pour les peaux, de foin pour les bêtes ou même de grains pour les poulets, sans le faire en tournoyant, et il pouvait la voir là, au milieu des champs plongés dans le noir où seule brillait la lueur opalescente des yeux bovins qui la regardaient de l'air morne de ces animaux qui nous font confiance. Et si là-bas la lune éclairait assez, ses jupons seraient illuminés de blanc, et le foin qu'elle lançait toucherait le sol avant eux. Peut-être était-ce alors par une forme d'innocence ou de bonté qu'elle mettait plus longtemps que toute autre chose pour retomber à terre.

Ils avaient l'habitude de s'allonger sur le dos du bétail dans les champs, une fois les vaches installées dans le pâturage pour la nuit. Ainsi étendus sur un drap de fourrure chaude soulevé de temps à autre par une respiration, ils regardaient le ciel et se disaient toutes ces choses qu'on se raconte sur les étoiles et qui sont si agréables à dire. Les moustiques s'attaquaient toujours au bétail plutôt qu'à eux, et l'air avait un goût d'ambre et l'odeur du foin ruminé. Lucy devait être en train de s'installer sur l'un d'eux, regardant autour d'elle comme elle le faisait tout le temps. Et derrière elle dans la maison, sur le sol de la chambre, les cuirs s'attendrissaient comme la peau sur ses paumes, blancs et âgés d'une semaine.

Au sud, les trois avançaient sur leurs montures, roussis et maculés de viscères sèches, cavaliers de l'apocalypse dont l'humidité s'envolait en vapeur dans le froid, le quatrième les suivant en une série de membres traînés à travers le désert dans les gueules des coyotes.

La fille tendit un bras vers les premières lueurs de l'aube et ils s'arrêtèrent en trébuchant pour regarder, le cheval de Matthew continua à trotter et se laissa tomber à genoux pour se rouler dans la poussière, mais il le releva d'un coup sec.

« On les pousse jusqu'à la nuit. Il faut qu'on aille aussi loin que possible, inutile de les ménager après ça. »

Ils firent repartir leurs montures d'un coup de talon, les chevaux s'ébrouèrent, secouant la tête pour objecter et la mule de la fille poussa un long braiment. Dans leur marche chancelante vers le nord leurs cavaliers étaient les ombres personnifiées de la ruine, durcis de plis et de crevasses alors que l'eau les quittait.

En moins d'une heure le soleil les avait entièrement séchés et ils placèrent des lanières de cuir de coyote entre leurs dents pour essayer de sucer le peu d'eau qu'elles contenaient encore. Elles n'offrirent qu'une maigre hydratation et leur laissèrent dans la bouche un goût d'os. Ils s'arrêtèrent un moment pour pisser dans le sable et ramasser des pierres à faire rouler contre leurs molaires assoiffées.

Quand la nuit tomba enfin, leurs yeux étaient déjà trop abîmés par le soleil pour s'en rendre compte. Ils avaient dû parcourir quatre-vingts kilomètres au moins, et ils passèrent sous une arche baignée d'une lumière dorée, puis après s'être arrêtés et avoir posé pied à terre ils détachèrent les rênes de leurs montures et leur entravèrent les pattes avec.

Ils commencèrent à détacher leurs selles mais Matthew était trop faible et Smith dut la soulever de son hongre pour lui. Ils s'assirent en cercle sans feu ni rien à boire ou à manger. Les chevaux mâchonnaient quelques broussailles, de maigres ronces sèches, toujours mieux que rien, et la fille s'en glissa elle aussi quelques morceaux entre les dents suivis par d'autres antibiotiques. L'air commençait à se refroidir à nouveau et ils s'allongèrent tous les trois pour le laisser les soulager de la chaleur.

« Les chevaux faiblissent, dit la fille.

— Pas plus qu'ils devraient. On en tirera encore un jour ou deux », dit Smith.

Ils se tournèrent tous les deux vers Matthew dont le visage s'affaissait et se tordait au rythme de son esprit égaré. Quand il fronçait les sourcils, le sang séché sur son front se craquelait et un peu d'écume venait mouiller le tissu qui lui couvrait la bouche. Il ne disait rien et eux l'observaient, de l'inquiétude dans le regard, de l'impuissance aussi, et la conscience qu'ils n'en étaient eux-mêmes pas très loin. Et, pour cette dernière raison, ils détournèrent finalement les yeux.

« T'as faim ? demanda Smith.

— Non. »

Il s'assit en silence et joua du bout de sa botte dans le sable, sentant la chaleur s'introduire par l'ouverture.

Elle le regarda.

« T'espères que je vais tuer quelque chose.

— C'est ce que t'as eu l'habitude de faire jusque-là. »

Elle rit et croisa les jambes, mais ce bruit d'enfant qui lui sortait de la bouche ne ressemblait en rien à un rire.

« Ce n'est pas une habitude, c'est une méthode.

— Y'a une différence ?

— Ouais. Tuer n'est pas une fin en soi, c'est un transfert de pouvoir. Une protéine ne cesse pas d'exister dans la mort, elle est seulement redirigée vers un autre usage. Pour le pouvoir c'est pareil. Il est transféré pour contrôler la vie, ou une journée de vie en plus. Tuer avec sincérité est un acte impersonnel, fait sans hésitation, dans l'intention d'atteindre un but précis. »

Elle se balança d'avant en arrière un moment. Smith plongea le regard dans la nuit baignée de gris puis sortit son couteau et commença à racler la boue incrustée dans les coutures de ses bottes. Matthew balbutia quelques mots vers le ciel et ne bougea plus. Elle le scruta attentivement puis se retourna et continua.

« Tuer sans but serait gratuit, mais la violence gratuite n'existe pas chez les hommes. Un renard peut être pris d'un accès de rage meurtrière et tuer plus que ce dont il a besoin, mais il ne sera jamais capable de savoir pourquoi. Chaque homme naît avec une quantité définie de pouvoir, un pouvoir que certains essayeront d'amasser par la violence, alors que d'autres iront le tester, par la violence également. C'est un pari, ils peuvent alors en gagner plus ou bien tout perdre au profit d'un autre. Le pouvoir ici n'est pas une force brute mais le nombre de jours alloués à chacun d'entre nous. Chaque homme a un morceau de métal qui l'attend à la fin, qu'il s'agisse d'une balle, d'un couteau ou d'un lit d'hôpital, et tout acte qui rallongera ses jours au-delà du nombre qui lui a été imparti ne pourra jamais être gratuit. C'est ça la vérité derrière chaque meurtre. Une vérité dont Matthew n'a pas conscience. »

Matthew roula sur le dos et s'appuya contre la pierre, puis il referma les yeux.

Smith installa le sac de pilules et posa la tête dessus.

Il l'avait porté sur tant de kilomètres. Deux cent mille dollars comme un bout de ranch serré contre sa poitrine, le dernier morceau de verdure dans ce désert qui semblait pouvoir recréer de la vie, ta vie, et faire pousser une forêt s'il venait à le planter.

Ses gencives n'étaient déjà plus des muqueuses, sèches comme la peau de ses joues, et son bras peu de chose comparé à un corps entier perclus de douleurs. Est-ce comme ça, Père, que tu as ressenti la mort ? Alors que je porte en moi ce destin et que tu nous as quittés comme si le destin lui-même te l'avait ordonné. Mais est-ce ce que tu as ressenti quand toute la moiteur s'est vidée de ton corps, en sang et non en sueur, et une fois à terre étais-tu déjà aussi sec que la carcasse de bœuf que j'ai croisée ici ? Et si, ou quand, je m'effondrerai dans ce désert, est-ce aussi ça que je ressentirai, cette sensation d'un corps criblé de balles ?

Il prit une grande inspiration fatiguée à travers le tissu et mit ses mains derrière sa tête, serrant les doigts pour sentir les pilules.

Me sentirai-je comme si moi aussi elle m'avait tiré dessus ?

Il était à la table de la cuisine, en train de mémoriser les motifs sur les cibles en papier que le père lui avait données, effleurant des doigts les perforations comme s'il lisait du braille. Quand le père avait compris que la perte d'un œil avait rendu Wyatt incapable de tirer, il avait pris des cibles et les avaient clouées à l'orée des bois. Puis il l'avait fait tirer, une à vingt-cinq mètres, une à vingt et un, une à dix-neuf, et comme ça jusqu'à un mètre.

Wyatt était alors devenu assez doué pour que son père puisse lui désigner un faisan dans les bois, le tirer, le lui rapporter et lui demander à quelle distance il se trouvait. Wyatt retournait alors l'animal dans ses mains et observait la nuée de plombs avant de dire « onze à treize mètres » ou « entre dix-huit et vingt-deux mètres », puis il regardait le lieu de l'impact et mémorisait qu'une distance comme celle-là faisait tant de mètres.

Il avait étalé les cibles sur la table nue devant lui et les confettis de papier qui pendaient des trous de chevrotine ressemblaient à des feuilles d'arbre délavées. C'était le mois de janvier.

Elle arriva de l'extérieur avant le père, son nez rouge gelé par le froid. Elle laissa ses bottes à la porte et de la neige collée forma deux ronds blancs autour de ses mollets qui disparurent dans le gris de ses chaussettes en fondant. Elle s'assit sur la chaise à côté de lui et se balança un moment, puis avec un sourire en coin se laissa tomber en travers de ses genoux, lui arrachant la cible des mains.

« Lucy, lève-toi, tu sens le purin. »

Il se poussa sur sa chaise alors qu'elle se mettait à rire, posant sa tête sur la partie de l'assise qu'il venait de libérer.

« Vaut mieux le sentir qu'y ressembler.

— Continue à embêter ce yearling et il va t'envoyer valser tête la première tellement fort contre une barrière que tu finiras bien par y ressembler. »

Elle se redressa et essuya ses phalanges sur sa robe. La neige s'était transformée en eau sur le revers de ses mains.

« Nan. J'ai réussi à le seller aujourd'hui.

— Mon œil.

— Je te jure, Wyatt.

— Ça alors, bien joué. »

Elle esquissa un sourire et d'une pichenette envoya voler un bout de neige de sa chaussette.

« J'ai levé un lapin ce matin, il en reste si tu veux. »

Elle acquiesça et se dirigea vers le poêle à bois. Elle touilla la viande et sortit un filet de la casserole, Wyatt poussa alors les papiers de la table et y déposa son fusil pour le nettoyer.

Lucy se mit debout à la fenêtre et il l'observa pendant un long moment. Sa robe était remontée sur un jean sale et elle souleva l'ourlet boueux pour s'essuyer les mains dessus, laissant entrevoir des genoux recouverts du denim rendu transparent par l'usure. Elle avait les cheveux en bataille. Maintenant qu'elle les laissait pousser elle refusait de leur montrer comment faire, et ils s'emmêlaient en un col de fourrure dorée autour de son cou. Le vent frappait bruyamment contre la fenêtre comme pour s'y introduire, elle avait posé les doigts sur la vitre, laissant l'humidité s'en échapper et créer des ovales plus clairs de l'autre côté du verre. La neige fondait aux endroits qu'elle avait touchés, et elle rit à la fois parce que le froid dehors n'avait aucune emprise sur elle et par pur plaisir d'avoir rien que pour eux des chevaux à dresser et des lapins à faire cuire sur le poêle à bois. Il comprit alors qu'elle était de cette espèce qui réchauffe les foyers.

Smith envoya un coup de botte qui ne rencontra que du sable, il lança alors un bras en avant et frappa encore le sable. Il était toujours allongé dans le désert, les yeux levés vers un ciel noir que la promesse d'une aube approchante faisait virer au bleu-vert. Il resta étendu là, la tête posée contre le sac de pilules, avant de se lever enfin et de se diriger vers son cheval pour le défaire de ses entraves, la fille l'entendit et se leva elle aussi pour faire de même, et c'est en se retournant qu'elle aperçut Matthew encore prostré dans le sable.

Elle tira la mule par la crinière jusqu'à Smith qui avait enroulé un bras dans les rênes de sa jument et lui dit : « Tiens-la moi. » Smith lui attrapa les naseaux entre les deux mains et ce fut assez pour immobiliser l'animal.

La fille s'accroupit à côté de Matthew et posa délicatement ses doigts de chaque côté de sa gorge, puis d'une main prudente lui souleva les paupières. Elle les baissa après quelques instants.

« Matthew est mort. »

Elle recula et resta un moment silencieuse, puis ils sentirent le martèlement de leur soif et le sang de Matthew déjà ralenti dans ses veines. Smith la regarda, puis le corps, les yeux écarquillés.

« Je le ferai pas.

— J'allais pas te le demander. »

La fille se dirigea vers le cheval de Matthew et le libéra de ses entraves. La bête resta là sans bouger et la fille termina de seller sa mule.

Ils n'avaient pas de temps ni d'énergie à perdre en l'enterrant ici dans le sable, alors elle replia le tissu de sa bouche et lui couvrit les yeux. Elle prit le pistolet d'Awan et le glissa dans sa poche. Puis après un instant de réflexion, elle retourna fouiller le corps pour récupérer le briquet et le paquet de cigarettes.

Le rouan que Matthew avait monté errait à côté d'eux sans but.

Ils enfourchèrent leurs montures en silence, jetant un dernier regard à la silhouette déjà grise, puis ils tournèrent leurs bêtes vers le nord et s'éloignèrent, jusqu'à ce qu'ils ne puissent plus voir son visage peint d'un rouge macabre s'ils s'étaient retournés vers lui.

Une heure plus tard l'aube les avait rattrapés, ils se recroquevillèrent sur leurs chevaux, les yeux au sol, passant sans le voir sous des mesas et des tours de roche rouge plus grandes encore que toutes les constructions humaines qu'ils avaient pu admirer jusque-là. Il faisait trop chaud, Smith repoussa sa veste contre sa taille, déboutonna sa chemise et se l'attacha sur la tête, puis il baissa les yeux vers son bras. L'entaille sur le biceps était toujours profonde mais les fins tentacules de l'infection battaient en retraite, une semaine après la blessure.

Ils avançaient en parallèle, alternant celui qui se trouvait dans le soleil et celui qui chevauchait dans l'ombre de l'autre, avant que les ombres finissent par disparaître. Les chevaux avaient cessé de renâcler, trop fatigués ou résignés. Le hongre de Matthew s'égarait sans but derrière eux et revenait en trottant, restant un moment à leur niveau avant de s'éloigner de nouveau.

Une fois le soleil au plus haut, la fille détacha la peau de coyote de son front et laissa tomber ses cheveux qui lui couvrirent la nuque, puis elle rattacha la bande de cuir pour les maintenir en place. Elle se leva sur sa selle et attrapa son sac, sortit une cigarette et en passa une à Smith.

Elle alluma la sienne et la leva.

« Un toast à notre Matthew décédé. Puisqu'il est mort dans ce désert et que nous risquons bientôt de connaître le même sort, alors autant fumer et user notre salive à parler. »

Il acquiesça et prit le briquet qu'elle lui tendait. Elle avait des yeux nerveux qu'il ne lui connaissait pas.

« Alors, Wyatt, raconte-nous un peu qui tu es. »

Il tressaillit au bruit de son nom ainsi exhumé. La seule personne qui l'avait prononcé devant elle était Lucy.

« T'en as bien assez vu ces derniers jours pour que j'aie pas grand-chose d'autre à ajouter. »

Elle souffla par le nez, semblant imiter l'animal qu'elle chevauchait.

« Justement, il doit bien y avoir quelque chose derrière tout ça. D'abord… Lucy, c'est ta sœur ou ta femme ? Ou les deux ?

— Bon dieu.

— Je demande.

— Ça a jamais été comme ça. Simplement c'est la seule personne que j'aie jamais vraiment connue. Elle était moi et moi j'étais elle. »

Elle le dévisagea.

« Combien de temps vous êtes restés seuls là-bas tous les deux ?

— Cinq ans. Mais dans le fond ça fait bien plus longtemps. »

La fille s'allongea sur sa mule et de la main se protégea les yeux du soleil. Il se sentit soudain à l'aise, ou vide de tout espoir, et l'imita, même s'il exposait par là un peu plus son corps au soleil.

« Parle-moi d'eux. De ceux qui étaient là avant.

— Les ancêtres ?

— Ouais. Ceux qui t'ont mis ici.

— Ils sont arrivés il y a des dizaines et des dizaines d'années de ça, mais dans une contrée sans ville ni lieux où conserver l'histoire des gens, on n'en sait pas bien plus que ça. L'arrière-grand-père a fait la route de l'Ouest vers 1860, si c'était à cause de la guerre civile, ou s'il avait déjà senti la défaite du Sud, ou si c'était juste un lâche qui abandonnait sa terre, ça on n'en sait rien. »

Il fit une pause.

« C'est une longue histoire. »

La fille acquiesça, sa cigarette entre les dents. Un bout de cendre lui atterrit sur le menton mais elle ne le retira pas.

« Ça comblera le silence. »

Si tu ne racontes pas ça maintenant qui sait si tu auras un jour la chance de le faire.

« Cet homme c'était Wyatt Sinclair et il est allé s'installer dans l'Utah, une terre qu'il avait l'air de vouloir atteindre, bien au-delà du Texas. Et pourquoi le Texas ne lui avait pas suffi, ça on n'en sait rien, sans doute une histoire d'ambition ou, encore une fois, de lâcheté. L'Utah aussi était sec mais bien plus reculé, avec tellement de kilomètres supplémentaires à parcourir, comme s'il cherchait à se rapprocher de la ruée vers l'or déjà tarie mais sans jamais l'atteindre, tout en s'éloignant du Texas où la plupart du bétail de l'époque se trouvait. L'Utah, un désert sans Apaches à combattre et si froid durant les mois d'hiver. Pas assez d'eau à faire geler et seules vos larmes se transformaient en glace sur vos joues, un endroit déjà trop loin, mais pas encore assez pour atteindre l'océan ou l'or.

« Alors le vieux Sinclair a délimité sa propriété, huit cents hectares de pins et d'érables centenaires battus par le froid et le vent sec, et il a rempli l'estomac de quelques têtes de bétail. Sinclair, un gars qui voulait rien avoir à faire avec la grande histoire, pas fait pour aller se battre au nom d'un pays divisé, ni pour aller s'aventurer sur une côte Ouest prometteuse, ou vers la frontière qui longeait le Mexique avec ses Indiens et leurs scalps. Il est juste allé dans l'Utah, pas pour affronter des hommes mais pour affronter la nature, et ça c'est une bataille qu'on peut pas gagner, ni par les armes ni à la force des bras, et c'est ce qui a fini par le vider de ce qu'il lui restait encore de courage, et les générations après lui aussi. Et qu'il ait été un lâche, ou un ambitieux parti affronter quelque chose de grand, il lui était pareillement impossible de gagner contre la nature. Il ne pouvait pas gagner. Et il n'a pas gagné. »

La mule trébucha et la fille écarta les mains pour reprendre l'équilibre, laissant échapper sa cigarette. Elle en prit une autre et en tendit une deuxième à Smith.

« Et puis ça n'a plus été que sept cents hectares, cent hectares vendus en parcelles au fil des années à des ratés de Vegas et de Salt Lake avec juste assez d'argent pour y installer une petite caravane, ce qui était déjà bien plus que n'en avaient les Sinclair-Smith. Et ça paraissait approprié que Sinclair voie son nom disparaître en n'engendrant que des femmes. Deux filles, l'une mariée à un homme de Californie et l'autre qui avait filé, Dieu sait où. Et toute sa détermination ou sa lâcheté s'est retrouvée enfouie dans les ornières de son tracteur, sur cette terre qu'ils avaient réussi à labourer, à irriguer, alors qu'elle ne le voulait pas, et qui avait fini, contrainte, par leur donner du blé.

« Et puis cette terre fut léguée au seul fils de la femme qui n'avait pas filé et de ce Smith qui était venu de l'Ouest. »

Wyatt se tut. Il retira les mains de ses yeux et laissa le soleil lui dévorer les rétines.

« Et qu'est-ce qui lui est arrivé ? C'était ton père ?

— Il est mort. Y'a pas grand-chose à en dire. »

Mort jeune et vaincu par son combat contre la terre comme les autres avant lui, morts vieux et vaincus, mais en l'occurrence d'une balle dans la poitrine, il avait quitté cette maison, installée là avant la route, petite pour son époque, comme si l'échec avait semblé imminent, mais désormais trop vaste, pleine de pièces vides où la fille, devenue orpheline de sa propre main, se promenait au milieu des ombres projetées par les trop nombreuses fenêtres. Sept cents hectares qui n'avaient jamais eu de nom, mais qui comme toute propriété se devait d'en avoir un. Qui n'avait jamais eu de but non plus, forçant ainsi les descendants de Sinclair à y rester à jamais enchaînés, comme pour absoudre le lieu de cette absence de nom et lui trouver enfin un but, un sens, un sens à ce que les trois générations avant eux avaient laissé inachevé, avant que le désert ne renvoie tout à la poussière.

« Tu crois que c'était le destin ? demanda la fille.

— Comment ça ?

— Qu'ils se soient retrouvés comme ça sur une terre que personne n'aurait dû habiter et encore moins cultiver, et que c'est ça qui t'a amené jusqu'ici, à ce que tu fais maintenant. »

Il se releva sur son cheval.

« Évidemment. »

Elle jeta son mégot sur le côté. Certaine que dans le désert il nourrirait quelque chose.

« Le destin n'est qu'un chiffre, un décompte du temps qui te reste. »

Et si le destin n'était pas un chiffre mais une paire de mains ? Des mains qui auraient plié le feuillage de telle manière qu'il aurait troublé la vue de sa sœur pour qu'elle confonde un élan avec le père, elle qui avait déjà chassé et traversé ces bois un millier de fois.

« Putain de désert », cria-t-il et la jument sursauta avant de retrouver son allure.

La fille talonna la mule pour rattraper son retard. Elle regarda la route devant eux alors qu'ils avançaient, demeurant silencieuse un long moment avant de se remettre à parler.

« Qu'est-ce que tu as perdu ?

— Quelle importance. Pourquoi toutes ces questions ? Raconte un peu ton histoire, toi, si on a du temps à tuer.

— Ça sert à rien. Mon seul but dans la vie est de défier mon passé. Ton but à toi est de résoudre le tien. »

Vers le milieu d'après-midi, le rouan qui trottait en retrait déboula devant eux à toute allure et ne s'arrêta que cinq cents mètres plus loin avant de broncher en faisant volte-face.

La fille se dressa aussitôt sur sa selle.

« Des coyotes. Aucun doute. »

Smith la regarda, elle se protégeait les yeux du soleil en scrutant leurs arrières, d'où le cheval était venu. Un fin chapelet de points beiges et poussiéreux apparut à l'horizon, se déformant et s'étirant avant de se regrouper à nouveau à mesure que les animaux avançaient.

« Merde. Ils ont dû être attirés par Matthew. »

Smith avait tourné son cheval pour regarder. « Huit au moins. Un cheval devrait suffire. Si on les course on risque de finir sans montures de toute manière.

— Il faut qu'on attrape le rouan.

— Il a eu une trouille bleue, t'arriveras jamais à l'attraper.

— Chier ! »

Il pouvait lire sur son visage qu'elle le savait aussi bien que lui, ils n'avaient aucune chance de les semer. Les coyotes étaient capables de parcourir jusqu'à trente kilomètres par jour.

Ils avaient peut-être encore une heure avant que les bêtes les rattrapent, et par une telle chaleur, attendre n'était pas une option. Ils poussèrent leurs chevaux en avant.

Ici les mesas étaient basses et se terminaient en pente douce dans la plaine, venant balayer le sable, le sol une couche de roche rouge accidentée là où les pieds des mesas se rencontraient avant de se séparer. La fille chevauchait debout, sa silhouette coincée dans la position d'un coureur incapable de courir. Une posture figée et impuissante dans l'air chaud débilitant. Les chevaux étaient effrayés mais trop exténués ou lassés pour partir au galop, et ils exprimaient leur peur à coups d'hésitations et d'embardées, faisant résonner leurs sabots contre la pierre en fuyant sans passion la marée de crocs approchante.

Le rouan était une silhouette rouge dressée au loin. Il les attendait en les observant, comme seules les créatures des prairies savent le faire, regardant à la fois la vaste étendue qui s'étirait au nord et les deux montures, leurs cavaliers, et derrière eux la cohorte trapue de poursuivants qui tachetaient l'horizon baigné de blanc au sud. Smith ne se retourna pas pour regarder. Il entendrait résonner leurs griffes sur la pierre quand ils poseraient leurs pattes dessus, et d'ici là, les voir ne lui apporterait rien. Le destin ne peut être changé par un regard. Et si le temps ressemblait à une plaine il leur serait impossible d'y échapper, rien n'aurait plus de début ni de fin. Il y aurait toujours des coyotes, toujours un fusil à la main. Et Lucy toujours à six cents kilomètres de là.

Une demi-heure plus tard le bruit de leurs griffes résonna, la meute était sortie du sable et avançait désormais sur la roche, dérapant sur la surface à chaque trébuchement affamé. Impossible de dire qu'il n'avait pas imaginé que cela se passerait ainsi. Dans le sang, sous un soleil d'août. Mais il n'aurait pas pu prévoir que la mort aurait l'audace d'arriver en trottant. Il savait que la fille s'était mise à parler parce qu'elle ne supportait plus ce bruit de pas.

« Une légende navajo dit que les mesas sont les corps de géants que deux jumeaux auraient combattus et tués, dit-elle du dos de sa mule.

— T'y crois ? »

Le rouan était à quelques minutes d'eux, il n'avait pas bougé, juste baissé la tête pour brouter des plantes inexistantes.

« Je ne crois pas que des géants ressembleraient à ça. Ils vivent déjà parmi les hommes.

— Des cartels.

— On en a déjà affronté un, dit-elle.

— Et on n'a pas gagné. »

La journée était chaude et le ciel blanc s'écoulait des interstices entre les mesas, une rivière en fusion au-dessus de leur tête.

« Pas des cartels. Ils sont trop bien grands pour se nourrir d'hommes, ils ne sont pas une menace pour eux ; ils préfèrent se nourrir de civilisation. Ce qu'ils ont fait dans le désert c'était de l'instinct de conservation. Un taureau est herbivore, mais il te tuera si tu le menaces. »

Ils rejoignirent le rouan qui agita la tête d'avant en arrière puis leur emboîta le pas, se calant entre eux deux, les sclères blanches de ses yeux désormais immobiles au milieu de son visage couvert de sable, calme dans l'air chargé de poussière et de sueur entre ses frères.

« Combien de tiques pour tuer un taureau ? demanda-t-elle.

— Vingt par kilo de masse corporelle, jusqu'à ce qu'il se mette à perdre du poids. Après ce n'est plus qu'une question de temps. »

Le bruit, désormais plus que celui de simples griffes, était devenu, sous le flot de pattes, un grondement ponctué des bruits de dents des coyotes s'attrapant les chevilles.

« Tu vois ? Il ne faut qu'une tique pour tuer un géant », lança-t-elle.

Le rouan se cabra entre leurs deux visages, le calicot de ses joues plates comme une empreinte floue du paysage sur sa peau, puis il appuya lourdement son épaule contre la mule et la paire trébucha dans sa lancée. Les chevaux poussaient de sourds gémissements.

« Une tique sur le dos du monde, avec un flingue, dit Smith en talonnant sa jument.

— Oui. »

Le rouan tenta de les dépasser mais la fille poussa sa mule sur la droite pour lui couper la route. Le cœur de Smith battait à tout rompre ; les coyotes étaient trop proches.

« Non. Pas une tique. Y'a pas de mot pour ce que t'es.

— Parce que t'as un mot pour ce que t'es, toi ?

— Plus d'un, oui. » Et il dégaina le pistolet d'Awan.

Le bruit devenait si fort qu'il faisait trembler le reste de ses sens embrouillés, et les rochers escarpés sur les parois des mesas autour d'eux semblaient frémir comme les deux morceaux d'une mâchoire titanesque. La fille tira sur ses rênes pour placer sa mule derrière les autres.

Puis un cri lorsqu'un coyote tomba sous un coup de sabot de la mule, alors ils se tournèrent enfin. La meute descendait entre les mesas comme une coulée de boue sur la pierre, une marée d'yeux fiévreux. La fille talonna violemment la mule qui se cabra, et lorsque ses sabots retombèrent sur le sol, elle cala l'AK-47 entre ses oreilles et abattit le rouan d'une balle à l'arrière de la tête.

Au coup de feu, la mule s'élança dans un galop sauvage et le cheval de Matthew s'effondra submergé par la vague de fourrure du désert aux crocs encore couverts du sang de son dernier cavalier.

Le mur de mesas s'ouvrit sur une plaine dégagée, et la fille planta ses talons dans les flancs de la mule, la serrant pour en reprendre le contrôle. Quelques coyotes s'étaient élancés à leurs trousses mais ils firent bientôt demi-tour sous l'odeur pressante du sang.

Ils continuèrent ainsi jusqu'à atteindre un plateau. La fille se laissa alors glisser de la mule et se retourna.

« On va s'arrêter là pour la nuit. »

Plus que quatre balles à eux deux.

Les bêtes étaient harassées et tremblantes, elles se collèrent l'une à l'autre et se blottirent ainsi contre la falaise à écouter le sanglant banquet au loin.

Smith et la fille s'effondrèrent contre un rocher à côté des animaux. Elle souleva son t-shirt pour regarder son estomac.

La sueur avait donné aux bandages la couleur du fumier et elle ferma les yeux en se laissant tomber en arrière.

L'obscurité approchait et il pouvait déjà sentir la fraîcheur s'installer comme une piqûre de sel dans la bouche.

Un aigle poussa un cri sur le plateau au-dessus d'eux. Au sommet de la colonne rocheuse se dressaient des arbres étranges dont les graines projetées vers le ciel s'étaient ensuite altérées sous les contraintes de l'évolution, et peu importe toutes les formes de vie et les jardins qui peuplaient peut-être cet îlot perdu au milieu des airs, personne n'en verrait ni n'en connaîtrait jamais l'existence. La fille le remarqua elle aussi et se leva en reculant, plissant les yeux pour voir.

« Y'a du vert là-haut. » Elle fit le tour de la base, cherchant une voie pour monter, mais n'en trouva aucune.

« Mais ça sera pas pour nous. » Elle se rassit. Pas pour eux, confinés sur le sol inerte où, un demi-kilomètre plus loin, des charognards écartelaient un cheval. Et charognards ils l'étaient eux aussi, puisque ce même cheval ils l'avaient volé en faisant couler le sang d'un autre homme.

Le froid commençait à se faire sentir, Smith dénoua alors le t-shirt noué de sa tête et serra encore une fois son bras avant de l'enfiler.

« C'est ton père. »

Il la regarda.

« Le type avec la mâchoire de lapin. »

Il acquiesça sans rien dire et détourna le regard dans la nuit naissante.

« Tu peux toujours reconnaître un parricide. Toujours. Le truc c'est que, t'as beau être un parricide, je suis quand même pas sûre que ce soit toi qui l'aies fait. J'ai pas raison ? »

Il secoua la tête.

« T'en as déjà parlé ? »

Il s'adossa contre la roche.

« Non.

— Jamais ?

— C'est pas quelque chose dont tu parles.

— Et elle le sait ?

— Comment tu sais que c'est elle ?

— Ça ne pouvait être personne d'autre. Tu lui as jamais dit ?

— Mais c'est elle qui l'a fait.

— Et alors ? C'est la meilleure raison pour le lui dire. Peu de gens dans ce monde savent vraiment ce qu'ils ont fait. »

Il baissa les yeux et la fille ajusta le morceau de tissu sur son avant-bras blessé. Quand il les releva, elle l'observait encore.

« Y'a pas trente-six manières de le raconter alors je vais le faire bien. C'était un accident. Elle l'a pris pour un élan. Elle a tiré sur mon père dans les bois et puis il est tombé à terre, elle a mis quatre-vingt-dix minutes pour le traîner sur près de deux kilomètres jusqu'à la lisière des bois. Là j'ai laissé filer le jeune veau noir que j'étais en train de dresser et je me suis avancé vers elle pour l'aider, je l'ai regardée, puis j'ai regardé l'homme, et ça encore une fois, et quand j'ai levé les yeux vers elle, elle avait disparu.

« Elle l'avait laissé là et elle était retournée à la maison, alors je l'ai suivie. Elle avait déposé le fusil à pompe sur la table de la cuisine et n'y a jamais plus touché. Elle n'a rien dit, seulement posé le fusil sur la table comme ça. Elle ne pleurait pas et si elle avait pleuré ses larmes avaient dû couler sur le père et leurs traces s'étaient déjà effacées dans la poussière de ses joues.

« J'ai essayé de la prendre dans mes bras mais elle s'est reculée comme un chien, alors on est retournés le chercher et on l'a allongé dans son lit, comme ça pendant deux jours, on rentrait et on sortait de la pièce comme si ça allait changer quelque chose ou si ce qu'on faisait avait un sens, et à la fin des deux jours avant que l'odeur arrive, on l'a enroulé dans un drap et je l'ai tiré jusqu'au pied de la colline et on l'a enterré là. On n'a pas fait de fausses funérailles, même si elle était là quand j'ai versé la dernière pelletée de terre, debout dans l'ombre à l'entrée des bois, et quand j'en ai eu fini elle s'est avancée et elle a posé le collier en mâchoire de lapin sur la croix de bois que j'avais plantée au-dessus de sa tête. »

Il se sentit alors essoufflé d'avoir enfin tout raconté, et si aucun poids n'avait été levé de sa poitrine, la fille semblait l'avoir inhalé et s'en être rassasiée.

« Tu ne voulais pas la laisser être le parricide.

— C'était pas sa faute. C'était un accident. Ce serait plus juste de dire que c'est cette terre qui l'a emporté, ou le destin qui s'est vengé. Mais elle ne méritait pas d'être brisée comme ça. J'aimerais pouvoir abattre l'homme qui a tué le père et l'a rendue ainsi, mais cet homme n'existe pas. Et comment faire quand c'est contre l'ordre même des choses qu'on demande justice ?

— Il faut le défier. »

Il avait oublié sa soif mais elle se rappelait à lui à présent, rêvant d'eau qui n'existait pas. Il savait à quoi il ressemblait, le visage brûlé et épuisé de n'avoir plus une goutte d'humidité sous la peau depuis bien longtemps, les morceaux de bête qu'il avait enroulés autour de la tête et son bras qui n'était plus en décomposition mais qui l'avait été. Le juste visage d'un parricide. Alors il sut, Jacob c'était lui, condamné à errer sur cette terre.

Deux oiseaux nocturnes crièrent et descendirent en flottant du haut de la mesa.

« Tu crois que là-haut c'est le paradis ? demanda-t-il.

— Si y'a de la boue ou de l'eau je dirais que oui. » Elle ferma les yeux en se redressant. « Mais le paradis n'est pas réel, un arbre de la connaissance ne porterait pas de fruits. Ça serait plutôt un érable box elder. Un arbre de la connaissance ne serait pas là pour te nourrir, mais seulement pour te montrer que le sang avait toujours été là. »

Il installa le sac de pilules sous sa tête, sans pouvoir dormir. Elle s'allongea dans le prolongement de l'horizon, comme pour chercher à le défier ou pour simplement l'observer d'un autre œil. Son visage était peint de la couleur de ce pays, de tout ce sang de bête et de ces vies détruites qu'ils avaient craints avec Lucy en grandissant, alors qu'ils avançaient d'un pas lourd, s'écartant toujours plus loin du jardin d'Éden, écrasés par la douleur d'avoir à tuer pour survivre. Et il savait que la fille était ce qui se rapprochait le plus d'un dieu des enfers, mais dans un lieu pareil, ce sont les seuls dieux encore en mesure de vous sortir d'ici. Il ferma les yeux au bruit des jappements fiévreux des coyotes appelant leurs petits à venir s'engraisser, alors la fille se rapprocha de lui. Il lui fit une place et elle posa sa tête à l'autre bout du sac de pilules, et ils s'endormirent ensemble.

Il rêva de Lucy cette nuit-là. Assise dans le fauteuil de cuir noir qui semblait plus sombre qu'elle encore sous le clair de lune. Ses doigts, qu'elle aurait dû avoir assez experts pour savoir broder mais qui, dans son deuil, étaient restés maladroits, saignaient sur une chemise de flanelle râpeuse déjà par trois fois racommodée et ressemblant déjà trop à de la toile de jute. Puis, quand le cri d'un oiseau de nuit avait résonné dans le vide elle s'était réveillée, elle avait ouvert les yeux et vu le fantôme de l'homme devant elle, un fin squelette mais bien là dans la pièce.

Elle s'était alors levée pour s'approcher de lui et, ce faisant, les ombres des arbres dehors et les recoins sombres du porche avaient peint son corps et son visage d'indigo et de violet, comme si les hématomes de ses jeux d'enfant il y a tant d'années remontaient à la surface de sa peau. Et alors qu'elle pénétrait plus profond dans le clair de lune qui se répandait par la fenêtre, les hématomes se changeaient en entailles violettes, se vidant de noir sur sa joue, puis sur sa clavicule, où la lumière venait former une flaque, débordant ensuite sur sa poitrine, ses bras et ses jambes en les nappant alors de la même couleur que ces couchers de soleil qui précèdent l'orage. Elle s'était agenouillée dans la flaque bleue et avait regardé l'homme, levant des mains suppliantes, serrant toujours son aiguille et son fil, la chemise de flanelle tombée au sol. Alors, tachée d'un tourbillon de violet-indigo et le visage pâle, elle avait murmuré : « Je suis tellement désolée, Père, je suis tellement désolée. » Et la blessure sur la poitrine de l'homme s'était mise à couler, se mêlant à l'ombre des siennes.

« Tu crois qu'on va mourir ? demanda-t-il.

— Non. Sauf si tu commences à en parler. »

Elle avait la voix rauque.

« Et puis les chevaux meurent toujours avant l'homme. »

Le ciel se veina peu à peu de rose au-dessus d'eux mais il faisait toujours froid, et c'était une sensation étrange que d'essayer de s'en imprégner tout en se recroquevillant pour trouver un peu de chaleur. Leurs yeux brillaient dans les ténèbres encore bien présentes, et dans l'écrin aride de leurs peaux sèches et craquelées ils semblaient plus brillants encore, même si le faux œil de Smith était déjà opaque de poussière.

Affamés et sans rien à se mettre sous la dent, Smith ouvrit grand les mâchoires, tirant sur la coupure à l'intérieur de sa joue et rouvrant la plaie, il lapa alors le goût ferreux dans sa bouche comme un acte de violence solitaire et secrète.

La chaleur s'était déjà levée quand ils partirent et il se mit à voir les silhouettes des hommes qu'il avait tués dans les ombres mouvantes des mesas.

Ils étaient à deux kilomètres à peine de là où ils avaient dormi lorsqu'il craqua.

« Tu le savais, avoue ! »

Son cheval vacilla sous son cri et la fille leva les yeux de sa torpeur.

Il voulait se battre. Et il avait déjà envoyé le sac de pilules au sol et sauté de son cheval, fou de chaleur, s'avançant vers elle.

« Tu le sais, pas vrai. Tu connais ces choses, alors tu dois forcément savoir. »

Il lui attrapa la jambe et lorsqu'elle se pencha d'un air ébahi il balança son poing et la frappa au menton.

« Tu savais très bien comment c'est arrivé ! Tu savais pourquoi ! »

Elle était descendue de la mule en un éclair et lui sauta sur la poitrine. Ils roulèrent et il la plaqua violemment sur le dos, il lui envoya alors un deuxième coup de poing qui la rata. Tout en tentant d'éviter le coup, elle lui laboura la joue de ses ongles, mais le suivant l'atteignit en plein dans le nez. La fille se dégagea et lui grimpa dessus en lui écrasant le dos contre un rocher, il lui lança alors un coup de pied et elle se redressa en reculant, chancelante.

« Arrête ça !

— Tu sais pourquoi elle l'a fait !

— Arrête ! Tu vas finir par nous tuer tous les deux. »

Il était allongé sur le rocher et reprenait son souffle en toussant, elle sentit alors l'humidité et s'arracha le tissu du visage. Du sang lui giclait du nez, coulant sur sa bouche et son menton, elle appuya ses mains qui furent aussitôt couvertes de sang et regarda ses paumes. Un instant silencieuse, ses yeux rougissant comme embués par le coup au visage. Elle pressa les mains contre son nez et les couvrit à nouveau de sang qu'elle envoya alors gicler sur Smith.

« Ça… »

Elle s'étala le sang sur les côtés du visage et sur son t-shirt, puis lui montra à nouveau ses mains.

« Ça ! Alors c'est à ça que je dois ressembler pour vous tous ? C'est pour ça que t'as pas fui de la serre et qu'Awan et ses hommes ne m'ont pas rejetée dans le désert. Parce que pour vous c'est à ça qu'un tueur doit ressembler, pour que vous n'ayez pas à croire que ceux que vous aimez puissent être capables d'une telle chose. Et si elle n'est pas revenue couverte de sang alors c'est qu'elle ne l'a peut-être pas vraiment fait et que rien de tout ça n'est réel. Parce qu'un tueur doit ressembler à quelque chose que vous n'avez encore jamais vu et que vous ne verrez peut-être jamais plus, pour que vous n'ayez pas à regarder vos pères, vos mères, vos frères ou vos putains de sœurs en leur disant : “Nous sommes tous faits ainsi. Nous avons tous ça en nous.” Et alors que toi-même tu l'as fait, que ton visage est encore couvert de sang, tu crois que tu es différent et que même avec un seul œil tu peux voir les choses clairement. Mais elle me ressemble bien plus que tu ne pourrais jamais le supporter. Et toi aussi. »

Il la regarda, les gouttes de sang de la fille coulant sur son visage. Elle avait récupéré la mule et s'apprêtait à l'enfourcher, mais s'arrêta. Puis elle se tourna, et lui tendit la main.

« Si tu essayes de conjurer le fantôme de ta sœur tu t'y prends mal. Allons-y. »

Il lui saisit la main et se releva, puis il attrapa sa jument pie et le sac de pilules, et la fille se hissa alors lentement sur sa selle.

La journée s'était presque écoulée quand il parla à nouveau.

« Je sais pas pourquoi je t'ai pas tuée au Walmart. »

Elle acquiesça.

« Je sais pas pourquoi je t'ai pas encore tué ici. »

Puis elle sortit deux ampicillines de leur tablette et les lui tendit.

Ils finirent par s'arrêter, leurs montures tellement déshydratées que même après l'effort leurs bouches restaient sèches, sa jument pie triturant son mors d'une langue râpeuse.

Avant de desseller la mule, la fille s'appuya contre son flanc pour garder l'équilibre et vérifia les points de suture sur son ventre. Sa peau paraissait lisse et grise comme du cuir de requin sous la lumière déclinante. Il pensa aux bris de verre qui s'étaient logés dans ses doigts quand elle avait fait voler des vitres en éclats pendant la fusillade, il se demanda si les morceaux y palpitaient encore, comme la manifestation des reflets de la lumière sur les bras de Lucy cette nuit-là, il y avait si longtemps déjà. La fille tourna son poignet et retira le bandage. Les traces de dents y dessinaient une constellation noire. Il la vit examiner sa plaie et observa l'entaille circulaire qui formait à présent une croûte sur son front. *C'est ce monde changeant et nos cicatrices qui vont nous rendre différents.* Il regarda ses genoux d'enfant puis vérifia le trou apaisé dans son propre bras.

Elle s'approcha et s'assit face à lui.

Ils ne dirent rien pendant un moment, Smith pouvait sentir là où le soleil lui avait brûlé la peau sous ses cheveux et il y posa la main, touchant les ampoules qui commençaient à s'y former.

Autour d'eux poussaient des ronces sèches, Smith en ramassa quelques-unes de là où il était assis et les alluma avec le briquet de Matthew, et quelques minutes plus tard ils parlaient à nouveau.

« Pourquoi t'as fait un tel pari ? demanda-t-elle.

— De t'utiliser plutôt que de te tuer ? »

Elle acquiesça.

« Est-ce que c'est parce que ta sœur n'est déjà presque plus avec nous ? »

Il resta immobile.

« C'est la culpabilité qui l'a emportée. Peu importe si c'était un accident. Elle l'a emportée malgré tout. »

La fille y réfléchit un long moment.

Il retira son œil pour en essuyer la poussière, mais comprit que c'était inutile, plus un seul endroit propre sur ses vêtement ou sa peau pour l'essuyer.

« Je peux le voir ? » demanda la fille.

Il le lui tendit et elle le tourna dans sa paume. Du verre blanc dans une vallée de rouille sèche et rouge. Bien trop de poussière ici pour espérer pouvoir le remettre.

« On peut faire un échange ? »

La fille se tourna et fouilla dans son sac, elle tendit son autre poing vers Smith puis l'ouvrit, la mâchoire du lapin à l'intérieur. Gravé du numéro 792.

Il la lui prit et elle referma la main sur l'œil. Son regard immobile au fond de sa paume semblait désormais résolu à l'idée d'être pour toujours indépendant de sa tête. Il avait assez voyagé.

La nuit fut agitée, entrecoupée de nombreux réveils, il remarqua au bout d'un moment qu'elle n'était plus allongée sur le sol, il regarda derrière lui et la vit, elle avait escaladé la paroi rocheuse et s'était assise sur une corniche dix mètres plus haut, les genoux contre la poitrine et ses yeux noirs et songeurs plongés dans la nuit où les étoiles s'arrachaient à leur torpeur pour voler à travers le ciel et s'écraser entre les mains suppliantes que tendaient les plateaux inertes du désert en dessous. Il se réveilla une deuxième fois et elle se tenait toujours là-haut, puis lorsqu'il fut l'heure de se lever il vit qu'elle était à nouveau allongée dans le sable, comme si elle ne l'avait jamais quitté.

12

LES SIENS

Au matin la jument pie était à terre. Smith essaya de la relever mais ses yeux ne suivaient déjà plus le mouvement de ses mains quand il claquait des doigts devant elle, et lorsqu'il lui poussa le flanc des genoux elle grogna mais ne bougea pas. La fille se tourna vers lui.

« Je t'avais dit que le cheval meurt toujours avant l'homme, fit-elle dans un haussement d'épaules, c'est pas bon pour nous. »

Elle lui passa le AK-47 et il l'abattit d'une balle à bout portant. Elle avait bien gagné sa mort.

La fille reprit le fusil, l'enfila en bandoulière et retourna vers sa mule, mais il l'arrêta, « Attends », et il s'agenouilla à côté de la jument, couteau de chasse à la main.

Il la regarda un long moment avant de se lancer, ressassant l'idée dans sa tête. Peut-être avait-il toujours été ainsi. Puis il perça une des artères du cou et posa sa bouche contre la peau.

Ce n'était pas de l'eau et c'était tiède mais il avait si soif.

Un goût de bétail et de fer si proche de l'odeur qui lui envahissait le nez au matin dans les champs. Le sang versé après la fusillade était différent, comme chargé d'une odeur de brûlé. Ici c'était celle d'un bœuf à la cuisse arrachée. Et c'était sur les terres de son ranch que les os de ce bœuf reposaient encore, désormais brûlés et nettoyés par les moineaux, et c'était là où les os du père reposaient eux aussi, même s'il ne savait pas s'ils étaient visibles, ni dans quel état de pourrissement, ni de quel endroit du champ Lucy observait leur décomposition…

Il resta accroché au cou du cheval, buvant. Reprenant vie. Lucy, à cette heure de l'aube, serait encore au lit, vêtue de blanc. Et elle se consumerait et vieillirait seule sur cet oreiller solitaire où sa tête ne touchait que le bord car même là elle n'avait pas sa place, même dans son sommeil son âme n'était plus chez elle. Et il savait qu'une fois endormie, son âme ou son fantôme s'en allait errer entre les arbres, dans cette obscurité couverte d'écorce où elle avait pris une vie et enchaîné la sienne.

Il roula sur le côté et s'affala contre le flanc du cheval, la fille rampa alors vers lui et fit le plein elle aussi. Il souffla bruyamment, satisfait d'avoir étanché sa soif et d'avoir pensé à le faire.

Ils restèrent ainsi une demi-heure, buvant autant de sang que leur estomac pouvait en supporter. La fille vomit une fois sur son t-shirt avant de ravaler ce qu'elle avait encore dans la bouche et de se remettre à boire. Ensuite ils sellèrent la mule et la fille monta en premier, Smith lui lança le sac de pilules et monta derrière elle.

Et ils reprirent la route, le borgne tenant les rênes de la bête aux sabots noirs, la fille perchée sur la selle devant lui, l'ombre du fusil accroché dans son dos dessinant des lignes sur le sable derrière eux.

« Combien tu crois qu'il nous reste à parcourir ? demanda-t-il.

— Je dirais quatre-vingts kilomètres. Encore quelques jours, si on tient jusque-là. » Elle secoua la tête. « Mais aucune idée de ce qu'on risque de trouver une fois là-bas. Ils auront peut-être forcé les blessés à abandonner la serre.

— Tu disais que c'est un de leurs gars qui t'avait dit où elle se trouvait.

— C'était pas l'un d'eux. Quand le cartel est tombé, ils se sont tous divisés en différentes factions. Les Cordova ne divulguaient les adresses de leurs fournisseurs qu'aux quelques hommes qui avaient besoin de les connaître, pour que les fournisseurs ne soient pas inquiétés par des employés qui se mettraient en tête de les détourner. Ceux-là ne savaient pas où est la serre, sinon ils nous y auraient retrouvés. »

Elle resta silencieuse un moment avant de reprendre.

« T'es toujours vivant ?

— Je respire. Et toi ?

— Je respire. »

Un coyote solitaire s'approcha par l'ouest et trotta quelques kilomètres avec eux sur ses pattes parcheminées. Par ennui ou par un accès de folie, la fille avait pris le pistolet et visé le dos bosselé de l'animal, imitant le recul et le bruit d'un coup de feu. La mule continuait sa marche lente, indifférente, chacun de ses sabots de la taille de la tête du canidé. Au bout d'une heure le coyote les regarda à nouveau de ses yeux jaunes, les observant comme pour se souvenir de ces masses composites faites de peau glabre et rougissante, de métal noir et de la fourrure des siens, puis il reprit sa route et s'éloigna dans la blancheur aveuglante.

Smith tendit une main pour que des antibiotiques viennent lui rouler contre les dents.

« Les types qui ont embusqué Awan, ils étaient là pour toi ? »

Elle acquiesça.

« Tu savais qu'ils seraient là ? »

Elle ne répondit pas, garda les yeux fixés vers la plaine.

« T'as peur qu'ils te retrouvent ?

— Tu ne comprends pas. Ils m'ont vue partir en courant dans le désert, ils sont certains que je suis morte. »

Elle baissa la voix avant de continuer.

« Je n'étais encore jamais passée pour morte. Si j'arrive à sortir d'ici vivante, je suis sûre que j'arriverai à apprécier ça. »

Lorsque le soleil se mit à leur taper droit sur la tête ils finirent par ralentir pour ménager un peu la mule. Et, ainsi coincés sous le soleil, ils s'installèrent tous les deux dans diverses positions, se couvrant la tête contre la chaleur, ou s'allongeant sur la croupe de la mule le visage tourné vers le ciel comme le dos brisé, ou le nez plongé dans sa crinière. Une collection de corps pétrifiés de Pompéi.

Les oreilles dressées de la mule lui donnaient l'air d'un énorme doberman noir aux dents limées, et une fois passé le plus haut point de la journée, l'ombre de ses pattes s'étendit en arbres fantomatiques. Smith les regarda pendant ce qui lui sembla des heures, ces lignes charbonneuses qui glissaient sur le sol.

La fille fatiguée appuya son dos contre Smith, s'endormant peut-être un peu. Lui continuait à regarder les ombres qui s'étiraient toujours comme des arbres, ces arbres remplis de sang et dressés tels des poteaux brûlés, certains si larges et corpulents qu'ils semblaient pouvoir vraiment renfermer un homme. Une forêt d'hommes morts enveloppés d'écorce, forcés de se tenir debout, et avec leurs yeux aveugles ainsi cachés derrière la pulpe de l'arbre il était impossible de savoir s'ils étaient levés vers le ciel à la recherche de lumière ou fixés droit devant eux. Et c'est dans les espaces entre leurs troncs que l'homme s'était effondré sur le dos sous la balle d'un fusil, le visage tourné vers le ciel comme une silhouette sur une cible, dans les bois d'un coin reculé de l'Utah.

Il n'y aurait pas d'étoiles cette nuit-là, le ciel se noircissait de nuages comme des cotons chargés de poudre. Puis l'obscurité alla jusqu'à effacer leurs ombres, pour ne plus laisser aucune trace de leur présence sur terre, même comme de simples objets vacillants sous la faible lumière de la nuit.

Pas d'étoile pour leur indiquer le nord mais ils avançaient toujours dans la bonne direction ; ils le sentaient. Quelques heures plus tard ils entendirent un craquement et un orage éclata, des filaments de lumière s'enfoncèrent dans le sol plus de cent cinquante kilomètres à l'ouest et avec l'immensité vide devant eux ils purent les admirer. Les nuages coagulèrent bientôt en un tapis laineux et dans l'obscurité ils ne pouvaient déjà plus discerner leurs mains même à les coller contre leur visage.

Ils poussèrent la mule plus avant, la faisant piétiner dans le sable sur deux kilomètres encore, elle trébuchait et bronchait puis finit par s'arrêter, se figeant devant l'obscurité sans visage, terrifiée à l'idée que des créatures plus larges et cauchemardesques qu'elle puissent en émerger.

Ils mirent pied à terre et Smith banda les yeux de la mule avec sa veste. Puis, marchant à côté de l'animal, ils traversèrent la plaine, enveloppés d'une noirceur si opaque que la main tendue de la fille effleura un instant la paroi d'une mesa invisible. À l'ouest le tonnerre continuait à gronder, illuminant l'air de son squelette électrique par intermittence, et après ces passages de lumière ils pouvaient à nouveau discerner des choses dans le noir. Des choses informes, conglomérats de la violence contenue dans ces sons synesthésiques, des visages qu'ils avaient connus et peut-être tués et peut-être perdus. Et qu'avait pu voir la mule pour s'arrêter ainsi si ces visions étaient propres à chacun d'entre eux. Alors, enfin, ils décidèrent de s'arrêter. Smith retira alors sa veste des yeux de la mule et l'entrava.

Ils s'allongèrent et il pouvait entendre la fille se recouvrir d'un sable déjà plus frais que l'air. Il songea aux créatures qu'elle retournait de ses mains, imaginant les scorpions ou les tarentules qu'elle déterrerait venir se nicher contre elle, s'enfoncer quelque part contre sa clavicule drapée de peau de coyote ou contre sa hanche maculée de boue et rester avec elle à jamais.

« Pourquoi c'est toujours le cheval qui meurt en premier, et jamais nous ? demanda la fille.

— C'est grâce à notre volonté. »

Elle arrêta de remuer le sable.

« Ça change vraiment quelque chose ici ?

— Ça change tout.

— Ça ressemble un peu à du destin. »

La mule trépigna et il lui posa la main sur une patte.

« Peut-être que ça en est.

— Alors qu'est-ce que c'est le destin ? demanda-t-elle, sa voix comme amputée de son corps, errant dans le noir aveugle.

— C'est une chose avec laquelle tu nais. Qui se passe de père en fils, comme une série de leviers, certains faits pour être tirés et d'autres pas. Tu ne peux pas le contrôler, seulement regarder en arrière et y voir expliqué tout ce que tu as fait, y compris ce qui t'a ruiné, parce qu'il n'a jamais pu en être autrement.

— Est-ce qu'on peut le combattre ?

— Ouais, comme tu peux combattre la terre.

— Mais comment tu sais ?

— Comment tu sais quoi ?

— Comment tu sais ce qui était censé se passer et ce que tu as réussi à changer ?

— J'en sais rien.

— Et elle ?

— Lucy ?

— Elle le sait ? Ce qu'elle a changé et ce qu'elle n'a pas réussi à changer. » La fille n'avait pas bougé mais sa voix semblait l'encercler, le traquer.

« Je vois pas ce que tu veux dire.

— Qu'un jour vous ne formiez qu'un.

— Oui.

— Que vous ne formiez qu'un et que tu en étais conscient, et elle aussi. Elle en était consciente et alors elle s'est dit qu'elle pourrait faire que le monde entier soit ainsi. Changer la terre et changer le temps et faire que tout n'existe plus que pour vous deux.

— Arrête.

— Que ceux qui finissent par vaincre la solitude sont si rares, mais que par magie ou parce que c'était votre destin, vous deux y étiez parvenus. Et parce qu'elle avait ce don, ce pouvoir d'exister en quelqu'un d'autre, elle a cru qu'elle y arriverait, qu'elle pourrait arrêter ces morts et ce sang que vous faisiez couler chaque jour, arrêter celui qui vous avait appris à le faire et qui était devenu synonyme de la terre et de cette nature elle-même.

— Arrête, je t'interdis de parler de ça.

— Peut-être que tu savais que ça allait arriver, parce que tu la connaissais et qu'elle était toi ; et peut-être que tu ne l'as pas arrêtée parce qu'une partie de toi le voulait aussi, voulait voir si ensemble vous ne pouviez former qu'un avec le monde, car vous deux ne formiez déjà qu'un.

— Arrête putain !

— Et elle n'avait aucune raison de penser que ça n'allait pas marcher, alors qu'elle avait cette faculté divine de vivre dans un autre corps que le sien. Et puis pourquoi aurait-elle dû obéir aux lois qui régissent les vivants alors que vous aviez passé votre vie entière à grandir debout sur des morts. Est-ce que tu as vu le diamètre de l'impact de son tir ?

— Arrête. »

Les nuages n'avaient pas bougé et les plongeaient dans le noir et le froid, la morsure du sable sous ses mains et l'odeur de sa sueur en train de refroidir.

« C'est elle qui s'est séparée… Il n'y a aucune culpabilité là-dedans. Tu ne peux pas continuer à te torturer comme ça. C'est de la solitude. Elle savait que tu avais compris, et que tu ne dirais rien, et en refusant de parler tu vous as séparés. Est-ce que tu as vu la taille de l'impact ! Dis-le !

— Arrête.

— Est-ce que tu l'as vue ! »

Il tremblait.

« Oui, putain. Oui, je l'ai vue. Elle a tiré à moins d'un mètre, en pleine poitrine. »

Sans émotion, la fille tendit un bras vers lui pour l'empêcher de basculer en avant, la chaleur de sa main contre son torse traçant une ligne dans le noir.

Un coyote solitaire s'avançait à pas feutrés dans la plaine, marquant le sable de ses empreintes en crabe, poussant ses côtes décharnées à travers les ténèbres. Il s'arrêta devant un buisson de ronces, se glissa derrière, et en émergea portant dans sa gueule un lièvre par le cou. Du sang lui coulait sur les babines et il s'éloigna en trottant vers l'ouest, là où le soleil s'était couché et se coucherait à nouveau demain.

Le bœuf avait senti la longe se tendre contre sa bouche et commençait juste à la tester quand Wyatt l'aperçut à l'orée de la forêt, et ce n'était pas un élan qu'elle traînait mais un homme. Il retira son pied de la corde du bœuf et ouvrit la barrière du corral, la bête s'élança en trombe dans le champ et le dépassa tandis qu'il s'avançait en silence vers la clôture de barbelés qui le séparait des bois.

Elle l'avait tiré sur deux kilomètres, les feuilles et les épines s'étaient emmêlées dans ses vêtements et ses cheveux pour former comme un lit, ou peut-être un bûcher. Elle se tenait penchée au-dessus de lui, ne l'avait pas laissé tomber au sol mais n'avait simplement jamais eu la force de le relever. Le fusil posé en travers du torse à terre, les bras passés dessus pour l'y maintenir pendant qu'elle le traînait en arrière. Au milieu de la poitrine le mécanisme du fusil à pompe, de la gâchette à la visée, macérait dans une rouille liquide.

Le fils regarda le visage du père qui avait perdu toute expression, plus rien pour le guider, plus rien à qui parler. Le frère se tourna vers la sœur aux mains ouvertes et propres, son visage un néant, puis il la saisit par les bras et se mit à trembler lorsqu'il lui souffla dans les cheveux.

« C'est pas ta faute. »

Elle se dégagea de son étreinte et leva les yeux vers lui car il était plus grand qu'elle à présent. Et pour la toute première fois, il lut la peur dans ses yeux.

Smith ne parvint pas à dormir plus d'un quart d'heure, puis il alla retirer les entraves de la mule sous les nuages qui se dissipaient. La fille tendit la main pour l'arrêter mais il l'écarta.

« On part maintenant.

— Tu vas la tuer.

— Maintenant. »

Elle le regarda, vit ce qu'elle devait voir pour le croire ou du moins ne pas protester, et se passa le fusil en bandoulière avant de prendre la route.

Ils avancèrent en silence. Et il crut sentir une fois les mains de Lucy mais s'en dégagea, continuant sa chevauchée en s'abandonnant, en lâchant prise.

Et il comprit alors, comme elle avait compris avant lui, comme elle avait dû comprendre dès le jour où il avait refusé de lui dire, que briser le lien avec l'autre n'est pas un deuil mais une négation de tout ce que vous aviez cru jusque-là.

Le soleil se leva, illuminant les champs de sable, et ils traversèrent la plaine dans son immensité infernale, des étendues blondes qui effaçaient toute image de son passé comme si elles venaient limer les circonvolutions de son cerveau.

Et si ce n'était pas le destin qui avait poussé la main de Lucy vers la gâchette, ça ne l'était pas pour lui non plus. Alors le massacre depuis qu'il avait quitté la maison… n'avait pas été forcé par un destin choisi par ses ancêtres, ni provoqué par un sens du devoir désintéressé envers une sœur et un ranch qui devaient primer sur tout le reste. Non, toutes ces actions étaient de ta main.

Il continua sa chevauchée simplement parce qu'elle ne lui demandait pas de bouger.

Après cinq heures de route ils dépassèrent les stigmates d'un arroyo profond où les eaux de pluie s'étaient un jour écoulées dans un lit de dix mètres de large. Ils le traversèrent lentement, la mule trébuchant au fond de la dépression, comme cherchant une raison pour tomber. Un affront à la vie qui s'était jadis épanouie ici, puis une fois remontés ils s'enfoncèrent à nouveau dans les sables nus.

Et enfin l'air autour d'eux se mit à trembler, et Smith lui ouvrit presque les bras, glissant de la selle et se laissant tomber à terre, un pied encore coincé dans l'étrier et le sac frappant le sol, les petites billes vertes bondissant sur le sable comme des larves.

La fille fut sur lui en un rien de temps, elle le roula sur le dos avant de s'élancer à quatre pattes pour ramasser les pilules, les arrachant du sable comme déracinant des plantes. Elle remplit à nouveau le sac et fit un nœud à l'endroit où il s'était percé.

Puis elle se dressa au-dessus de lui, le sac dans une main et les rênes dans l'autre.

« Debout. »

Il leva une main en visière pour regarder cette créature presque anthropomorphique, au poil hérissé, couverte du sable, des os et de la peau du désert, porteuse impie du savoir qui avait anéanti son monde.

« Et quoi ? Un jour, tu as cru avoir une sœur, et plus grosse erreur encore, tu as cru que tu n'étais pas seul. Tu survivras. Debout. »

Le son d'une promesse dans sa voix ou celui d'un mensonge d'une Lucy d'autrefois, difficile à dire, mais il se releva et du revers de la main s'essuya la poussière de la bouche avant de se hisser sur la selle. Ils chevauchèrent encore pendant quatre heures, sans endroit ni raison pour s'arrêter, et sans plus se soucier de la mule. Ils continuèrent, sa joue écorchée se remettant à saigner.

Ce fut la fille qui aperçut l'autoroute.

D'abord un rugissement, et chacun avait cru à un effet hallucinatoire du désert avant de laisser voir à l'autre qu'ils l'avaient bien entendu. Mais ce fut la fille qui leva le doigt en premier et alors ils la virent, révélée par la courbe du panache de poussière soulevé par la tête de lézard d'un camion Peterbilt fonçant vers le sud.

Ils se trouvaient à un kilomètre, la fille sauta de la mule et se rua dans le sable en direction de l'autoroute, tombant par deux fois en chemin. Il lança l'animal au trot et la rejoignit alors qu'elle revenait de la route. Elle était à bout de souffle, ses cheveux emmêlés fouettaient son visage comme des volées de pierres éparses, son t-shirt fraîchement marbré de sueur.

Kilomètre 48. Encore dix jusqu'au chemin de terre qu'il leur faudrait atteindre avant la nuit s'ils voulaient le voir.

Elle se plaça en avant de la selle et, une main posée sur sa joue, fit tourner la mule en direction de l'autoroute qu'ils longèrent ensuite à distance. La poussière refoulée par le passage sporadique des camions s'élevait sur leur gauche et ils traversèrent l'horizon puis disparurent sans que la mule ne dévie du chemin sur lequel leurs deux paires de talons les avaient lancés.

Le soleil déclinait déjà en une flaque d'orange coagulé quand ils atteignirent l'embouchure de la route et la fille fit alors obliquer la mule vers l'ouest. Bientôt ils tombèrent sur la première grille à bétail que la mule refusa de traverser ou de sauter, reculant d'un pas hésitant avant de leur tourner le dos. Ils menèrent l'animal dix mètres plus bas et vingt mètres en arrière puis le lancèrent au petit galop pour lui faire franchir la barrière de barbelés d'un mètre de haut. La mule s'y déchira l'intérieur de la cuisse et son flanc goutta, écarlate sur sa peau mouchetée, puis ils guidèrent leur monture sous le soleil mourant.

Wyatt avait étendu les draps devant lui sur la table nue, elle arriva de l'extérieur avant le père et se laissa tomber en travers de ses genoux, lui arrachant la cible des mains.

« Lucy, lève-toi, tu sens le purin. »

Elle avait pris un morceau de lapin dans la casserole et s'était mise à la fenêtre pendant qu'il nettoyait son fusil, puis elle retourna ensuite vers la table. Il avait oublié la cible tombée au sol et elle la ramassa.

« Il aurait jamais dû te laisser réparer l'attelage du tracteur tout seul. Ni tuer ce lapin. Tu devrais pas avoir à faire toutes ces choses horribles. »

Elle retournait entre ses mains la cible marquée de l'impact inexorable d'une volée de plomb tirée à bout portant.

Ils ralentirent et mirent enfin pied à terre à côté du pickup de Smith. Aucune trace n'y menait, les Cordova ne l'avaient donc pas trouvé.

La mule les regarda, toujours entièrement sellée, puis commença à s'éloigner, et quand ni la fille ni Smith ne réagirent, elle se tourna vers le désert et partit au galop, assommée par la chaleur, fourbue, finalement emportée par sa folie. Ils la virent courir jusqu'au vieux corral, un bout de charbon s'éloignant à l'horizon, détalant sur un sol marqué de la seule empreinte de ses sabots, s'en allant braver le froid et y cracher son souffle chaud sur le chemin qui la ramènerait à l'ouest, un animal de contrebande renvoyé dans le désert pour y mourir ou pour retourner à un maître qui ne faisait déjà plus qu'un avec la poussière.

Ils se retournèrent et regardèrent un moment l'endroit en silence, à moitié sûrs seulement d'y être enfin arrivés, se pinçant presque pour s'assurer d'être encore en vie. Puis ils s'élancèrent en courant vers la réserve.

Smith fut le premier à l'évier et but frénétiquement au robinet. La fille passa après lui. Ils se mirent ensuite à tirer sur la viande séchée qui pendait de crochets au plafond et en arrachèrent des morceaux à pleines mains, agrippant des sachets de pain sur les étagères de cette réserve approvisionnée pour nourrir dix hommes.

La vieille femme qui avait dû se trouver dans les environs entra et, en voyant qu'il n'y avait qu'eux, se mit à hurler dans sa vieille langue, se couvrant le visage de ses mains. Les enfants tapis dans ses jupes.

Ils passèrent devant elle en portant des sacs remplis de ce qu'il restait de nourriture et de quelques bidons d'eau qu'ils lancèrent sur le plateau du pickup, puis ils se dirigèrent vers l'arrière du bâtiment et arrachèrent les tuyaux d'arrosage qui alimentaient la plomberie de la serre. La fille les tira vers la cour pour que l'eau s'y vide dans le sol.

Smith s'attarda un moment, admirant une dernière fois cette tache de verdure dans le désert. Une dernière floraison, comme des oiseaux bariolés qu'il pouvait presque voir respirer.

Il ramassa une pelle et la lança contre la paroi vitrée. Les débris de verre volèrent en pluie sur les gueules ouvertes des fleurs.

À l'avant du bâtiment, la fille défonçait à la hache la poutre qui soutenait l'auvent devant la porte. La vieille femme sortit, elle ne hurlait plus, les regardait simplement. Smith se tourna vers elle et lui dit : « Vous feriez bien d'aller récupérer vos affaires, tout ce que vous avez envie de garder », la vieille femme le regarda sans comprendre. Alors, se tournant pardessus son épaule et sans arrêter ses coups de hache, la fille lui cria quelque chose dans sa langue étrangère. Et la femme se remit à hurler, un braillement strident et sec comme la poussière, puis elle partit en courant vers la remise.

Smith passa derrière le bâtiment et ouvrit le corral pour relâcher les quatre mustangs qui détalèrent dans un tourbillon de poussière. Le feu s'était depuis longtemps éteint. Il entra dans la cabane et la fille attrapa une pelle et s'en servit pour démolir les presses à pilules. Sans outil sous la main, Smith s'attaqua à l'une des machines sur la table, retirant boulons et broches et dispersant les pièces en tas sur le sol. Quand ils eurent terminé ils vidèrent les cuves de poudre et de pâte inachevée et ouvrirent au pied-de-biche les couvercles des barils d'acide et d'acétone, sans les mélanger. Conscients au moins de ce risque. Conscients que tout s'embraserait bien assez. Elle serra une dernière fois le canon de l'AK-47 entre ses doigts puis le laissa tomber dans une des cuves. Ils sortirent alors du bâtiment, t-shirt et chemise plaqués contre la bouche et le nez pour se protéger, bien que le tissu fût déjà couvert du sang d'autres hommes, de leur propre sueur et de viscères de coyotes, n'offrant ainsi que peu d'air à filtrer.

La fille avait déjà enfoncé presque toutes les parois en plastique du bâtiment, qui reposaient maintenant tordues à l'intérieur de la boutique, un unique point d'impact sur chaque panneau, des plaques jaunes fracassées par les vagues de coups. La femme s'approcha d'eux, une couverture nouée remplie de ses affaires sur son dos et tenant un enfant dans chaque main. Aux pieds une simple paire de sandales de cuir craquelé et un châle sur sa tête blanchie par le soleil. Elle regarda le bâtiment partir en morceaux de ses yeux humides, couleur de vase.

La fille avait voulu s'assurer qu'ils n'avaient rien laissé de valeur ni rien de traçable et elle fit un dernier tour, ouvrant grand tous les placards. Quatre cents dollars dans le tiroir-caisse, et la fille en donna cinquante à la vieille femme sans un mot d'excuse.

Smith sortit deux jerricans d'essence de l'appentis que la fille entailla avec son couteau, puis elle avança à reculons à travers la boutique, passant sur les traces laissées là par le chien à peine quelques jours plus tôt, l'animal désormais introuvable.

Quand ils sortirent, la vieille femme avait déjà commencé sa marche vers le sud. La fille l'appela mais elle ne se retourna pas, et la cadence irrégulière de son pas boiteux et de ses enfants aux pieds légers disparut après quelques instants comme une volée de plombs dans le noir.

La fille retourna à son bidon d'essence et une fois le pourtour des murs mouillé elle fit gicler le liquide sur le haut de la structure, le laissant retomber en crachin, sans essuyer de sa bouche ce qui l'éclaboussait.

Les jerricans une fois vidés, elle les lança dans l'embrasure de la porte et Smith s'agenouilla au pied du bâtiment et alluma en plusieurs endroits avant de se reculer et de regarder partir le feu. La fille frissonna.

La devanture imbibée d'essence s'enflamma en premier, puis les flammes se répandirent en arrière en passant sur le toit scalpé de la boutique. Il y eut une explosion au moment où le feu s'engouffra dans la pièce du fond et Smith se baissa contre le pare-chocs de son pickup quand un bout de métal de quinze centimètres arraché d'un baril fut propulsé juste au-dessus de son épaule droite. Il jeta un regard à la fille, elle était restée impassible.

Le feu devenu énorme dévora le toit, et flamboyant ainsi au milieu des plaques de tôle saillantes il devint le reflet du désert face à lui et de ses mesas encrassées d'ombres noires par le tourbillon du soleil couchant. L'espace d'un instant, Smith et la fille se retrouvèrent pris entre ces deux monstrueux murs de flammes, puis le soleil chuta derrière l'horizon et s'éteignit.

La fille prit les clefs là où ils les avaient cachées sur le pneu arrière de son pickup et les lança à Smith, elle s'avança vers le côté passager mais recula aussitôt d'un bond. Smith ouvrit la portière conducteur et regarda à l'intérieur. La flaque de sang et les restes de peau sur le siège passager grouillaient à présent d'insectes, de petits scarabées rampants et d'asticots.

La fille racla le siège d'un bras puis ramassa le sac de pilules et grimpa.

À deux kilomètres de la serre il s'arrêta et sortit quand il aperçut les deux pierres appuyées l'une contre l'autre. Agenouillé dans le sable, il déterra lentement le fusil à pompe, l'exhumant comme un corps ou un fossile d'un autre monde. Il le secoua en le soulevant et jeta un dernier regard vers le bâtiment qui ployait désormais comme sous le poids du feu. Il savait que, pour d'autres, c'était à ça que ressemblait une maison en flammes.

La fille se pencha par la fenêtre.

« Faut qu'on y aille avant que la police arrive. »

Alors il remonta au volant et écrasa l'accélérateur en direction du nord, enfin.

Ils voyagèrent en silence comme ils l'avaient fait sur la mule une heure plus tôt, la fille assise sur le cloaque encrassé du siège passager, le sac sur les genoux, attrapant çà et là un insecte pour le jeter par la fenêtre.

« Dépassons d'abord Salt Lake City, après on se trouvera un endroit où s'arrêter. Ce sera bien au nord. » Tous les deux conscients que c'était autant pour se donner l'impression de fuir que pour échapper à ceux qui pourraient les suivre.

Il acquiesça et elle retourna le pistolet d'Awan entre ses mains pour ouvrir le chargeur.

« Il nous faut plus de munitions. Pour celui-là et pour ton fusil à pompe.

— Les munitions du fusil sont sur le siège arrière.

— Alors juste pour celui-là. »

Ils passèrent les panneaux des sorties pour la ville et continuèrent jusqu'à ce que les lumières de l'autoroute faiblissent et qu'ils entrent à nouveau dans ces régions où les arbres sont noirs de mousse et d'humidité.

Dès qu'ils virent le premier motel il gara le pickup sur la place la plus éloignée de la réception.

La fille lui donna bien plus d'argent qu'il ne lui en fallait et lorsqu'il posa le pied à terre elle avait déjà sauté de son siège et filé dehors, appuyée contre la portière du pickup, hors de vue dans le noir. Il prit le fusil à pompe avec lui, toujours pas prêt à le lui laisser.

Le propriétaire était un homme décharné de soixante-dix ans passés, coiffé d'une casquette de routier, un cure-dents collé au coin de la bouche, il se leva de sa chaise en voyant Smith entrer. Il était plus de minuit et l'air dans le bureau sentait le tabac et l'ammoniaque.

« Combien pour une nuit ? »

Les yeux de l'homme passèrent sur le visage de Smith, puis sur ses habits et son arme, et il recula alors en heurtant le mur derrière lui, couvert de vieux calendriers de parcs nationaux et de petites annonces pour chevaux.

« Quarante dollars.

— Je paye d'avance.

— Vous devez payer quand vous partez.

— Non, je paye d'avance.

— Pourquoi vous feriez ça ?

— Pourquoi vous demandez ? »

Smith glissa une main sale et crevassée sur le comptoir avec deux billets de cent dollars. Le propriétaire baissa les yeux dessus, puis les leva vers Smith.

« Deux nuits, dit ce dernier.

— C'est tout ?

— C'est tout. »

L'homme lui jeta encore un regard et fit son choix, ou bien décida qu'il n'en avait pas à faire, puis se tourna et lui donna la clef.

« La trente-sept, tout au bout. Faut libérer la chambre à midi. »

Smith sortit sans un mot.

Il retourna au camion, la fille prit le sac de pilules et lui l'eau et la nourriture à l'arrière du pickup, puis ils entrèrent dans la chambre. Ni l'un ni l'autre ne prit la peine d'allumer la lumière, et ils s'effondrèrent chacun d'un côté du lit, bottes toujours aux pieds, bidon d'eau posé à côté de la tête.

Il ne savait pas combien de temps s'était écoulé quand le soleil se leva mais ses rayons s'étiraient sur le sol en bandes ambrées comme les sillons d'un champ. Il garda la tête sous l'oreiller sauf pour quelques intervalles à la temporalité floue, tous les quelques instants ou toutes les quelques heures, quand il se réveillait en haletant et attrapait son bidon d'eau. Griffant les draps pour sentir le sable sous ses ongles, cherchant l'odeur de la mule pour s'assurer qu'elle n'avait pas filé pendant la nuit. Puis, au bout d'un moment, peut-être sous l'effet de la lumière déclinante de l'après-midi, ou parce qu'il avait restauré son sang d'une quantité d'eau suffisante, ses pensées montèrent vers le nord.

Il commença à émerger, bien que ça ne ressemblât pas encore à un réveil, quelque chose qui aurait pu durer plusieurs jours comme plusieurs minutes sans qu'il puisse préférer l'un ou l'autre car aucun n'était plus simple. La pression lui enserrait toujours le crâne mais il ouvrit tout de même les yeux, espérant voir l'obscurité d'un bandage mais même ça il ne l'avait pas. Il savait que son œil n'était plus là et se souvenait du voyage à l'hôpital, non pas une tentative pour le sauver mais pour retirer ce qu'il en restait. Il couvrit instinctivement l'endroit où l'œil s'était trouvé, et ouvrit celui de droite. Lucy était assise sur le bord du lit à le regarder.

« Ça fait combien de temps ?

— Huit jours. Ils ont dû t'endormir pour l'opération, mais deux jours après t'as fait une fièvre et le docteur a dit que ça s'était infecté, et depuis tu te bats contre l'infection. Tu te rappelles de rien ?

— Nan. »

Elle se pencha sur lui et posa le revers de sa main contre son front. Elle n'avait plus son odeur de foin.

« La fièvre a commencé à baisser hier. Elle a presque disparu », dit-elle.

Il se redressa avec difficulté et elle lui cala l'autre oreiller dans le dos.

« Et le ranch ? Vous vous en sortez à deux ? Ça va aller ? »

Elle fit un semblant de sourire.

« T'en fais pas. Tu dois rester encore six jours comme ça avant d'avoir le droit de porter quoi que ce soit. Détends-toi. »

Il la regarda et il avait encore du mal à bien voir, mais quelque chose dans le visage de Lucy s'affaissait.

« Ça fait mal, Wyatt ?

— Un peu. »

Elle prit ses mains entre les siennes et quand elle les retourna il vit en elles des mains étrangères, trop propres, la mémoire de leur labeur trop lointaine.

« T'es en colère ? demanda-t-elle.

— Nan. »

Elle s'approcha de la fenêtre et l'ouvrit puis elle grimpa sur le lit et s'assit à côté de lui, leurs deux dos appuyés contre le mur.

« Ça va ? »

En se tournant vers elle il comprit qu'il lui fallait désormais se tourner plus loin pour que son œil droit croise son regard.

« Et toi ça va ?

— Wyatt, je t'ai retrouvé par terre dans la grange.

— Raconte-moi. »

Elle se décala pour s'installer au milieu du lit et qu'il n'ait pas à se tourner autant pour la voir.

« T'étais sur le dos, comme quand tu vas t'allonger dans les champs après avoir piqué une cigarette à Papa et qu'il fait beau dehors. Quelque chose de floral s'échappait de ta tête. J'ai trouvé ça vraiment beau, des fleurs si rouges c'est rare dans nos montagnes. Et c'est en voyant qu'elles te coulaient sur les dents que j'ai compris que c'était du sang, alors je me suis tournée et j'ai vu le reste accroché au câble de la presse à balles.

« Et ton regard comme ça, qui ne faisait plus partie de toi alors que toute notre vie ç'avait été le tien. Toutes ces années où tu m'avais regardée. Regardée grandir. T'étais allongé là et je savais plus quelle partie de toi me regardait à ce moment-là.

« Et comme j'étais venue apporter deux seaux de grains, je me suis tournée et j'ai quand même nourri ces foutus chevaux avant de me planquer encore un petit moment dans un box. Après je suis revenue vers toi et j'ai pleuré, j'ai pleuré avec ta tête contre ma poitrine jusqu'à ce que la nuit tombe et qu'il vienne nous chercher. Alors on t'a porté avec lui comme vous le faisiez autrefois tous les deux quand je fatiguais dans les bois. J'ai dû laver le sang de mes mains, de ma robe, de t'avoir trop serré. »

Elle enfouit sa tête entre ses mains et il regarda les plis et les taches de sueur sur ses vêtements, ses cheveux gras et ternes, et sut qu'elle ne l'avait pas quitté depuis l'accident.

« On va pas changer, hein ? Nous deux, on va rester les mêmes ?

— Ouais. Rien ne change. On n'abandonne pas les siens. »

Smith se réveilla en s'étouffant et fit tomber le bidon d'eau de la table de nuit. La fille était assise sur le rebord de la fenêtre de l'autre côté de la pièce, écartant de deux doigts les stores et laissant la lumière de la lune éclairer la moquette.

« Pendant une seconde j'ai bien cru que t'allais mourir.

— Nan, dit-il.

— Tu seras prêt à partir demain ? »

Il se redressa et acquiesça, tendant la main vers son bidon d'eau.

« Je dois passer un coup de fil », dit-elle.

La pièce vacilla sous la lumière lorsqu'elle ouvrit la porte, et quand elle l'eut refermée il alluma la lampe sur la table de nuit.

Le sol était jonché de conserves de nourriture ouvertes au couteau, de serviettes humides et des morceaux de peau de coyote qu'ils s'étaient arrachés des bras et du visage dans l'agitation de leur sommeil affamé. Il se déchaussa et choisit de ne pas examiner l'état de ses pieds.

Puis il se dirigea dans la salle de bains et se délesta des derniers morceaux de cuir de coyote, les abandonnant au sol. Il s'aspergea le visage d'eau et l'essuya avec la serviette qui prit une teinte grenat, marron et verdâtre. S'aspergea de nouveau et s'essuya encore et encore jusqu'à ce que la serviette détrempée tombe au sol comme une pierre. Son œil vide avait mauvaise mine, la paupière presque fermée sur une balafre rouge. Il rinça la manche découpée avec laquelle il s'était couvert la bouche et l'attacha en diagonale sur son orbite creuse.

Quand il retourna dans la chambre la fille était accroupie au bord du lit. Elle se retourna en l'entendant.

« Midi demain. Y'a une usine de réduction de minerai de fer abandonnée à quatre-vingts bornes au nord d'ici. »

Il s'approcha, s'assit à côté d'elle et ouvrit une conserve de poulet.

« T'as pris des munitions aussi ? » Un signe de la tête vers la boîte posée sur ses genoux.

« On est dans le Nord, y'a pas un type par ici qu'a pas un flingue dans sa boîte à gants.

— Demain donc. »

Il se hissa en arrière sur le lit et reprit sa place dans l'empreinte poussiéreuse laissée par son corps sur les draps. Il se versa les derniers morceaux de poulet en conserve dans la bouche, puis essaya de s'endormir. Peut-être était-il désormais de ceux pour qui le jour et la nuit sont indissociables.

Deux heures avant midi, la fille se leva et tira le sac de pilules de sous le lit, le laissant dans la taie d'oreiller dans laquelle elle l'avait enveloppé. Elle fit sauter le couvercle de sa boîte de munitions et commença à s'en garnir les poches et les chaussettes, alors il alla chercher les siennes dans le pickup et se mit à faire de même.

Ils restèrent tous les deux assis comme ça un moment sur le couvre-lit vert, le visage de la fille à nouveau peint de deux bandes noires. La graisse de moteur d'une des voitures garées dehors.

« On devrait pas trop tarder, dit Smith.

— Encore une heure. »

Une fois l'heure passée, Smith laissa la clef sur la porte et ils prirent la route. Quand ils aperçurent les vieux panneaux en bois indiquant l'usine à trois kilomètres, ils choisirent un endroit abrité par les feuilles et laissèrent le pickup à l'écart de la route, hors de vue. Et de là ils marchèrent, la fille serrant la taie d'oreiller contre sa poitrine.

Ils suivirent le chemin embroussaillé qui s'écartait de la route principale sur le dernier kilomètre, des arbres autrefois brisés pour tracer la voie avaient repoussé, aujourd'hui centenaires, déformés là où les camions de chantier les avaient jadis abîmés. Au bout du chemin une plaine s'étendait devant eux. Le nord de l'Utah. Du haut de la colline ils pouvaient voir le vert-de-gris des prairies où poussaient le barbon et l'herbe des Indiens s'étendre sur des kilomètres avant de rencontrer le bleu sinistre des montagnes au loin.

L'usine était surmontée d'un bâtiment en métal rectangulaire, grand comme une étable de quarante vaches, aux murs rouillés couleur pie, une porte coulissante reposant déformée à côté de ses rails, comme un papier gras.

L'air était sec et Smith remonta instinctivement son col pour garder son humidité. Ils restèrent un moment à côté de la porte esquintée, les yeux perdus dans la plaine silencieuse. La fille tenait la taie d'oreiller remplie de pilules bien serrée dans ses poings, comme une enfant tirée d'un sommeil cauchemardesque, pistolet enfoncé dans la ceinture de son pantalon et chevilles serties de cartouches neuves.

Les autres bâtiments descendaient le long de la colline, un alignement syncopé de cuves vides, faites pour contenir de l'eau ou y réduire du minerai de fer, larges de dix mètres, un ciment couleur de grès et percé de fers à béton là où des dalles s'étaient effondrées. La moindre surface était couverte d'une explosion de graffitis frémissants de couleur face à la vallée monotone. Un labyrinthe de ciment fracassé sur le flanc de la colline, comme les nids détruits puis exhumés de gigantesques insectes.

Sans dire un mot, ils tendirent l'oreille. Satisfaits du silence, ils s'avancèrent entre les bâtiments délabrés et s'arrêtèrent de l'autre côté, attendant ainsi dans l'ombre. Les lignes de lumière là où la pluie avait percé le toit de tôle dessinaient comme des peintures de guerre sur leur visage sombre.

Dix minutes plus tard un camion se gara. Un homme entra et s'arrêta sur le pas de la porte. Il portait un t-shirt blanc, les cheveux décolorés et attachés en queue de cheval derrière un visage aux sourcils noirs. D'autres hommes se placèrent derrière lui. Armés de pistolets.

« Jackson, dit la fille.

— T'es venue. » La voix de l'homme semblait anguleuse, venant accentuer la pente sévère de son front. Il écarta les jambes et croisa les bras, les observant tous les deux.

« J'avais dit que je serais là. »

Puis elle fit un signe de tête vers les hommes qui l'entouraient.

« Cinq gars. Je te rends nerveux ?

— Non, non. Disons que je viens préparé. »

Elle posa le sac à côté de ses bottes, le tenant par un coin de la taie d'oreiller.

« Deux cent mille dollars pour le lot de vingt mille, dit Jackson.

— Je t'ai prévenu. Pas de prix de gros sur celles-là. Trois cent mille dollars. » Sa voix froide se réverbérait contre le sol nu.

Il rit et secoua la tête.

« J'avais bien peur que tu dises ça, je suis venu préparé. »

Un des hommes derrière lui apporta un sac de toile bleu foncé et s'avança vers eux, la fille alla à sa rencontre au milieu de la pièce. L'homme ouvrit le sac et le lui tendit, et lorsqu'elle plongea les deux mains à l'intérieur pour compter l'argent Jackson lança :

« Je suis vraiment désolé, chérie. »

Il dégaina le pistolet à sa ceinture et tira, la fille repoussa l'homme au sac de billets qui prit la balle dans le dos à sa place. Elle roula au sol et frappa des deux talons contre la base rouillée du mur, le métal céda et elle se précipita à l'extérieur.

Smith abattit le fusil à pompe en position et tira. Un des hommes s'affala. Il s'élança alors en arrière vers le fond du bâtiment et bifurqua, se retrouvant soudain à courir à côté de la fille, dérapant ensemble sur le béton fracassé à l'angle de la première cuve.

Des tirs rapides et saccadés. Les hommes avaient des armes automatiques. Smith et la fille s'accroupirent derrière la cuve et les balles vinrent trouer la structure au-dessus d'eux, les arrosant de poussière de béton. Ils se collèrent contre le mur, des bêtes à bon dieu leur grimpaient sur les doigts, version miniature et mouvante des giclées de peinture sur la pierre derrière eux, et ils écoutèrent les hommes se rassembler à l'avant du bâtiment et les tirs s'amplifier.

L'arrière de la cuve se mit à trembler alors Smith et la fille s'élancèrent de nouveau, ils glissèrent dans le gravier sur le flanc de la colline et se jetèrent à l'abri derrière la deuxième cuve, indemne. La troisième s'était depuis longtemps effondrée, et l'amas de béton était venu s'appuyer contre la cuve encore intacte, formant une allée qui courait le long de la pente, traversée de barres de fer dépassant, acérées et tordues, des dalles affaissées.

Les tireurs descendirent en escaladant les dalles de béton vers l'endroit où ils s'étaient accroupis à couvert. Smith et la fille se penchèrent de derrière la cuve pour tirer et en touchèrent un au flanc, mais il ne s'effondra pas, un autre se baissa pour éviter une balle au moment où la couche de graviers cédait sous ses pieds et il s'empala la hanche sur une barre de fer qui sortait du sol, recourbée comme un crochet. Il se mit alors à hurler, tournant son arme droit sur eux, et la fille l'abattit d'une balle. Les détonations venaient frapper sèchement contre le béton, résonnant dans la plaine où, quelque part au loin, une nuée d'oiseaux sauvages s'envola en noircissant le ciel.

Smith continuait à faire feu, sortant les cartouches de ses chaussettes, les balles fusant à ses oreilles avant de se fondre dans le béton derrière sa tête, s'ajoutant à la mémoire délinquante qui imprégnait, couche après couche, ces peintures illicites. Un tir le frôla et la fille hurla, touchée à l'épaule, mais continua à recharger son arme alors que sa blessure se mettait à saigner.

Leur couverture leur donnait un avantage pour descendre les tireurs, et la pluie de balles se calma alors que les hommes se regroupaient sur la pente au-dessus d'eux.

La voix de Jackson résonna d'en haut, lourde et métallique.

« Tu sais, ils me laissent garder l'ecsta si je te ramène. »

La fille lança un regard à Smith avant de se tourner au milieu des barres de fer et des dalles affaissées et de s'élancer en courant entre les cuves au fond de l'allée. Smith la suivit et ils progressèrent en sous-sol, comme sous la peau de la terre, sentant soudain les murs trembler au-dessus d'eux, des morceaux de pierre tombant sous les balles comme affaiblis d'avoir porté tant de poids. Et trente mètres plus loin, dans la pénombre, l'allée souterraine se termina en un éboulement météorique. Alors ils firent volte-face.

« Là », haleta la fille, et ils se jetèrent derrière un énorme morceau de béton, posant leurs canons dessus, prêts à tirer. L'épaule de la fille pendait mollement et son visage était blanc. Les dalles brisées s'élevaient en cathédrale au-dessus d'eux, percées de puits de lumière.

Le premier tir frappa juste au-dessus de leurs têtes. Une ombre bloqua la lumière à l'entrée et ils virent descendre les jambes d'un homme. Ils ouvrirent le feu pour le toucher aux cuisses mais il plongea à couvert derrière une autre dalle. La lumière venant de l'extérieur était bien trop forte et la poussière leur cachait la vue. Des balles s'enfonçaient dans la terre derrière eux mais il leur restait trop peu de munitions pour y répondre sans avoir une cible à viser.

Deux autres silhouettes se dessinèrent, des ombres avançant dans la poussière, l'écho de leurs tirs rugissant dans le noir. La pierre se fracturait autour d'eux et la fille rechargeait fiévreusement, hurlant du même cri animal qu'elle avait poussé pendant la bataille du désert : « Tire plus vite, Smith, prends ce qui t'appartient ! »

Il continua à recharger, les oreilles pleines de ces mots. Et il tira, et tira, et rechargea, hurlant avec elle, des sons sans mots, l'impression de chuter, l'impression de tuer ces lapins et ces grizzlis, et avec ces bruits de sous-sol et de béton, de sabots et de pneus, l'impression de voler aussi.

Il pouvait sentir l'odeur du sang sur le bras de la fille, la poudre de son fusil qui lui collait au visage et ses doigts plus puissants contre sa gâchette que toute la force dans son bras.

« Prends ce qui t'appartient ! »

La fille lui hurla encore autre chose entre deux coups de feu mais il n'arrivait pas à l'entendre. Les bandes noires sur son visage barbouillées d'un revers de main.

« Prends ce qui t'appartient ! » Tout notre vaste monde fou et violent. Et il appuyait sur sa gâchette comme elle avait appuyé sur la sienne en les séparant, mais lui aussi les avait séparés, et le sang, le sang avait toujours été là, il fallait donc l'accepter, même vicié, même mauvais, même égaré, car voilà ce qui t'appartenait. Voilà ce qui n'était qu'à toi, dans un monde où les trilobites dormaient des millions d'années au cœur des montagnes avant d'être emportés dans la poche d'une enfant comme elle emportait les os des hommes, un monde où des générations de pères avant vous avaient perdu leur bataille contre la terre sur laquelle ils vous avaient élevés et dont ils vous avaient appris à vous nourrir, une terre où les arbres étaient rouges de viande à l'intérieur si vous saviez les choisir.

Il pressa encore une fois la détente et un autre homme s'effondra.

Prends ce qui t'appartient. Et il s'élança soudain à travers les balles, sortant de l'allée souterraine pour remonter la pente de graviers.

Il aperçut Jackson et les autres hommes du coin de l'œil en train d'escalader le béton qui formait le toit de l'allée, se laissant tomber pistolet en avant à l'intérieur, comme plongeant dans la mer. Ils l'avaient forcément vu mais restaient obnubilés par leur poursuite de la fille. Et devant l'usine Smith aperçut un homme qui rapportait le sac de billets dans le camion, alors il lui arracha l'arrière de la tête d'un coup de fusil à pompe et se saisit du sac sans ralentir dans sa course.

Il se tenait à l'embouchure du chemin qui menait dans les bois quand il entendit l'allée souterraine s'effondrer. Il se retourna. La poussière s'élevait, lourde comme une nuée de sauterelles, les montagnes toujours dressées au loin de leur bleu impitoyable. Puis, les tirs ayant cessé, les pierres calmées, le silence revint. Plus un bruit hormis son propre pouls. Ses mains moites de sueur sur le fusil à pompe.

Il attendit que la poussière soit retombée, comme pour laver l'air. Un regard vers ses mains, puis il se laissa tomber à genoux et sortit quatre mille six cents dollars du sac de billets, les fourra dans sa poche, et s'élança sur la route pour chez lui.

Il lui fallut deux heures pour arriver au ranch. Il avait couru tout le long du chemin de terre, puis sur la route, et jusqu'au pickup dans lequel il était reparti vers le nord.

Ici, la route se perdait entre les arbres, l'asphalte n'était qu'une ligne floue à peine visible sous la verdure, et il se sentit chez lui. Les cigales hurlantes et l'humidité sur son visage, et il crut un instant sentir l'odeur du bétail au loin. La fenêtre ouverte, les branches venant fouetter ses rétroviseurs, il arracha le bout de tissu qui recouvrait son orbite vide et laissa l'air la balayer. Sa terre, sa terre, il ne la haïssait pas. Les moineaux étaient perchés sur les branches des box elder au-dessus de sa tête, et sous le soleil déclinant ils s'envolèrent vers les champs pour y picorer du grain.

Et si vous aviez grandi ainsi, dans la pénombre des bois, et sous le reflet tremblant des étoiles sur la sueur de votre visage, aux côtés d'un chien mâchonnant une lanière de cuir et d'un père mastiquant son tabac, à faire couler du sang pour vivre et respirer, et à abattre des arbres comme s'ils étaient faits du même bois que le bétail, alors peut-être pourriez-vous y courir, comme des coyotes ou bien des loups, avec derrière vous une ombre comme celle que lançaient ses jupons. Vous pourriez y courir et les arbres se pencheraient sur votre passage, pliés par les bras tendus des hommes enfermés à l'intérieur. Et peut-être arriveraient-ils à s'en libérer ou peut-être pas, mais vous auriez des crocs à leur montrer ou des sabots pour fuir, et la terre pousserait un soupir et retournerait à sa lente décomposition éternelle. Mais que signifiait vieillir sinon se décomposer, et si vous pouviez vaincre la terre alors vous pourriez vaincre votre fin à jamais. Être renouvelé, laver le sang de votre visage, vivre de nouveaux printemps de bétail et de récoltes, encore et encore et encore.

Il était chez lui.

Lucy, debout dans la cuisine, reposa le pistolet quand il entra.

Il sortit les billets de ses poches et les déposa en tas sur le comptoir devant elle et elle le regarda faire, puis il lui prit la main par le poignet, la retourna, et posa dans sa paume la mâchoire du lapin.

Elle releva les yeux vers lui, elle savait. Et ses doigts se refermèrent dessus.

Il fit le tour du comptoir pour venir à côté d'elle et ensemble ils regardèrent par la fenêtre, vers l'endroit où le sol au pied de la colline se refermait à présent, cinq ans après, comme le trou qui cicatrisait dans son bras.

REMERCIEMENTS

Merci à mes agents, Jonny Geller et Chris Clemans, je suis reconnaissante chaque jour du privilège de travailler avec vous. Aux éditeurs Maxim Brown et Cal Barksdale. À mes camarades de classe de Curtis Brown Creative, qui ont suivi cette histoire de ses prémices à sa forme finale. À Julian Robertson et à la communauté du Robertson Scholars Leadership Program, le soutien que vous m'avez apporté, sous toutes ses formes, est la pierre sur laquelle j'ai pu construire cette œuvre. À mon père, mon premier éditeur. À ma sœur, à ma mère et à ma famille élargie, je suis sacrément fière d'être une DelBianco. À Julia Glass, Jim Shepard, Douglas Brunt, Joshua Ferris, Philipp Meyer et Roger Reeves. À Joe Tam pour avoir travaillé le bois qui est devenu la couverture de l'édition américaine. Au coach Alex pour m'avoir appris, et par procuration à la gamine, à me battre. Au professeur Victor Strandberg, si vous ne m'aviez pas d'abord appris à lire je n'aurais pas pu devenir écrivain. Aux professeurs Nancy Armstrong et Daniel Wallace. À ma famille du Tin House Summer Workshop, pour m'avoir autant inspirée que stimulée. À Angela, pour tout. À Jakob, Emilia, Marcus, Sebastien, Jaisal, Sterling, Nils, Margaret, Gene, Justin, Christina, Paul, Newton, Devin,

Ashok, Marith, West ; parce que les occasions sont si rares de pouvoir mettre sur papier la reconnaissance que nous avons pour nos amis, je le fais donc ici. À la communauté de lecteurs d'Instagram, pour leur soutien indéfectible. Et à celle qui m'a ouvert sa chambre d'amis et sa vie pendant ces trois dernières années pour que je puisse écrire ce roman – merci *chickie*.

RÉALISATION : NORD COMPO À VILLENEUVE-D'ASCQ
ACHEVÉ D'IMPRIMER SUR ROTO-PAGE
PAR L'IMPRIMERIE FLOCH À MAYENNE
DÉPÔT LÉGAL : AOÛT 2019. N° 141198-2 (94843)
Imprimé en France